Het huis onderaan de klif

Sharon Gosling

Het huis onderaan de klif

Vertaling Nellie Keukelaar

Z&K

Uitgeverij Zomer & Keuning

Deze uitgave is ook verkrijgbaar als e-book en audiobook.
NUR 340

Oorspronkelijk gepubliceerd onder de titel *The House Beneath the Cliffs*, door Simon & Schuster, Londen, Verenigd Koninkrijk.

Vertaling Nellie Keukelaar
Omslag Nederlandse editie Liesbeth Thomas, t4design
Omslagontwerp Simon and Schuster UK Ltd

www.zomerenkeuning.nl

Uitgeverij Zomer & Keuning vindt het belangrijk om op milieuvriendelijke en verantwoorde wijze met natuurlijke bronnen om te gaan. Voor de papieren editie van deze titel is daarom gebruikgemaakt van papier waarvan zeker is dat de productie niet tot bosvernietiging heeft geleid.

Voor Ella, die ervoor zorgde dat ik het schreef,
voor Angela en Polly, die het als eersten lazen,
en voor Marie, omdat haar huis de inspiratiebron vormde.

En, mijn eigen Selkie lass,

Vond je de bloemen mooi? De jongen heeft ze zelf uitgezocht. Ik wilde iets specialers dan narcissen, maar hij zei dat geel je lievelingskleur is, en we weten allebei dat hij gelijk heeft. Dus niet zeuren dat ik gierig ben. Afgesproken?

Ik hou van je.

PS Heb meer bietjes gekocht. Het is immers Moederdag. Zeg niet dat ik je nooit verwen. De potten staan in de kast.

1

De voorjaarslucht boven de oceaan was strakblauw met wat witte wolkenslierten, alsof iemand achteloos plukken suikerspin in de Noordzeewind had losgelaten. Anna reed naar de rand van de klif, waar de weg achter een stompe rand leek te verdwijnen, en passeerde het bord waarop stond dat de weg vanaf daar uitsluitend toegankelijk was voor auto's van bewoners.

Rondom haar liepen de weilanden af naar het water, tot de helling zo steil werd dat zelfs het vee zich daar niet waagde. De weg liep over de kliffen, zonk al snel tussen groene kloven met kleurrijke wilde bloemen die wuifden in het briesje. Halverwege splitste een steil voetpad zich af van het asfalt. Een houten bord gaf de route te voet aan. De weg ging verder, maakte zo'n scherpe bocht dat Anna betwijfelde of haar koekblikje die wel kon maken. Daarna ontvouwde zich aan de rechterkant van de weg het dorp Crovie, een rij huizen die zich als kleurrijke schaalhorens vastklampte aan de wilde rand van de smalle kuststrook onderaan de kliffen.

Beneden werd de weg vlakker en breder. Er stonden een paar houten hutten, waarna de weg bij een kiezelstrand kwam dat vanaf het dorp naar een hoge landtong van met gras begroeide rode rotsen liep. Voor haar strekte de Noordzee zich uit naar de horizon, de rand van het land stortte zich in overlappende plooien omlaag tot ver in de wazige verte. Het was eb. De weg wrong zich tussen de kliffen en een steilte met onderaan een vlak stuk met natte zwarte rotsen en kleinere afgevallen stenen.

Anna parkeerde en zette de motor uit, keek naar het deinen van het blauwgroene wateroppervlak voor zich en probeerde haar gedachten te ordenen.

Ze stond er nog maar net toen er een schaduw over haar gezicht viel, abrupt gevolgd door getik op de autoruit. Een oude man keek haar kwaad aan. Anna liet het raam zakken.

'Hallo...'

'Je mag hier niet parkeren,' zei hij. 'Dit is alleen voor bewoners.' Hij draaide zich even om en wees met zijn stok naar de achterkant van een bord. 'Toeristen moeten boven parkeren en dan verder komen lopen.'

'Ik ben een bewoner,' zei Anna tegen hem. 'Ik...'

'Een bed and breakfast of vakantiehuis telt niet,' onderbrak hij haar nog steeds met boze blik. 'Toeristen moeten boven parkeren.'

Anna was het zat dat ze in het nadeel was en dus maakte ze haar gordel los en ze duwde het portier open. Toen ze stond, was ze een kop groter dan hij, maar hij bleef imposant. Zijn kromme schouders waren nog altijd breed en moesten ooit sterk geweest zijn. Hij had rimpels rond zijn ogen en mond, diepe groeven doordat hij waarschijnlijk een groot deel van zijn leven in de buitenlucht had doorgebracht.

'Ik ben geen toerist,' zei ze. 'Ik ben een bewoner. Een vaste bewoner. Ik heb de Fishergirl's Luck gekocht.' Anna glimlachte en stak haar hand uit. 'Aangenaam kennis te maken, meneer...'

Hij deinsde terug alsof ze hem iets weerzinwekkends toestak en nam haar met onverholen minachting op. 'Jij?' beet hij haar toe. 'Ben jij dat?'

'Eh, ja. Ik ben Anna. Anna Campbell. Ik...'

Tot haar schrik wendde hij zijn hoofd af en spuwde hij woest op de grond. 'Dat rothuis,' zei hij. 'Ouwe Robbie had de vervloekte zee haar gang moeten laten gaan.' Toen keerde hij haar de rug toe en hobbelde weg. Hij ging sneller dan ze had verwacht.

'Wacht,' riep ze even later. 'Ik wil geen slechte start maken. Kunnen we gewoon even praten?'

Hij liep door. Anna keek met een angstig voorgevoel naar zijn weglopende rug. Ze leunde tegen de auto, voelde zich opeens verslagen. Ze was hier nog geen vijf minuten en haar grootste angst was al uitgekomen. Dit zou geen veilige haven zijn. Niemand wilde haar hier. Ze voelde een vlaag van misselijkheid opkomen en haalde diep adem, zoog zilte lucht in haar longen. Boven haar krijsten rondvliegende meeuwen en even meende ze dat ze lachten.

Natuurlijk lachten ze. Wat dacht je dan? Waarom ben je niet naar het buitenland gegaan, zoals Cathy opperde? Je had een huisje in Spanje kunnen huren, of in Italië, ergens waar het warm is. Waarom hier? Waarom heb je dat ellendige huis in vredesnaam gekocht? Waarom?

Na een tijdje liet Anna haar hand zakken. Ze rechtte haar schouders en keek naar het dorp. De rij huizen stond op een smalle strook aan de voet van glooiende groene kliffen. Tussen de huizen en het strand was geen weg, alleen een betonnen voetpad langs de kade. Ze had gelezen dat het weleens voorkwam dat een onoplettende voetganger de zee in werd gesleurd, en bij springvloed of storm was dit pad vaak onbegaanbaar. Toen ze dat las, had ze dat bijzonder en romantisch gevonden. Nu ze hier was, besefte Anna dat het eerste inderdaad zo was, maar het tweede beslist niet. De meeste huizen stonden met de gevelspits naar de zee. Hier was de elementen trotseren belangrijker dan het uitzicht.

Dit rijtje huizen vormde het dorp Crovie. Anna had het kleinste huis gekocht. Ze zag het liggen. Het leek op een stenen schuur – wat het in feite ook was – die direct aan de kade lag, halverwege het dorp, met de achterkant naar de Noordzee en de voorkant naar de andere huizen en de klif. Het pad, dat ze nu eerder gevaarlijk dan romantisch vond, was Anna's enige route naar het huis dat ze had gekocht, zonder het ooit bezichtigd te hebben, omdat die optie beter was dan nog een maand, een week, een dag langer in het smetteloze penthouse van Geoff in Kensington blijven.

'Sufferd,' mompelde ze tegen zichzelf. 'Anna, je bent een grote sufferd.'

Er zat nu echter niets anders op dan de sleutels ophalen. Anna deed haar auto op slot en haalde diep adem, waarna ze naar haar nieuwe huis liep.

Ze zag dat het laatste gebouw in het dorp, dat het dichtst bij de weg lag, geen huis was. De witgeverfde puntgevel was vies en er stond met grote grijze letters 'Crovie Inn' op geschilderd. Er hingen nog oude menukaarten voor het raam, maar de herberg was duidelijk al langere tijd gesloten. Anna vroeg zich af waar nu de dichtstbijzijnde pub was. Ze vermoedde in Gardenstown, een kustdorp aan dezelfde grote natuurlijke inham in de Moray Firth waaraan ook Crovie lag. Anna draaide zich om en zag Gardenstown liggen aan de overkant van het zacht deinende water en achter de monoliet die het eind van het kiezelstrand vormde. Gardenstown lag onderaan een brede inham in de kliffen, zigzagde omlaag tot het bij de inham en haven eindigde. De inham en de haven waren niet groot, maar wel veel groter dan die van Crovie. Hoewel Crovie oorspronkelijk een vissersdorp was, had het geen haven, alleen een kleine pier met een paar ligplaatsen. De enige boot die er nu lag, was een beschadigde houten jol die wankel op de rotsen lag te wachten tot het weer vloed zou worden.

Geen wonder dat de meeste huizen hier vakantiehuizen waren, dacht Anna. Je moest wel gek zijn als je ervoor koos het hele jaar hier te wonen. Zelfs nu, met felle voorjaarszon en een kalme zee, was het een dreigend vooruitzicht: fascinerend, dat zeker, maar een plek om te bezoeken, niet om er te blijven. Ze had ook gelezen dat het dorp was ontstaan vlak na de Clearances, de periode van ontvolking van de Hooglanden. De eerste bewoners waren hier komen wonen omdat ze nergens anders naartoe konden en dit een van de weinige plaatsen was waar de Engelsen niets mee konden. Het gevolg was dat Crovie van een afstand op haar overkwam als een symbool van iets wat sterker was dan de wreedheid van de machtigen. Maar wat was dat iets dan? Vindingrijkheid? Volharding? Hoop? Of kwam het doordat ze zelf ook nergens anders naartoe kon?

Sufferd, dacht ze opnieuw. Grote sufferd.

En toen was ze er. De Fishergirl's Luck. De naam had haar aangesproken, evenals de ligging. De naam stond op een brievenbus links van de deur geschilderd, onder het enige vierkante raam. De deur was korenblauw, had dezelfde kleur als de lucht boven het dak, een vrolijke kleur ondanks het feit dat de verf was gaan bladderen door de straffe zilte wind.

Anna keek naar haar nieuwe voordeur. In de makelaarsadvertentie hadden ook foto's van het interieur gestaan, maar momenteel kon ze zich alleen een smalle houten trap herinneren naar een zolder die amper groot genoeg was voor een eenpersoonsbed, en een gevoel van compacte knusheid, waarschijnlijk opgeroepen doordat de makelaar op slimme wijze foto's had gemaakt. Te oordelen naar de afmetingen van het huis, was er beneden maar één ruimte. Het was in feite een schuur, een verbouwde opslagruimte.

Anna probeerde niet in paniek te raken. Er was water en elektriciteit. Er was een douche. Kom op, het was geen krot. Dat het aan de buitenkant op een schuur leek, betekende nog niet dat het van binnen ook een schuur was. De bladderende verf van de voordeur zei niets. Het kwam gewoon doordat ze gewend was in modelhuizen te wonen: ruime designappartementen zonder karakter.

Ze vermande zich en klopte hard op de deur. Bij de brief van de makelaar had een brief van de verkoper gezeten dat hij haar hier de sleutel zou overhandigen. Zoiets was in Londen ondenkbaar, maar dit was Londen niet en bovendien had Anna geen ervaring met huizen kopen. Dat had Geoff altijd gedaan. Net zoals ze de afgelopen twintig jaar altijd met hem was meeverhuisd naar door hem gekozen appartementen, die steeds luxueuzer werden naarmate zijn ster rijzende was. Toch was er voor haar nooit meer ruimte geweest dan één kant van de garderobekast, één kant van de wastafel.

De wind trok aan haar haar terwijl Anna stond te wachten. Ze zag nu pas dat er aan één kant van de Fishergirl's Luck een betonnen plaatsje was, breder dan het voetpad en omheind met een gammel hek met een poortje. Min of meer een tuin, maar wel een die bij elke springvloed onder water kwam te staan en dus niet geschikt was voor planten, of voor wat dan ook eigenlijk.

Er verstreken twee, drie minuten. Nog steeds geen reactie. Wie weet was Robert MacKenzie stokdoof. Hoe had die oude chagrijn bij de haven hem ook alweer genoemd? Ouwe Robbie? Als ze leeftijdgenoten waren, zou dat zeker kunnen.

Ze klopte nog een keer en hoorde een deur krakend opengaan, alleen kwam het geluid achter haar vandaan. Anna draaide zich om en zag een vrouw van begin zestig met kort zilvergrijs haar en lachrimpeltjes bij haar ogen naar haar kijken vanuit het huis er recht tegenover.

'Zoek je iemand?' vroeg de vrouw, die net als Anna geen Schots brouwend accent had.

'Ik had hier met iemand afgesproken,' zei Anna tegen haar, die harder moest gaan praten omdat er opeens een windvlaag was. 'Robert MacKenzie?'

De vrouw keek bedenkelijk. 'Die woont niet in Crovie,' zei ze, wat ze uitsprak als 'Crivvie'. 'Weet je zeker dat je hier met hem hebt afgesproken?'

'Eh, ja,' zei Anna. De algehele vermoeidheid die de afgelopen weken was ontstaan, overviel haar opeens. 'Ik... Dit is mijn huis. Ik zou er vandaag intrekken. Hij zou me de sleutel geven...'

'O!' riep de vrouw uit. 'Natuurlijk! Jij bent Anna Campbell.'

'Ja,' zei Anna, lichtelijk verbaasd.

'Ouwe Robbie had gezegd dat je zou komen,' zei ze, 'maar ik dacht dat dat pas volgende week was. Het is niets voor hem om te laat te komen. Wie weet is hij opgeroepen.'

Anna had geen idee waar de vrouw het over had.

'Hij zit bij de reddingsbrigade van Macduff,' verduidelijkte haar buurvrouw met een glimlach bij het zien van Anna's niet-begrijpende blik. 'Als de reddingsboot is opgeroepen, is hij misschien niet in de gelegenheid geweest iets anders voor je te regelen. Ik kan Barbara bellen, die weet vast wel wat er aan de hand is. Kom binnen, dan zet ik thee. Zo te zien kun je wel een kopje thee gebruiken.'

Anna was even zo uit het veld geslagen dat ze dacht dat ze in tranen zou uitbarsten.

'O,' zei ze. 'Ja. Ja, graag. Dank u wel.'

'Ik ben trouwens Pat,' zei de vrouw, toen ze opzij stapte om Anna binnen te laten. 'Pat Thorpe.'

2

Het huis van Pat Thorpe heette Weaver's Nook en bestond uit drie woonlagen die tegen de klif aan waren gebouwd. De aannemer had vindingrijke oplossingen bedacht en op deze meedogenloze plek een comfortabel ruim huis weten neer te zetten. Via een stenen trapje aan de zijkant van het huis, waar ook een binnenplaatsje was met een rotan tafel en stoelen, kwam je bij de voordeur.

'Voor gasten gebruiken we deze ingang,' zei Pat tegen Anna, 'maar jij en ik gebruiken wat mijn man de "dienstingang" noemt.'

Dat was de deur die Pat had opengedaan om met Anna te praten. Erachter lag een smalle gang, met aan één kant een deur naar een klein toilet. Aan het eind van de gang duwde Pat een deur open naar een grote, gezellige keuken. De keuken had een leistenen vloer en de muren waren afgebikt tot op de oorspronkelijke stenen en waren daarna wit geverfd. In één muur was een forse haard met een houtkachel. De rest van de ruimte werd in beslag genomen door zongeel geverfde fraaie keukenkastjes en een grote eikenhouten tafel met stevige stoelen. Pat vulde de ketel en zette die op het fornuis. Ze nodigde Anna uit te gaan zitten, waarna ze een steile houten trap op ging om te bellen. Anna keek om zich heen en hoorde haar boven praten. Tegen één muur stond een buffetkast met zo te zien handgemaakt, prachtig geglazuurd aardewerk.

Robert MacKenzie was inderdaad opgeroepen. De reddingsboot was uitgevaren naar een jacht dat uit Lossiemouth vertrokken was en in de drukke vaargeulen van de Firth in problemen was geraakt.

'Dit is zo opgelost,' zei Pat, terwijl ze thee inschonk. In de keuken rook het naar versgebakken zandkoekjes, die op het rooster naast het enorme fornuis stonden af te koelen. 'Met een beetje geluk is hij er zo. Al kan ik me voorstellen dat je er op de verhuisdag niet op zit te wachten om je bij je nieuwe buurvrouw van je beste kant te laten zien. Je zult wel moe zijn.'

'Een beetje,' bekende Anna glimlachend. 'Op dat vlak heb ik trouwens al een stommiteit begaan.'

'O?'

'Toen ik aankwam, werd ik aangesproken door een oudere man,' vertelde Anna. 'Hij zei dat ik niet in het gedeelte voor bewoners mocht parkeren.'

'Aha,' zei Pat. 'Een man met een stok? Zag eruit alsof hij vroeger wel tien rondes tegen Tyson had kunnen boksen?'

'Die omschrijving klopt wel ongeveer.'

'Douglas McKean,' zei Pat met een zucht. 'Lieve help. Dat moet je niet persoonlijk opvatten. Het gaat niet om jou, maar om de Fishergirl's Luck. Er is al tientallen jaren een geschil over van wie dat pand is. Om die reden had hij ook een hekel aan Bren. Eerlijk gezegd denk ik dat hij niemand mag, behalve Ouwe Robbie misschien. Douglas is de laatste bewoner van Crovie die hier geboren en getogen is en hij zoekt ruzie met ons, de nieuwkomers. Ik zou medelijden met hem moeten hebben, maar dat heb ik niet. Hij doet er alles aan om onvriendelijk te zijn.'

Anna glimlachte, was heimelijk opgelucht toen ze hoorde dat ze niet de enige was op wie de oude man zijn boosheid richtte. 'Hoelang woon je hier al?'

'Frank en ik hebben dit bedrijf vijftien jaar geleden gekocht. Het was bedoeld als pensioenvoorziening. Niet het beste idee dat we ooit hebben gehad, maar ik kan me nu niet meer voorstellen dat ik ergens anders zou wonen.'

'Bedrijf?'

Pat hield Anna het bord met zandkoekjes voor. 'In het vakantieseizoen is dit een B&B en een eindje verderop hebben we nog een huisje in de verhuur. Frank is daar nu aan het klussen. Het aantal boekingen voor het B&B en het vakantiehuisje loopt elk jaar verder terug, maar we zijn geen twintig meer, dus dat is misschien maar goed ook. We hebben het hier heel erg naar onze zin. Maar vertel eens, Anna, wat brengt jou naar Crovie?'

'O,' zei Anna, terwijl ze strak naar haar mok keek. 'Dat is een lang verhaal. Nou ja, eigenlijk ook niet. Het is alleen niet heel interessant of uniek. Mijn vader is overleden en ik heb wat geld geërfd. Rond diezelfde tijd kwam er een einde aan mijn lange – zeer lange – relatie. Het drong opeens tot me door dat ik de veertig naderde en dat al mijn bezittingen in mijn vaders oude auto pasten. Toen ik mijn ouderlijk huis leeghaalde, heb ik door fotoalbums gebladerd. Mijn ouders waren op huwelijksreis naar Schotland geweest en er was een foto van hen in Crovie. Het zag er zo betoverend uit dat ik Crovie op internet heb opgezocht. Zo kwam ik erachter dat de Fishergirl's Luck te koop stond. Ik heb het in een opwelling gekocht, want nadat ik het huis van mijn ouders had verkocht, kon ik het zonder hypotheek kopen en ik had woonruimte nodig. Ergens dacht ik dat het een nieuw begin zou zijn...' Ze keek met een scheve glimlach op naar Pat. 'Niet het beste idee dat ik ooit heb gehad.'

'Och, dat moet je niet zeggen,' zei Pat. 'Je bent nog niet binnen geweest. Bren was dol op dat huisje en ik zal blij zijn als het weer bewoond is.'

'Bren,' zei Anna. 'Was dat de vorige eigenaar?'

'Ja. Tot nu heeft er nooit iemand anders in de Fishergirl's Luck gewoond. Ze heeft het tientallen jaren geleden eigenhandig verbouwd. Had het gebouw van haar vader gekocht met geld dat ze in haar jonge jaren als haringmeisje had verdiend. Dat is haar kant van het verhaal. Douglas McKean zal je echter vertellen dat het van hem is en dat ze het op slinkse wijze van hem heeft afgepakt. Ze was een bijzondere vrouw. Heeft daar altijd in haar eentje gewoond. Is inmiddels alweer vijf jaar overleden. Ze is vijfennegentig geworden, heeft altijd voor zichzelf gezorgd tot ze op zekere dag naar bed is gegaan en niet meer wakker is geworden. Sindsdien staat het leeg. Eerlijk gezegd denk ik dat Ouwe Robbie er moeite mee heeft het aan een ander over te doen. Ze hadden een hechte band.'

Ze hoorden de deur van de 'dienstingang' open- en dichtgaan.

'Dat zal Frank zijn,' zei Pat, en ze stond op toen een gestalte de deuropening naar de keuken vulde.

Frank Thorpe bleek een lange, goedgebouwde man van halverwege de zestig te zijn, met een gezicht dat altijd leek te lachen, ook als dat niet zo was. In zijn ene hand had hij een gordijnrails, in de andere een boormachine. Toen hij zijn vrouw zag, lachte hij alsof hij er weken naar had uitgekeken haar te zien. Anna stond op en hij lachte ook naar haar.

'Aha!' riep hij uit. 'Dus wij hebben bezoek! Ik vroeg me al af van wie die auto was.'

'Frank, dit is Anna. De nieuwe eigenaar van het huisje van Bren,' zei Pat tegen hem.

Frank zette de gordijnrails tegen een van de keukenkastjes en gaf haar een hand. 'Heel fijn, heel fijn,' zei hij dolenthousiast. 'Welkom in Crovie, meid.' Hij stak zijn Makita in de lucht. 'Als er geklust moet worden, dan kom je maar naar me toe. Afgesproken?'

'Dank je wel,' zei Anna glimlachend.

'Ouwe Robbie is met de reddingsboot uitgevaren, dat zul je net zien, en nu heeft het arme kind dus geen sleutel,' zei Pat tegen haar man. Ze schonk nog een mok thee in en zette die voor hem neer.

'Ik kan het slot wel voor je openmaken, als je wilt,' zei Frank met pretoogjes nadat hij was gaan zitten en de mok naar zich toe trok.

Anna knipperde met haar ogen. 'O, ik...'

'Frank, gedraag je,' zei Pat afkeurend. 'Het arme kind wil niet weten dat haar dichtstbijzijnde buur dat als een van zijn vaardigheden ziet. Nou dan!'

'Het is maar een hobby,' zei Frank tegen haar. 'Dat heb ik voor Bren ook weleens gedaan. Een paar jaar geleden liet ze tijdens een windvlaag haar sleutel vallen. Hij werd zo over de kade geblazen. Foetsie! En dat er hier een slotenmaker komt, dat kun je wel vergeten. Dus heb ik ervoor gezorgd dat ze naar binnen kon, tot Ouwe Robbie tijd had om de reservesleutel te komen brengen.'

'Robert MacKenzie,' zei Anna, die op een veiliger onderwerp wilde overstappen. 'Ik heb het huis van hem gekocht. Hij is zeker familie van haar als hij het heeft geërfd?'

'Hij is een achterneef van haar of zo,' zei Pat. 'De familieverbanden hier zijn ingewikkeld en mysterieus. Iedereen is op de een of andere manier familie van elkaar.'

'Ik denk dat ik beter kan wachten tot hij er is,' zei Anna. 'Ik wil niet nog iemand boos maken.'

'Douglas McKean,' zei Pat, toen Frank over de tafel heen zijn wenkbrauwen naar haar optrok.

'O, die oude zwamneus,' zei Frank. 'Let maar niet op hem. Je hebt van Ouwe Robbie niets te vrezen, dat is een goedzak. Doet alles voor een ander, vandaar dat hij nog op de reddingsboot vaart, terwijl hij daar al te oud voor is. Hij gaat heus niet moeilijk doen als ik die deur voor je openmaak. En de Fishergirl's Luck is nu toch van jou? Je kunt ermee doen wat je wilt.'

'Laat je door hem niet overhalen, schat,' zei Pat, die opstond en de ketel opnieuw op het fornuis zette. 'Frank zoekt een excuus om indruk te maken, meer niet. Doet alsof hij in een vorig leven een crimineel is geweest, terwijl hij in feite een watje is.'

Frank trok een gezicht en wierp een vertwijfelde blik op Anna, waarna hij er zijn voordeel mee deed dat zijn vrouw met haar rug naar hem toe stond en nog een paar koekjes pakte.

'Je hoeft niet zo'n gezicht te trekken, Frank Thorpe,' zei Pat. 'En als je denkt dat je die allemaal nog voor het avondeten mag opeten, dan heb je het lelijk mis.'

Frank zuchtte overdreven. 'Eens een schooljuf, altijd een schooljuf. Zo is het toch? Je hebt ogen in je achterhoofd.'

'Dat zal wel moeten met jou, niet dan?'

Anna hoorde het gesprek glimlachend aan, al was dat gek genoeg met een steek in haar hart. Het voelde vertrouwd, al hadden Geoff en zij nooit zo'n relatie gehad. Anna dacht terug aan haar kindertijd, toen haar moeder nog leefde en haar vader nog jong was. Ze waren gelukkig geweest, haar ouders, tot het bliepje op de ziekenhuismonitor eerst haar moeders levensverwachting en uiteindelijk ook haar vaders optimisme had teruggeschroefd. Anna keek naar haar vingers terwijl ze de mok vasthield. Ze was nu ouder dan haar moeder was geweest toen ze kanker kreeg, en wat had ze nu helemaal bereikt? Een carrière die voortijdig beknot was ten gunste van een man die altijd alleen maar van zichzelf had gehouden, en de eigendomspapieren van een huis zo groot als een schoenendoos, in een plaats waar haar wortels niet lagen.

Ze had opeens door dat het stil was, keek op en zag Pat en Frank een blik wisselen alsof ze iets tegen haar gezegd hadden en geen antwoord hadden gekregen.

'Sorry,' zei ze, en ze streek met haar hand over haar gezicht. 'Ik was er even niet bij met mijn gedachten. De afgelopen dagen waren zwaar.'

'Dat geloof ik graag,' zei Pat meelevend.

'Weet je,' vervolgde Anna, waarbij ze Frank aankeek. 'Misschien wil ik toch wel gebruikmaken van je aanbod om het slot open te maken. Tenminste, als je zeker weet dat ik daar geen problemen mee krijg met meneer MacKenzie?'

'Dat weet ik zeker,' zei Frank overtuigd. 'We zullen Barbara bellen en aan haar doorgeven dat je in het huisje bent, zodat hij niet meteen hiernaartoe hoeft te komen als hij weer aan land is. Ik durf te wedden dat hij opgelucht zal zijn.'

3

Even later stond Anna erbij toen Crovies variant op de Pink Panther aan het slot van haar nieuwe voordeur morrelde. Er was verder niemand in het dorp te zien. Toen de schemering inviel, begon het harder te waaien. Er werden golven met schuimkoppen tegen de kade geblazen, die met een geluid dat het midden hield tussen gesis en gezucht tegen de stenen kapotsloegen. In de lucht krijsten meeuwen, zwevend op luchtstromen die even onstuimig en onzichtbaar waren als een getijdenstroom. Anna's blik volgde de verspringende rij huizen tot die bij een bocht uit het zicht verdween en een werd met de rots. De met gras begroeide kliffen veranderden van kleur in de vroege avondzon, werden goudkleurig toen het licht ertegenaan trilde en schaduwen vormde bij alle rafelige randen. Het kwam op haar over alsof Crovie tussen twee getijden gevangenzat, en de kliffen geen kliffen waren maar een andere watermassa die elk moment omlaag kon storten en zich met de zee kon vermengen, precies op de plek waar ze nu stond.

'Bingo!' riep Frank. De deur van de Fishergirl's Luck ging met een metalige *ploink* open. Hij keek haar stralend aan.

'Ontzettend bedankt,' zei Anna enorm opgelucht.

'Graag gedaan. Kan ik helpen met dozen naar binnen brengen?'

'Zoveel is het niet. Het lukt wel. Ik ga... eerst even rondkijken.'

Frank knikte en stapte naar achteren, begreep kennelijk haar behoefte om alleen door een deur te gaan die hij kende maar zij niet. 'Goed, maar kom gerust langs als je iets nodig hebt. We gaan rond elf uur naar bed, maar voor die tijd hoef je alleen maar te roepen. Of het nu gaat om hulp, een hamer, thee, chocolade, wijn of gezelschap. Oké?'

Anna glimlachte. 'Nogmaals bedankt. Ik had niet verwacht al zo snel kennis te maken met zulke fijne buren.'

Frank haalde zijn schouders op. 'Waarom zouden we niet aardig zijn? We zijn blij dat je er bent, meid. Als deze plek ergens behoefte aan heeft, dan is het wel aan nieuw elan. Kom anders morgen ontbijten. Om halftien. Als je komt, vinden we dat leuk. Als je niet komt, ook goed.'

Toen liet hij haar alleen. Anna stond op het trapje van de Fishergirl's Luck, met één hand op de open deur. Ze haalde diep adem en duwde ertegen, stapte naar binnen en deed de deur achter zich dicht. Direct daarachter was nog een deur, zodat er een halletje met grenen wanden was. Achter zich hoorde ze nog de wind, maar voor haar was het stil. Het halletje fungeerde als een luchtsluis.

Anna duwde de tweede deur open en een vlaag muffe lucht zweefde haar tegemoet. De ruimte erachter was halfdonker, hoewel er wat licht door de kleine ramen viel. Ze tastte naar de lichtschakelaar en deed het licht aan, bleef versteend in de deuropening staan toen ze in het felle schijnsel van boven om zich heen keek. Zelfs vanaf de plek waar Anna stond, was duidelijk dat er al lange tijd niemand meer in de Fishergirl's Luck was geweest. Stofdeeltjes dansten door de lucht en waren overal neergedwarreld, hadden een grijze laag gevormd, waardoor alles dof was.

Ze had de vraagprijs betaald op voorwaarde dat dit inclusief roerende goederen was, omdat ze zelf niets aan inrichting had en de onpraktische ligging van Crovie iets nieuws kopen tot een uitdaging maakte. De notaris had haar gewaarschuwd dat de Fishergirl's Luck gemoderniseerd moest worden, maar Anna had toen gedacht dat dit de beste manier was om de situatie het hoofd te bieden. Nu zag ze echter dat dit betekende dat ze met een lading oude zooi zat opgescheept. Het grootste vertrek – het woongedeelte – lag links van haar. Onder het raam dat uitkeek op het pad, stond een doorgezakte tweezitsbank van ruwe blauwe stof, waar vulling aan het eind van de versleten armleuningen naar buiten kwam. Daarvoor stond een grenen salontafel die bedekt was met een vieze laag stof. Twee bobbelige fauteuils, bekleed met oranje en bruine stof wat in de jaren zeventig vast hip was geweest, stonden aan de andere kant van de salontafel. Daarnaast, in de linkermuur, was een haard met een kleine houtkachel. De trap die Anna zich zo goed herinnerde van de foto's bevond zich in de verste hoek, naast de haard, en verdween naar de eerste verdieping tegen de muur aan de kant van de oceaan. Het kwam op Anna nu veel minder over als een schattig huisje met een aparte indeling en veel meer als een hopeloze onderneming. Onder haar voeten lag een versleten blauw kleed dat vloekte bij de kleur van de bank, hoewel het ongeveer even oud leek.

Recht voor haar, beginnend bij het laagste gedeelte van de trap en doorlopend tot de rechterbuitenmuur van het huisje, was de keuken. Anna had de inventarislijst doorgenomen en wist dat de Fishergirl's Luck over een oven, gootsteen en koelkast beschikte die allemaal op de rechthoekige tegelvloer stonden. Dat was alles waar ze zich druk om had gemaakt op het moment dat ze uit Geoffs leven stapte en niet wist of ze ooit weer in de keuken wilde staan, behalve dan om voor zichzelf brood te roosteren of af en toe een magnetronmaaltijd op te warmen. Nu werd ze echter overvallen door een gevoel van ontsteltenis toen ze naar het keukengedeelte keek. Ja, er waren planken en kasten. Er waren werkbladen en er was zelfs een eettafel, als je de grenen plank onder het schuine gedeelte van de trap plus de twee krukken die eronder waren geduwd, zo kon noemen. Het was echter allemaal zo klein dat het in de lift van Geoffs appartement zou passen. Nu ze ernaar keek, kon Anna zich niet voorstellen dat ze hier ooit brood zou willen roosteren, laat staan dat ze hier zou willen koken.

Rechts van haar liep een tweede deur schuin weg naar een andere stevige houten scheidingswand, die de hoek afsloot tussen het halletje en de buitenmuur. Achter die deur was de badkamer: een klein douchegedeelte in de hoek, een wastafel en een wit toilet, die gelukkig allemaal schoon leken, en een stuk moderner waren dan de rest van het huis, maar ook hier lag overal een laag stof.

Anna deed de badkamerdeur weer dicht, draaide zich om en liep als versuft over de vloer. In nog geen zes stappen was ze bij de oude witporseleinen gootsteen van haar nieuwe keuken. Daarboven was het enige raam met zeezicht. Het was amper groter dan een fotolijstje van 20 bij 25 centimeter, met kleine luiken die waarschijnlijk golfschade moesten voorkomen. Anna greep het koude porselein vast, voelde nog meer stof onder haar vingers, en keek naar de groengrijze golven.

'Lieve help,' mompelde Anna. 'Wat heb ik gedaan?'

Kom op, meid, zei een vertrouwde stem in haar hoofd. Schrijf het nog niet af.

Haar ogen vulden zich met tranen. Papa.

Dat had hij tegen haar gezegd de dag dat hij haar had helpen verhuizen naar haar kamer voor haar eerste baan nadat ze was afgestudeerd aan de koksschool. Dat was inmiddels bijna twintig jaar geleden, maar het stond Anna nog helder voor de geest. Bij aankomst bleek het geen fris droomappartement met uitzicht op de bedrijvigheid van Londen te zijn, maar een hete, krappe zolder in het West End Hotel. Het enige raam was een oud daklicht waar ze zelfs als ze op een stoel stond amper bij kon. Het was een baan met kost en inwoning, en Anna wilde die baan dolgraag. Haar vader had liever gezien dat ze ergens anders was gaan werken, dat wist ze, maar ook toen al volgde ze Geoff overal.

'Doe je eigen ding,' had hij gezegd, toen ze hem vertelde dat ze een baan als junior kok kon krijgen. 'Ga niet voor deze baan omdat hij daar al werkt. Hoe zit het met dat restaurant in Lancaster, dat van die chef-kok die tegen je zei dat hij een leuke baan voor je had zodra hij openging? Als je die baan zou aannemen, zou je veel meer mogen doen dan alleen de hele dag wortels schillen.'

'Maar dit is Londen, papa,' had ze aangevoerd. 'Geoff zegt...'

'Anna, het kan me niet schelen wat Geoff zegt. Vorige maand was hij nog student, net als jij. Hoezo zou hij het beter weten?'

Anna wist nog wat ze geantwoord had. 'Hij heeft veel talent. Hij wordt een ster, dat kan niet anders.'

'En jij, Anna?' had hij haar gevraagd. 'Wanneer gaat jouw ster stralen?'

Anna had vertwijfeld omhooggekeken. 'Dat ik een of andere wedstrijd gewonnen heb, wil nog niet zeggen dat ik de volgende ster ben, papa,' had ze gezegd.

'Komt dat ook bij Geoff vandaan?' had haar vader gevraagd. 'Je had hem bij die wedstrijd verslagen, dat weet ik nog, al zou hij liever zien dat iedereen dat zou vergeten. De titel "jonge chef-kok van het jaar" is in mijn ogen niet niks, Anna.'

'Je weet er niets van, papa,' zei Anna. 'Dit is Londen. Trouwens, ik hou van Geoff en Geoff is daar.'

Ik had naar je moeten luisteren, dacht Anna, en ze wreef over haar ogen. Haar vader had geprobeerd haar een ander perspectief te bieden, tot ze botweg tegen hem zei dat ze ging en daarmee uit. Hij had haar altijd gesteund. Ook al was hij het niet eens met haar keuze, hij was net als anders haar rots in de branding geweest. Hij had altijd geprobeerd haar te helpen een oplossing te bedenken, er het beste van te maken.

Als hij nu bij haar in de Fishergirl's Luck zou staan, zou hij misschien gezegd hebben: je bent er nu toch, dan kun je net zo goed ook de rest bekijken. Niet dan?

Met een bang vermoeden ging Anna de trap op, maar die bleek veel steviger te zijn dan ze had gedacht. De bovenste twee treden maakten een draai en toen stond ze in een kleine open ruimte, die deels in beslag werd genomen door een kledingkast die tegen de gevelmuur boven het fornuis beneden gebouwd was. Er was een klein raam dat uitzicht bood op het pad en licht binnenliet. Links van de bovenste trede was een wand die een scheidingsmuur vormde. Anna vermoedde dat dit ooit één grote open ruimte was geweest. Achter de deur in het midden nam een eenpersoonsbed de rechterhelft van de ruimte in. Tot haar verbazing – en verwarring – lag er een gloednieuw matras op het bed. De plastic verpakking zat er zelfs nog omheen.

Aan de linkerkant was een lage inbouwkast met laden over de volle lengte van de kleine kamer met daarboven ruimte om dingen neer te zetten. Aan het eind in de gevelmuur zat het grootste raam van de Fishergirl's Luck, een boograam dat de hele muur besloeg en al vlak boven de vloer begon. Ook dit raam had luiken. Er hing een oud mousselinen gordijn voor dat het glinsterende licht van de ondergaande zon dempte. Verder was de kamer leeg, behalve dan dat er overal stof lag.

Anna ging op de rand van het bed zitten en voelde het matras met de plastic verpakking onder zich kraken. Ze kon hier toch niet wonen? Ze had precies hetzelfde gedaan als met die vreselijke kamer waar ze drie jaar had gewoond toen ze naar Londen was verhuisd. Haar fantasie was met haar op de loop gegaan. Natuurlijk was dit geen droomhuis! Ze had een schijntje betaald, wat had ze gedacht voor dat geld te krijgen? Het was weer net zoals Geoff vaak had gezegd: ze had geen grip op de realiteit. Houd op met cheques uitschrijven voor bedragen die je hersens niet kunnen verwerken. Accepteer je beperkingen nou eens!

Ze zou één nacht blijven, langer niet, besloot Anna, want ze was te moe om een andere overnachtingsplek te zoeken. Er was in elk geval een fris matras om op te slapen en het enige wat ze had gekocht voordat ze hiernaartoe kwam, waren een nieuw dekbed en hoofdkussens.

Toen Anna door het dorp terugliep, zag ze dat er bij sommige huizen een soort lage kruiwagen stond, met twee wielen en handvatten zodat je het ding kon duwen of trekken. Op elk ervan stond een cijfer geschilderd dat correspondeerde met het huisnummer waar de kruiwagen voor stond. Toen ze bij haar auto kwam, zag ze op het achterste gedeelte van het kleine parkeerterrein naast de afvalbakken meer van zulke kruiwagens staan. Vooraan stond er een waarop Fishergirl's Luck was geschilderd. Anna besefte dat ze bedoeld waren om spullen gemakkelijker langs de kade naar de huizen te vervoeren. Weer een geniale uitvinding die het wat beter te doen maakte om op een plek te wonen die zo moeilijk bereikbaar was.

Ze nam niet de moeite haar kruiwagen te pakken. Ze had immers maar een paar spullen nodig uit haar kofferbak. De rest kon in de auto blijven, anders moest ze morgen als ze wegging alles weer in de auto stouwen.

Anna vond de doos met beddengoed en haalde die uit de auto. Na een korte aarzeling pakte ze nog een doos – hoewel ze weinig in te pakken had gehad, zaten er duidelijke etiketten op – en maakte die open. Bovenop lag een foto in een oud zilveren lijstje, de poort tot een gelukkiger verleden. Ze was een jaar of vier toen de foto genomen was, tijdens een gezinsvakantie ergens aan het strand, waarschijnlijk in Wales. Ze zat bij haar vader op zijn schouders en haar mollige witte beentjes bungelden voor zijn borst. Anna had een ijsje vast. Het ijs was deels gesmolten en liep over haar vingers, kon elk moment in haar vaders haar druppen. Haar moeder probeerde het ijs op te vangen, had met één hand de arm van haar man vast, stond op haar tenen, strekte een open handpalm uit om het druppen tegen te gaan. Ze lachten allebei. Anna had het altijd veelzeggend gevonden dat haar ouders juist deze foto in een lijstje hadden gedaan en op de schoorsteenmantel hadden gezet. Het was het eerste voorwerp dat ze gepakt had toen ze na het overlijden van haar vader het huis ging leeghalen. Voor haar getuigde het van eenvoudig geluk dat ze nog niet had bereikt in haar volwassen leven, en ze betwijfelde of dat ooit zou gebeuren.

Anna pakte de foto, haar beddengoed en een tas met boodschappen en ging terug naar haar huisje. Ze zette de tas met boodschappen op een van de werkbladen, ging de trap op en zette de foto bij het bed. Ze deed haar schoenen uit en haalde het matras uit het plastic. Ze liet zich op het matras zakken en trok het dekbed over zich heen. Het kon haar niets schelen dat ze haar kleren nog aanhad, dat het bed niet was opgemaakt en dat ze sinds het ontbijt niet meer echt gegeten had. Ze viel in slaap bij het geluid van de golven die tegen de voet van de Fishergirl's Luck sloegen.

4

Het was donker toen Anna wakker werd. Ze was gedesoriënteerd en had honger. Even wist ze niet waar ze was. Tot het geluid van de zee haar eraan herinnerde dat ze in Crovie, in de Fishergirl's Luck was en ze weer helder kon nadenken. Ze maakte zich los uit de wirwar van het dekbed en zette haar blote voeten op de koude houten vloer om het licht aan te doen. Ze tastte langs de randen van de onbekende deurpost en vond de lichtschakelaar, waarna ze verwoed met haar ogen tegen het felle licht knipperde. Toen ze aan het licht gewend was, keek ze op haar horloge, dat ze nog om had, om te zien hoe laat het was. Het was bijna vijf uur in de ochtend.

Beneden was het koud, maar er was geen hout voor de kachel (en bovendien had ze geen lucifers). Hoewel er een elektrisch kacheltje onder de trap was en ook nog een in de slaapkamer boven, was Anna nog niet wakker genoeg om uit te zoeken hoe ze die aan kreeg. Ze schuifelde naar de keuken en pakte de tas met boodschappen die ze de avond ervoor daar had neergezet. Er zaten alleen basislevensmiddelen in: brood, thee, melk, boter, jam, kaas, eieren, zout en peper. Anna keek met een bang vermoeden naar de oven en vroeg zich af hoe erg die er vanbinnen uit zou zien. Toen ze eindelijk de piepende deur opendeed, zag ze tot haar opluchting dat die lang niet zo vies was als ze had verwacht. Anna zette de oven op de grillstand en legde twee sneden brood in de oven. Daarna wilde ze theezetten, maar ze kwam erachter dat ze geen fluitketel had, en ook geen mok. Water dan maar, als ze iets kon vinden om het in te doen en de leiding niet rechtstreeks uit de zee kwam. Nadat ze het geroosterd brood gesmeerd had, ging Anna op de bank zitten en at werktuigelijk, terwijl ze met een leeg, onwerkelijk gevoel naar het plafond keek.

Anna kreeg in de gaten dat de dubbele houten balken boven haar hoofd als bergruimte dienden. Tussen de stutten die de bovenverdieping op zijn plek hielden, was een gelijkmatige tussenruimte van zo'n twaalf centimeter. In één hoek lag een boek, in de lengte, op zijn voorkant. Anna stond op en pakte het. Het was een oud, in zacht bruin leer gebonden notitieboek. Anna sloeg het open en zag dat het in een priegelig, net handschrift helemaal volgeschreven was met recepten. Ze vroeg zich af of het van de vorige bewoner, Bren, was en of het doelbewust was achtergelaten toen meneer MacKenzie het huis van de oude vrouw had leeggehaald of dat hij het notitieboek gewoon over het hoofd had gezien. Het receptenboek van haar grootmoeder was haar immers zeer dierbaar, deels door de herinneringen die Anna had aan de keren dat ze als klein meisje er samen met haar moeder recepten uit had gemaakt. Als Anna dat receptenboek nu gebruikte, had ze het gevoel dat ze haar oma, die al voor Anna's geboorte was overleden, beter leerde kennen. Door dat receptenboek voelde ze zich ook nauwer verbonden met haar moeder, die het grootste deel van Anna's leven niet meer had meegemaakt.

Brens receptenboek moest in de familie blijven en Anna nam zich voor om het aan Ouwe Robbie te geven. Wie weet had hij kinderen of kleinkinderen die eruit konden koken en zo de herinneringen levend konden houden aan de vrouw die de recepten had opgeschreven. Het leek zonde dat recepten die zo zorgvuldig verzameld waren, verloren zouden gaan. Op sommige pagina's had Bren tekeningetjes gemaakt en er waren pagina's waar in een nog kleiner handschrift aantekeningen waren gemaakt. Het was een prachtig notitieboek dat het verdiende om bewaard te blijven. Anna legde het op de salontafel en stak het laatste stuk geroosterd brood in haar mond.

Ze voelde zich leeg en suf, en omdat ze toch niet meer zou kunnen slapen, besloot ze een eindje te gaan lopen. De voordeur kon gerust tien minuten op de klink blijven, meer tijd had ze niet nodig om naar het eind van het dorp en weer terug te lopen. Bovendien kon ze de binnendeur op slot doen en de sleutel meenemen.

Eenmaal buiten bleef Anna op het trapje staan. De frisse wind bestookte haar gezicht en haar haar, terwijl ze bedacht of ze naar links of naar rechts zou gaan. Ze koos voor links, omdat ze nog niet in die kant van Crovie was geweest. Het ochtendlicht, dat in Londen zelfs al op dit tijdstip vies en weeïg grijs was, was hier fris en helder, hoewel het halve dorp nog in de donkere schaduw van de klif lag. Het was vloed en de golven, die een tint tussen azuur en turkoois waren, sloegen hoog tegen de kade. De kracht van de golven werd verhuld in de rustige golfslag. Anna zoog haar longen vol zilte lucht en ging op pad. Ze was altijd al vroeg opgestaan, wat een groot voordeel was in haar beroep. Ze keek weer op haar horloge en besefte dat ze in haar vorige leven nu op weg zou zijn naar het restaurant, klaar voor weer een lange periode van twee halve diensten op haar plek in de keuken. De enige glimp van de buitenwereld die ze opving, waren nu en dan pauzes van vijf minuten in de steeg waar de vuilcontainers stonden. Maar ze was niet daar en zou daar ook nooit meer zijn.

Al lopend keek Anna naar de huizen en ze verbaasde zich erover dat er op een paar plekken, waar de klif minder steil was, tussen huizen in een betonnen trap was om bij huizen te komen die daar vlak achter waren gebouwd. Er waren ook tuinen, plekken waar gras groeide, waardoor er redelijk vlakke hellingen waren ontstaan waar wilde bloemen groeiden: de blauwe bloemen van grasklokjes, de winterharde witte bloemblaadjes van madeliefjes, het paars van wikke en distels, een vrolijk geel bloemetje waarvan Anna de naam niet wist. De bouwstijl van de huizen veranderde toen het dorp naar het eind toe smaller werd door de oprukkende klif. De huizen waren daar kleiner, waren veelal gelijkvloers of er waren ramen in de zolder gemaakt. Ze stonden met de voorkant naar de meedogenloze zee toe, in plaats van tegenover elkaar. Deze huizen waren nog wel groter dan de Fishergirl's Luck, maar het scheelde niet veel, en Anna probeerde zich voor te stellen hoe ze er vanbinnen uit hadden gezien toen ze net gebouwd waren. Hokkerig, nauw, koud, vochtig. Het is verbazingwekkend waar mensen aan gewend raken, dacht ze. Verbazingwekkend hoe mensen kunnen leven.

Er leek nu niemand in te wonen, in elk geval niet het hele jaar. Voor nieuwsgierige toeristen die net als zij ver genoeg het dorp in waren gelopen om bij deze huizen te komen, hing er in de meeste ramen een bord of poster dat het huis als vakantiehuis te huur was. De klif ging erachter steil omhoog, als een onfrisse vreemde die in een menigte tegen je aan duwde. En er was nog iets... Ze miste iets maar wist niet wat, tot ze omhoogkeek en besefte dat er geen meeuwen boven haar hoofd rondvlogen. Zelfs de zeevogels bleven weg.

Het rook er naar vochtig verval. Toen ze weer opkeek naar de klif, zag ze dat er krassen op zaten, oude sporen die aangaven dat er gras en aarde van de erboven gelegen rots overheen waren geschoven. Sommige huizen beneden waren duidelijk beschadigd. Een had de onnatuurlijk donkere ramen die kenmerkend waren voor huizen die niet meer bewoond werden. Bij een ander raam zag ze niet alleen gordijnen maar ook spinnenwebben hangen. Over de achtermuur was een blauw zeil gespannen, waarvan de randen licht flapperden in de ochtendbries. Een roestige goot hing er scheef onder, losgerukt van zijn oorspronkelijke positie.

Helemaal aan het eind van het dorp, waar de klif zo steil in de inham overging dat het er alleen geschikt was voor vogels, was een grasveldje met daaromheen een stenen muurtje. Er stonden drie bankjes. Anna ging op het bankje zitten dat uitzicht bood op heel Crovie. De kleuren van het dorp werden feller naarmate de zon hoger kwam. Voor haar stond een paal die deel uitmaakte van de laatste gemeenschappelijk drooglijnen van het dorp. Bij de rand van de kade waren dikke houten palen in het beton van het pad gezet en daartussen waren lijnen gespannen waaraan vroeger de visnetten konden drogen of konden hangen om te repareren voor het visseizoen begon. Nu werden deze lijnen bij mooi weer als waslijnen gebruikt. Hoewel het nog vroeg was, hingen er al lakens en kleren aan. Terwijl Anna genoot van de geur van de zee en het gekabbel van het kerend tij, kwam er iemand over het pad haar kant op. Even was ze bang dat het Douglas McKean was, en de moed zonk haar in de schoenen. Als dat zo was, kon ze hem met geen mogelijkheid ontwijken en ze had er geen zin in dat hij deze nieuwe dag direct al zou bederven door haar onomwonden de waarheid te zeggen. Toen de gestalte dichterbij kwam, zag ze dat het een vrouw was met witgrijs haar dat als een wolk om haar gezicht heen hing. Ze had duidelijk een doel, zette vastberaden de ene voet voor de andere. Bij de plek gekomen waar Anna zat, glimlachte ze ter begroeting, maar ze vertraagde haar pas niet. In plaats daarvan stak ze één verweerde hand uit om de waslijnpaal vast te pakken, waarna ze er twee keer omheen liep.

'Dat is traditie,' zei de vrouw, terwijl ze een rondje maakte. Daarna wees ze naar wat er op de paal was geschilderd. 'Zie je wel? South Pole. North Pole. Daar moet je twee keer omheen lopen.'

'O, ik...' stamelde Anna, maar voor ze de kans kreeg om nog meer te zeggen, glimlachte de vrouw en ging ze weg, via dezelfde route als ze was gekomen.

Anna keek naar de paal en zag dat er aan de ene kant inderdaad

'North Pole' en aan de andere kant 'South Pole' op geschilderd stond. Al snapte Anna nog steeds niet waarom het nodig zou zijn er twee keer omheen te lopen.

Tegen de tijd dat ze haar blik weer op de kade richtte, was de oude vrouw verdwenen. Anna begon terug te lopen, maar in een veel trager tempo, en was algauw uit de schaduw van de kliffen. De vroege ochtendzon liet de kleuren van de bloemen in de hangende bloemenmanden en in tonnen naast deuren en ramen oplichten. De bloemen bloeiden ondanks de zilte lucht. Achter een van de huizen lag een verhoogd terras met prachtige roze rozen die over de omheining groeiden.

Voor zich uit hoorde Anna een sputterende motor. Een motorboot vertrok van de pier. Er stonden twee mensen in de boot. De ene figuur was de oude vrouw die Anna twee keer om de noord- en zuidpaal had zien lopen. De andere figuur, die aan het roer stond, kon ze door de grote afstand niet goed zien, maar toen de boot een bocht maakte om naar Gardenstown te gaan, stak de andere figuur als groet een hand op. Anna wist niet of dit gebaar voor haar bedoeld was, of voor iemand die ze niet zag, maar ze stak haar hand op en zwaaide terug.

Toen ze terugkwam bij de Fishergirl's Luck stond er een rieten mand bij haar deur. Er zat een fles rode wijn in, een bruine papieren zak met vier scones, een kaars in een blikje en een dichtgeplakte envelop. In de envelop zat een koperen sleutel plus een briefje.

Beste mevrouw Campbell,

Welkom in Crovie en in de Fishergirl's Luck. Het spijt ons dat u de sleutel niet gisteravond al gekregen hebt en dat we niet in de gelegenheid zijn geweest het huis voor uw komst grondig schoon te maken. We waren de tijd vergeten! We hadden meer willen doen dan alleen een nieuw matras neerleggen.

Hier is uw sleutel. Deze mand is ons welkomstgeschenk. We wensen u het allerbeste toe en hopen dat u al een beetje gewend bent.

Hartelijke groet,
De familie MacKenzie

'En, hoe was je eerste nacht in de Fishergirl's Luck?' vroeg Frank Thorpe een paar uur later toen Anna aan de keukentafel in de Weaver's Nook zat.

'O,' zei Anna. 'Goed. Eh, ja, goed.'

'Dat klinkt niet al te enthousiast,' zei Pat, die verse thee in Anna's mok schonk. 'Heb je slecht geslapen? Het duurt even voordat je aan het geluid van de zee gewend bent.'

Anna glimlachte naar haar gastvrouw over een bord met een uitgebreider ontbijt dan ze in jaren had gegeten. 'Daar lag het niet aan. Ik vond het fijn om wakker te worden van het geluid van de golven. Maar… ik besefte al heel snel dat ik een grote fout heb gemaakt. Ik had het huis nooit moeten kopen.'

Pat keek haar geschrokken aan. 'Zeg dat nou niet, schat! Je bent er nog maar net!'

'Dat weet ik, maar er moet veel aan gebeuren. En het is heel klein! Ik wist natuurlijk dat het klein was, maar nu ik het in het echt heb gezien… Het is gewoon niets voor mij.'

'Wat moet er dan allemaal aan gebeuren?' vroeg Frank. 'Het huis is toch vrij solide? Heb je een gat in het dak ontdekt?'

'Nee, zoiets is het niet. Niet dat ik weet, althans,' zei Anna, die deze nieuwe mogelijkheid verdrong om die later te onderzoeken. 'Het is alleen heel vies en alles is… nou ja, oud, zeg maar.'

'Aha,' zei Pat. 'Ja, ik kan me voorstellen dat het er nu stoffig is. Het heeft heel lang te koop gestaan. Niemand had er belangstelling voor. Ouwe Robbie had gezegd dat hij het nog een keer zou schoonmaken voordat jij er introk.'

Anna glimlachte. 'Dat weet ik.'

Pat keek op van haar ontbijt. 'O, hebben jullie elkaar gesproken?'

'Nee. Ik ging vanochtend een eindje wandelen en bij thuiskomst stond er een welkomstmand bij de deur, met daarin een briefje en mijn sleutel. Dat was ontzettend aardig. Ik had heus niet verwacht dat ik in een instapklare woning zou komen,' zei Anna. Terwijl ze dat zei, vroeg ze zich af of ze dat, onbewust, wellicht toch had verwacht. Overal waar ze de afgelopen vijftien jaar met Geoff had gewoond, was de inrichting minimalistisch, op het steriele af, want ze waren beiden nooit lang genoeg thuis om rommel te maken en Geoff hield van een minimalistische levensstijl. Misschien was ze vergeten hoe het was om in een huis te wonen waar echt in geleefd werd. 'Daar gaat het niet om. Ik weet niet wat ik dacht toen ik besloot hier te gaan wonen. Het was een belachelijk plan.'

Frank richtte zich tot Pat. 'Weet je nog de eerste ochtend dat wij hier wakker werden?'

Pat gniffelde tegen de rand van de mok die ze vasthield. 'Ik dacht precies hetzelfde.'

'Wij dachten ook dat we een grote fout hadden gemaakt,' zei Frank tegen Anna. 'Het hielp niet bepaald dat het die avond dat we aankwamen hevig stormde. Het was alsof we wakker werden in het einde der tijden. Pat huilde. Zo is het toch, schat?'

'Dat klopt,' bekende Pat. 'Ik ging naar beneden, naar de keuken – dat was voordat we die verbouwd hadden en een extra toilet hadden aangelegd – om water op te zetten en er kwam zo'n tocht onder de deur door dat ik het idee had dat ik in het noordpoolgebied was beland. De vloer was nat, doordat de regen door diezelfde opening naar binnen was gekomen. Het kleed rook naar natte hond, ik kreeg de houtkachel niet aan en de stroom was uitgevallen. Uiteindelijk ben ik met mijn natte slippers op de onderste traptrede gaan zitten en heb tranen met tuiten gehuild. Ik dacht dat we al ons spaargeld hadden uitgegeven aan een lading rotzooi.'

'Ik was er niet veel beter aan toe, dat mag je gerust weten,' voegde Frank eraan toe. 'Nee, het heeft een tijdje geduurd voordat we verliefd werden op dit huis, en op het dorp. Maar dat gebeurde. En zo zal het met jou ook gaan, Anna, als je het een kans geeft.'

Anna glimlachte weer, maar dacht dat ze nooit verliefd zou worden op de vieze oude schuur die ze nu haar thuis moest noemen.

'Gun jezelf minimaal een paar weken,' raadde Pat haar aan, alsof ze Anna's gedachten kon lezen. 'Blijf er een tijdje, stop er iets van jezelf in. Logisch dat het raar aanvoelt als het vol staat met spullen van een ander.'

'Ja,' gaf Anna toe. 'Dat is raarder dan ik had verwacht. Dat klopt.'

'Daar kunnen wij je bij helpen,' zei Frank tegen haar. 'Als er spullen in of uit moeten, dan geef je maar een gil. Ik kom graag helpen.'

'Bedankt,' zei Anna. Ze was oprecht geraakt door de moeite die het stel deed om haar het gevoel te geven dat ze welkom was. 'Het eerste wat ik moet doen is schoonmaken. Kan ik een dweil, een borstel, een emmer en allesreiniger lenen?'

Wat ze ook met het huis ging doen – ze speelde vaag met het idee het als vakantiehuisje te verhuren, maar wie wil er nou logeren in een schuur met alleen een eenpersoonsbed?, zo redeneerde ze terwijl ze opnieuw gebakken spek aan haar vork prikte – de Fishergirl's Luck moest eerst grondig worden schoongemaakt.

5

Anna begon in de keuken, want als chef-kok konden haar hersens het idee van een vies werkoppervlak niet aan. In een van de kastjes vond ze een oud stoffer en blik, waarmee ze de tegelvloer veegde, die ze later zou dweilen. Daarna leefde ze zich uit op de werkbladen. Het verbaasde Anna hoe de oude eikenhouten planken opknapten. De kromme nerven waren een natuurlijke afspiegeling van de vorm van de golven die ze door het kleine raam boven de beschadigde porseleinen gootsteen kon zien. De zee was vandaag kalm en ze wilde dat ze die beter kon horen terwijl ze aan het werk was. Ze ontdekte echter algauw dat het raam niet open kon. Dat was ongetwijfeld uit veiligheidsoverwegingen in verband met het weer, waardoor Anna aan de storm dacht waar Pat en Frank het over hadden gehad. Hoe zou het zijn om hier een storm mee te maken, zeker in de beperkte ruimte van de Fishergirl's Luck?

Anna had altijd van storm gehouden. Het eerste huis waar ze had gewoond, had aan de achterkant een oude serre. Een van haar vroegste herinneringen was dat haar vader haar op een avond, lang nadat ze naar bed was gegaan, wakker had gemaakt. Er was storm op komst en hij wilde dat Anna dat zou zien. Haar moeder leefde toen nog en toen haar vader Anna naar beneden droeg, was haar moeder in de keuken voor hen alle drie warme chocolademelk aan het maken. Haar vader had de kussens van de oude rotan bank gehaald en op de vloer gelegd, had ook dekens gehaald en zo een soort nest gemaakt, zodat ze met z'n drieën in de serre konden liggen en door het gevlekte glas van het dak de storm tekeer zagen gaan. Anna herinnerde zich nog het rommelende gebrul van de naderende donder, de blauwwitte vertakte bliksemschichten die door de nachtlucht schoten, de smaak van de dikke warme chocolademelk, de mompelende stem van haar vader die vertelde hoe de bliksem werkte, al was ze nog veel te jong om zijn uitleg te kunnen volgen.

Anna hield even op met schrobben om naar de golven te kijken. Haar ouders zouden het hier fantastisch vinden, bedacht ze. Maar dat wist ze toch al? Ze waren op hun huwelijksreis op veel plekken geweest en niet al die plaatsen waren in dat fotoalbum terechtgekomen. Crovie wel.

Wat had haar bewogen dit huis te kopen? Verdriet? Eenzaamheid? Wilde ze een band herstellen met iets wat belangrijk voor haar was en nu voorgoed weg was? Anna vermoedde dat het daar iets mee te maken had. Ze verklaarde zichzelf opnieuw voor gek. Alsof een huis zou helpen zich minder eenzaam te voelen, haar terug te voeren naar een tijd dat ze zich verbonden, veilig en gewenst voelde. Wat zou ze nu graag met haar vader over dit huis praten.

Wat moet ik doen, papa? Ik kan hier toch niet wonen? Nee, dat gaat niet. Er is hier niets voor me. Wat bezielde me?

Ze ging verder met schrobben, zodat ze niet naar de stilte hoefde te luisteren.

De oven en de omringende tegels zorgden voor een verrassing. Toen ze het stof weghaalde, kwam er een prachtige donkergroene glazuurlaag tevoorschijn die glansde in de late ochtendzon. Anna zette de ventilator aan en na een trage start bleek die prima te werken. Een poetsbeurt was voldoende om de wasemkap weer te laten glanzen en met bleekmiddel wist ze de oude witporseleinen gootsteen in oude glorie te herstellen, hoewel de bodem wat beschadigingen en barstjes had die met poetsen niet weggingen.

Daarna waren de kastjes en laden aan de beurt, die allemaal leeg waren maar nog moesten worden schoongemaakt. Vervolgens maakte ze de koelkast schoon, die minder erg stonk dan Anna had verwacht, en daarna de kleine grenen 'eettafel'.

Tegen de tijd dat Anna de hele keuken had schoongemaakt, was ze moe. Ze had het warm en ondanks het uitgebreide ontbijt bij Frank en Pat, had ze weer honger. Haar kleren, handdoeken, het merendeel van haar toiletspullen en al haar keukengerei lagen nog in de auto. Anna besefte dat als ze hier nog een nacht zou blijven, ze beter meer spullen naar de Fishergirl's Luck kon brengen, al was het maar om te voorkomen dat ze telkens als ze iets nodig had naar de auto moest lopen.

Het was nog rustig in het dorp toen ze naar de auto liep. Daar was Anna blij om, want als gevolg van haar schoonmaakwoede transpireerde ze nogal. Toen ze bij haar oude Fiat kwam, zag ze dat er een wit papiertje onder haar ruitenwisser zat, dat in het Noordzeebriesje wapperde. Anna pakte het en zag dat iemand er slordig een korte onvriendelijke boodschap op had geschreven.

Parkeerplaats voor BEWONERS

Met het briefje in haar hand keek Anna om zich heen, maar ze zag niemand die het daar kon hebben achtergelaten. Als ze moest gokken, zou ze zeggen dat Douglas McKean erachter zat, maar die wist al dat ze de Fishergirl's Luck had gekocht, dus dan had zo'n briefje toch geen zin? Ze verfrommelde het en stopte het in haar zak. Ze voelde een knoop in haar maag.

'Wees maar niet bang,' zei ze zacht voor het geval degene die haar weg wilde hebben toekeek, 'ik blijf hier niet lang.'

Ditmaal gebruikte ze de kruiwagen om haar dozen over het pad te vervoeren. Ze kwam een paar mensen tegen, die stuk voor stuk knikten en gedag zeiden, dus die waren waarschijnlijk niet verantwoordelijk voor dat briefje, maar je wist nooit wat er echt in iemands hoofd omging.

Anna maakte de kleine badkamer schoon, waarna ze de douche aanzette. Het water was heerlijk warm en de waterdruk viel mee. Ze stapte opgefrist onder de douche vandaan en trok een joggingbroek en een sweater aan en ook de fijne hoge sloffen die Geoff altijd sjofel en goedkoop had gevonden.

Toen ze de badkamer uit kwam, was Anna aangenaam verrast hoe goed de keuken er nu uitzag.

Anna had geen zin om echt te koken en besloot een omelet te maken, wat maar goed was ook want ze had weinig in huis. Ze vond haar favoriete koperen koekenpan (die ze trots van haar eerste salaris had gekocht en waar ze altijd voorzichtig mee was geweest) en deed het gas aan. Ze glimlachte toen ze de eieren klopte. Een omelet. Dat was het eerste wat ze op de koksschool had leren maken, hoewel ze het, net als alle andere studenten, belachelijk vond dat men dacht dat ze zo'n eenvoudig recept niet al konden maken, wat uiteraard het hele punt was. Iedereen meende te weten hoe je een omelet moest maken, maar om een goede chef-kok te zijn, moest je eerst erkennen dat je minder wist dan je dacht, en moest je niet je neus optrekken voor basisvaardigheden. Madame Chaubert, hun mentor, beweerde dat als je te arrogant was om te beseffen dat basisvaardigheden van essentieel belang waren, je nooit heel goed kon worden. In haar optiek wisten echt grote chef-koks, zelfs de allerbeste, dat ze nog veel konden leren. Leren leren was dan ook de belangrijkste eerste stap in de carrière van een chef-kok, en waar kon je beter mee beginnen dan met eieren in een kom breken?

Geoff, zo herinnerde ze zich, had geweigerd een omelet te maken. Hij zei dat zijn ouders geen fortuin aan collegegeld hadden betaald om iets te leren wat hij sinds zijn zesde al perfect beheerste. Hij had gedreigd naar de decaan te stappen als madame hem zou dwingen een omelet te maken. Toen ze tegen hem zei dat hij dat dan maar moest doen, had hij sneller een omelet gemaakt dan de mentor en hij had al haar adviezen genegeerd, puur om zijn gelijk te halen. Dat was een van de dingen die direct Anna's aandacht had getrokken, zijn onwankelbare eigendunk. Dat had ze zowel ontstellend als aantrekkelijk gevonden. Anna, het veelbelovende stille muisje uit de rimboe dat heel goed wist dat ze alles nog moest leren. Dat moment maakte Geoff tot leider van de klas en bezorgde hem toen al een beruchtheid die zijn carrière zou definiëren. Iedereen wist wie hij was en dat vond hij geweldig.

Ze had beter moeten weten, besefte Anna nu. Ze had zich niet zo moeten laten verblinden door het oppervlakkige effectbejag van zijn ego.

Na het eten ging Anna met nieuwe energie aan de slag om aan de duistere greep van herinneringen te ontsnappen. Toen er op de deur werd geklopt, was ze de vloerbedekking aan het stofzuigen. Het bleek nogal mee te vallen met die versleten stukken. Die waren gemakkelijk te verhullen met het strategisch neerzetten van meubels en een nieuw kleed. Anna's eventuele toekomstige huurders zouden daar zeker genoegen mee nemen.

'Nee maar!' zei Pat, toen Anna haar bezoek binnen wenkte. 'Je bent druk bezig geweest. Het ziet er nu toch al een stuk beter uit?'

'Ja,' bekende Anna terwijl ze om zich heen keek en vrolijk zonlicht de kamer binnen zag stromen. 'Inderdaad.'

'Ik wil je niet ophouden,' zei Pat. 'Waar ik eigenlijk voor kwam, is om te zeggen dat Frank en ik zaterdagavond wat vrienden over de vloer krijgen. De vaste kliek uit Crovie en Gardenstown. Kom je ook? Dan kun je nieuwe mensen leren kennen. Het zijn allemaal fijne mensen, vrienden van ons.'

'O,' zei Anna. 'Dat is heel aardig van je, maar...'

'Het is allemaal heel informeel, hoor,' voegde haar buurvrouw eraan toe. 'In het weekend zitten we meestal bij een van ons thuis. Als je meer mensen leert kennen, heb je misschien minder het gevoel dat je een bezoeker bent, snap je? En het kan toch geen kwaad? Ook als je besluit toch niet te blijven.'

'Het punt is,' zei Anna tegen haar, 'dat als ik de boel hier aan kant heb en wat foto's heb genomen, ik waarschijnlijk ga proberen om het via Airbnb te verhuren tot ik een definitief besluit neem. Ik weet niet of ik in het weekend nog hier ben.'

Pat glimlachte een beetje triest. 'Ik snap het. Jammer.'

'Sorry,' zei Anna, en ze voelde zich gek genoeg schuldig.

'Je hoeft je niet te verontschuldigen, schat,' zei Pat tegen haar. 'Je moet doen wat voor jou het beste is. Mocht je de komende dagen van gedachten veranderen, kom dan gerust. Het is vanaf zeven uur. Klop maar op de deur.'

Hé Selkie lass,

Heb je gemerkt dat hij tegenwoordig helemaal gek is van dolfijnen? Hij tekent ze in zijn schoolboeken, op de kaften, in de kantlijn, op het omslag, overal. Moeten we ons zorgen maken dat hij er zo bezeten van is? Betekent dat iets? Is het normaal? Moet ik hem aanmoedigen of juist niet? Vorige week had hij dat toch met geologie? De badkamer ligt nog vol met stenen. Misschien moet ik juffrouw Carmichael bellen. Waarom zit er geen handleiding bij kinderen? Overal krijg je een handleiding bij en dan gaat het om dingen die allemaal veel minder ingewikkeld zijn. En minder duur.

Een fout is zo gemaakt.

Ik hou van je.

PS Ja, er zijn meer potten bietjes. Vraag me alleen niet om een pot open te maken. Voor liefde doe je alles en dan stik je in de dampen van ingemaakte bietjes. Mij niet gezien.

PPS Ik kan juffrouw Carmichael niet bellen. Volgens mij is ze verliefd op me. Wil jij dat doen?

6

De volgende dag reed Anna over de kustweg naar Fraserburgh met een lijst van spullen die ze voor de Fishergirl's Luck wilde kopen. Het belangrijkste was een kleed om de kale plek in het tapijt te bedekken. Ze wilde ook een nieuw mousselinen gordijn voor de slaapkamer. Ze had Franks meetlint geleend om de maat op te meten. En ze had een ketel nodig. Voordat het huisje in de verhuur kon, moest ze nog veel meer spullen kopen, maar voorlopig was het voldoende als ze thee kon zetten terwijl ze de Fishergirl's Luck opknapte. Ze moest ook iets bedenken om de oude fauteuils minder opzichtig te maken… De lijst was de avond ervoor steeds langer geworden.

Toen Anna het dorp uit reed, had ze voor het eerst sinds dagen bereik. Haar telefoon begon meteen te piepen. Ze ging op een passeerplek staan en beluisterde het bericht dat Cathy de dag ervoor had ingesproken.

'Ik weet dat je waarschijnlijk druk bezig bent en dat je daar in dat godvergeten oord geen signaal hebt,' zei de vrouw die al jaren haar beste vriendin was, 'maar bel me even als je weer in de bewoonde wereld bent. Dan weet ik in elk geval dat je nog leeft.'

Glimlachend hield Anna de telefoon bij haar oor terwijl die overging.

'Nee maar,' zei Cathy's vertrouwde stem, 'als dat Kensingtons antwoord niet is aan Scott tijdens de Terra Nova-expeditie. Ik begon al te denken dat je had ontdekt dat de wereld toch plat is en je eraf was gevallen.'

'Je zit er niet ver naast,' zei Anna lachend. 'Het gaat goed met me. Sorry, dit is de eerste keer dat ik bereik heb.'

'Zoiets dacht ik al. Fijn dat je belt. En, hoe bevalt het? Of is het nog te vroeg om daar iets over te zeggen? Vertel eens over Crovie. Hoe waren de eerste paar nachten in het huisje?'

Anna vertelde tot in detail wat er gebeurd was sinds ze in het dorp was aangekomen en corrigeerde haar vriendin dat je het uitsprak als Crivvie, niet Crovie. Het was fijn om haar hart te luchten bij iemand die haar door en door kende. Anna had Cathy leren kennen op de middelbare school en sindsdien waren ze bevriend. Cathy was de enige vriendin die was overgebleven in de jaren dat Anna met Geoff was. Andere vriendinnen waren geleidelijk uit haar leven verdwenen door gebrek aan contact, wat elke vriendschap nodig heeft. Anna wist dat dit grotendeels haar schuld was, net als ze wist dat het aan Cathy's vastberadenheid te danken was dat ze nog bevriend waren.

'Om een lang verhaal kort te maken, ik ben een stommeling en ik wist meteen al dat ik dit nooit had moeten doen,' zei Anna, terwijl Cathy rustig en aandachtig luisterde.

'Je bent er pas twee dagen!' zei haar vriendin. 'Het mag dan niet zijn wat je ervan had verwacht, maar Anna, het is lang geleden dat ik je ergens zo enthousiast over heb gehoord. En waar wil je anders gaan wonen?'

'Geen idee,' zei Anna, 'ergens waar ik in elk geval werk kan vinden.'

'Ik dacht dat je tijd zou nemen om na te denken over wat je nu met je leven wilde,' zei Cathy.

Anna zuchtte en streek haar hand over haar gezicht. 'Dat was ik ook van plan.'

'Moet je horen,' zei haar vriendin, 'ik denk dat je een adempauze moet nemen. Je bent zo gewend aan de hectiek in de keuken dat het logisch is dat het raar voelt om in een ander tempo te leven. Daar komt nog bij dat er de afgelopen maanden veel is gebeurd. Gun jezelf een paar weken rust. Zie het anders als een vakantie. Dat heb je verdiend. Daar ben je aan toe.'

'Ik had naar Spanje moeten gaan zoals jij zei.'

Cathy lachte. 'Jou kennende was je daar ook rusteloos geweest. Ga een tijdje niksen. Het huis is van jou. Het kost niets als je er een tijdje zelf in gaat zitten, en het betekent dat je geen geld kwijt bent aan onderdak ergens anders. Zo is het toch?'

Anna beet op haar lip en keek naar de glinstering van de zon op de zee. 'Ja, ik denk het wel.'

'Hoe dan ook, het is een goede investering als vakantiehuisje,' betoogde Cathy. 'Authentieke vakantiehuizen zijn zeer gewild. En dat stel dat je hebt leren kennen, die Pat en Frank, dat lijken me heel aardige mensen.'

'Dat zijn ze ook,' beaamde Anna. 'Ze hebben me uitgenodigd voor een feestje dit weekend, zodat ik nieuwe mensen kan ontmoeten.'

'Dat is geweldig!' zei Cathy.

'Is dat zo?' vroeg Anna.

'Natuurlijk,' zei haar vriendin. 'Nieuwe mensen leren kennen is altijd leuk.'

'Ik weet niet meer hoe dat moet,' bekende Anna. 'Ik kan me niet herinneren wanneer ik voor het laatst zonder Geoff een avondje weg ben geweest. En als ik met hem ergens naartoe ging, wilde iedereen met hem praten, niet met mij.'

'Precies,' zei Cathy. 'Je staat nu niet meer in zijn schaduw. Het kan toch geen kwaad om kennis te maken met de buurt, ook als je besluit daar niet te blijven?'

Anna besefte dat Cathy gelijk had. Ze moest weer leren hoe ze nieuwe vrienden en kennissen maakte. Daar kon ze net zo goed in Crovie mee beginnen, zeker als ze er toch niet zou blijven.

Begin eens met ja zeggen in plaats van nee, hield ze zichzelf voor. Sluit jezelf niet af. Sta overal voor open. Probeer althans overal voor op te staan zolang je hier bent.

'Je hebt gelijk,' zei Anna. 'Ik ben aan vakantie toe en ik moet nieuwe vrienden maken. Ik kan gerust wat langer hier blijven. Dan heb ik tijd om het huisje helemaal op orde te brengen. Vandaag ga ik naar een grotere plaats om nieuwe spullen voor de Fishergirl's Luck te kopen.'

Er viel een korte stilte. 'Dan wil ik je toch een goede raad geven,' zei Cathy voorzichtig. 'Mijd de tijdschriftenrekken, vooral die met roddelbladen.'

Anna's hart maakte een gek sprongetje. 'O.'

'Volgende week begint de nieuwe serie. Hij zoekt de publiciteit, geeft overal interviews, zorgt ervoor dat die arrogante kop van hem in de bladen verschijnt. Voor het geval je dat wilt ontlopen.'

Anna slaakte een zucht. 'Dat ga ik doen. Bedankt voor de waarschuwing.'

Er viel weer een korte stilte.

'Gaat het wel goed met je?' vroeg Cathy. 'Bij hem weggaan is het beste wat je ooit hebt gedaan, Anna, ook al verdween je daarna naar de rimboe.'

Anna humde. 'Dat weet ik, maar dan nog...'

'Ja,' zei Cathy zacht. 'Maar dan nog. Het wordt beter, heus. Je weet dat je altijd bij ons kunt logeren als het nodig is. Maar probeer er daar nu het beste van te maken. Dat feestje is een goed begin. Trek je partyoutfit aan en maak een verpletterende indruk.'

Anna lachte opnieuw. 'Zo'n feestje is het niet. En zo'n locatie ook niet. En daar ben ik sowieso nog niet aan toe.'

'Laat je kookkunst dan voor je spreken,' zei Cathy opgewekt. 'Ze zullen je uiteraard aardig vinden, maar zeker als je van die gevulde paprika's maakt. O, ik mis je lekkere hapjes. En ik mis jou. Ik mis je ontzettend.'

'Ik mis jou ook,' zei Anna glimlachend. 'Ik bel je nog, oké? Ik hou van je. Geef Steve een knuffel van me. Hij zou het hier trouwens geweldig vinden. Al het land dat geen agrarische bestemming heeft is golfbaan. Zodra de Fishergirl's Luck in de verhuur gaat, mogen jullie er als eerste in als je dat wilt.'

Ze hingen op. Anna bleef nog een tijdje op de passeerplek staan, keek afwezig naar een lege chipszak die door de wind over het asfalt werd geblazen. Het was dom van haar geweest om te denken dat Geoff haar hier niet kon volgen. Ze vroeg zich af of hij ook momenten had waarin hij aan haar dacht. Ze betwijfelde het. Geoff kennende stond er in een van de roddelbladen vast een foto waarop hij met een veel jonger fotomodel aan zijn arm uit een hippe nachtclub kwam. Het zou de eerste keer niet zijn, en ook niet de tweede of derde keer. Anna voelde een pijnscheut in haar borst en haalde diep adem in een poging de plotselinge pijn weg te krijgen. Het was de moeite niet waard erbij stil te staan. Dat was haar leven niet meer. Het had niets met haar te maken.

Ze startte de auto en draaide de weg weer op. Anna wist niet of ze wel iets wilde klaarmaken voor het feestje. Ze was van plan geweest twee flessen wijn mee te nemen, en misschien een zak dure chips.

Uren later reed ze met een afgeladen auto over de kustweg de 32 kilometer terug naar Crovie. Ze genoot van de groene velden en de lichtval op het water. Er lagen maar een paar dorpen op haar route, geen ervan zo lastig bereikbaar als Crovie, maar het waren stuk voor stuk dorpjes die een wat verlaten indruk wekten en hun bestaan puur aan wilskracht te danken hadden.

Ditmaal nam ze de laatste bocht in de weg al wat soepeler. Toen ze de spullen uit de kofferbak overhevelde in haar kruiwagen, zag ze iemand in de verte. De man leunde krom op zijn stok en had een pet over zijn ogen getrokken. Het was onmiskenbaar Douglas McKean. Anna smeet de kofferbak dicht en liep naar het huisje, waarbij ze angstvallig zijn boze blik negeerde.

De dagen daarna richtte Anna het huisje verder in met de nieuwe spullen. De mooie wijnrode grand foulards werden strategisch over de bank en fauteuils gedrapeerd, waarna ze de nieuwe kussens erop legde. Te zijner tijd zou ze een andere bank moeten nemen, maar de huidige bank zat verrassend lekker en dankzij de grand foulard was de oorspronkelijke stof niet meer te zien. Het wollen kleed in dezelfde kleur, met blauwe en crèmekleurige accenten, bedekte het versleten stuk van het tapijt en creëerde eenheid. Boven hing Anna met enige moeite het nieuwe mousselinen gordijn op. Toen ze daarna even stond te kijken hoe het licht op de golven danste, was de zon achter het glas zo warm en fel dat ze op de vloer zou kunnen zonnebaden.

Nu ze besloten had nog wat langer te blijven, pakte Anna ook de laatste dozen uit. Haar kleren deed ze in de kledingkast en ladekast boven. Toen ze haar keukenspullen in de keukenkastjes opborg, besefte Anna dat ze door haar aanvankelijke ontsteltenis over hoe vies het huisje was, niet had gezien hoe goed de indeling was. Ja, het aantal vierkante meter was beperkt, maar het was heel slim ingedeeld. Alles stond precies op de plek waar Anna dat zelf ook zou hebben neergezet.

Ze pakte haar messen uit, die veilig in het stevige omslag gewikkeld waren dat haar vader trots voor haar had gekocht voor haar afstuderen. Het dikke linnen was gesleten, maar ze zou het blijven gebruiken tot het uit elkaar viel of tot het zo versleten was dat het de lemmeten erin niet meer kon beschermen. Een groot deel van haar leven, tot ze het koopcontact van de Fishergirl's Luck had getekend, waren deze messen Anna's kostbaarste bezit geweest. Ze kende het gewicht en de greep van elk van de messen alsof het een verlengstuk van haar hand was. Ermee werken voelde heel vertrouwd. Terwijl ze de messen inspecteerde, besefte Anna dat ze zich erop verheugde in deze keuken te koken. En voor het eerst sinds lange tijd hoorde ze in haar hoofd niet het denigrerende commentaar van Geoff over haar ideeën. Hij was haar niet in dit huisje gevolgd. De keuken in de Fishergirl's Luck mocht dan klein zijn, die was van haar en van niemand anders. Die gedachte beurde haar opeens op.

Naarmate zaterdag dichterbij kwam, voelde Anna zich steeds meer thuis in haar nieuwe omgeving. Het schoot haar telkens weer te binnen dat Cathy had aangenomen dat ze zelfgemaakte hapjes zou meenemen naar het feest. Door de gedachte aan koken waren er bekende radertjes in haar hoofd gaan draaien. Ze kon toch best wat hapjes klaarmaken? Hapjes die niet te veel tijd vergden maar toch verrukkelijk waren. Het zou leuk zijn om haar nieuwe keuken echt te gebruiken. Geleidelijk dacht Anna steeds minder aan Geoff en steeds meer aan eten: haar eten, niet zijn eten. Ze hoefde haar hele leven nooit meer een rotrecept van Geoff Rowcliffe te maken. Die gedachte deed haar glimlachen.

Nadat ze met wat ideeën gespeeld had, reed Anna op vrijdagochtend opnieuw naar Fraserburgh om inkopen te doen. Eenmaal terug in de Fishergirl's Luck vulde de keuken zich met kruiden, specerijen en olie toen ze de benodigde ingrediënten uitpakte en opruimde. Ze had ook nog wat extra spullen gekocht die haar als chef-kok handig leken. Toen ze bij de groente- en fruitafdeling stond, had Anna opnieuw ontdekt hoe leuk het was om versproducten te kopen en onverwachte ingrediënten te vinden en spontaan aan smaken en texturen te denken. Een filiaal van een grote supermarktketen haalde het niet bij op vrijdagochtend over Borough Market struinen, maar zelfs Borough Market was niet meer wat het geweest was. Het scala aan onbewerkte etenswaren waar de overdekte markt een eeuw op had gedraaid, had plaatsgemaakt voor hipstermerken die het moesten hebben van nieuwsgierige toeristen en mensen die in het centrum werkten en liever kant-en-klaargerechten kochten dan dat ze zelf kookten.

Die avond laat lag de koelkast vol, want toen Anna eenmaal begonnen was, kon ze niet meer ophouden. Dit hernieuwde plezier in koken kwam als een complete verrassing. Ze had gedacht dat ze dat misschien ook in Londen, in haar vorige leven had achtergelaten.

Nadat ze de keuken had opgeruimd en schoongemaakt, dacht Anna dat ze iets meer van de Fishergirl's Luck was gaan houden. Toen ze de trap op ging, liet ze haar hand over de stenen muur glijden en ze bedacht dat het huis wel een lik verf kon gebruiken.

7

Toen Anna de volgende ochtend wakker werd, scheen de zon door haar nieuwe gordijn en dacht ze al aan eten. Ze moest over koken gedroomd hebben en herinnerde zich vaag dat ze de leiding had gehad over het maken van een uitgebreid banket. Anna lag naar het lage schuine plafond te kijken, naar de duidelijke patronen die daar door de ochtendzon op werden geprojecteerd, en probeerde zich de details te herinneren van wat ze in haar slaap had klaargemaakt. Toen ze jonger was, had ze vaak over eten gedroomd. De opwinding te ontdekken dat je een talent hebt voor iets waar je je beroep van wilt maken, kleurde elk moment van haar bewustzijn. In die beginfase was Anna's slapende brein zo vaak met ideeën gekomen dat ze een notitieboekje bij haar bed had liggen en de gewoonte ontwikkelde de recepten direct na het ontwaken op te schrijven, voordat ze waren vervlogen. Naarmate de jaren verstreken was deze nachtelijke neiging van haar onderbewustzijn echter door continue tegenwerking weggekwijnd en uiteindelijk helemaal verdwenen. Altijd in andermans keuken werken had tot gevolg dat Anna zelden eigen recepten kookte. Dat bleef zelfs zo nadat Geoff chef de cuisine in zijn eigen restaurant was geworden en voldoende invloed had om naar haar ideeën te luisteren als hij dat had gewild. Dat deed hij nooit.

Anna stond op en ging naar beneden om haar nieuwe ketel te vullen, want thee was altijd een goed begin. Toen ze melk uit de koelkast pakte, werd ze eraan herinnerd dat ze al genoeg hapjes had gemaakt. Toch wilde ze graag iets doen met deze hernieuwde creativiteit.

Ik heb nog niets zoets gemaakt, bedacht ze.

Terwijl ze tegen het aanrecht leunde en nadacht over wat passend zou zijn, gleed haar blik naar Brens receptenboek. Ze pakte het, bladerde erdoorheen en vroeg zich af of er iets in zou staan wat voor deze gelegenheid geschikt zou zijn. Het leek een aardig idee om iets van Bren mee te nemen naar haar eerste kennismaking met de buurt.

Anna's oog viel op een recept voor zandkoekjes met frambozen en hazelnoot. Ten eerste omdat het heerlijk leek, maar ook omdat er in de hoek een tekeningetje bij stond van twee wilde frambozen nog aan een takje. Er stond iets bij geschreven, maar in zo'n priegelig handschrift dat Anna het notitieboek moest draaien om de woorden te kunnen lezen.

Kan ook met amandelen, maar DM lust geen hazelnoten dus dat lijkt me prima voor een avondje dominoën anders zal die gulzige je-weet-wel alles opeten. Noten hakken, niet malen – juni 1983

Anna moest lachen om de opmerking, maar was ook verbaasd. DM? Zou dat Douglas McKean zijn? Hoe dan ook, ze had geen hazelnoten in huis, maar ze had bij het boodschappen doen wel een zakje amandelen meegenomen. Bovendien had ze de verleiding van de volop verkrijgbare bakjes robijnrode Schotse frambozen niet kunnen weerstaan. Zo kwam het dat ze Brens zandkoekjes met frambozen en amandelen meebracht naar het feestje.

'Nou, nou,' zei Frank lachend, toen hij al die borden en schalen op hun keukentafel zag staan, 'we zullen niet van de honger omkomen!'

'Je had echt niet al die moeite hoeven doen,' zei Pat geërgerd. 'Je hoefde helemaal niets mee te brengen, dat heb ik nog gezegd.'

'Het was geen moeite,' zei Anna. 'Ik vond het leuk om te doen en toen ben ik een beetje doorgeslagen. En ik wilde mijn excuses aanbieden dat ik jullie uitnodiging niet eerder had aangenomen. Het spijt me. Er kwam deze week zoveel op me af.'

'Het spijt je? Doe niet zo raar,' zei Frank. 'We zijn blij dat je er bent. En moet je kijken!'

'Alles ziet er heerlijk uit,' zei Pat instemmend. 'En zo mooi, het lijkt wel kunst. En alles is hetzelfde! Ik krijg het niet eens voor elkaar een T-shirt twee keer hetzelfde op te vouwen.'

Anna lachte, vooral om zichzelf. 'Oude gewoontes zijn moeilijk af te leren. In het restaurant waar ik werkte voordat ik hiernaartoe kwam, waren een pincet en een waterpas essentiële keukenbenodigdheden.'

'Mij hoor je niet klagen,' zei Frank, die een citroengras-garnaalspiesje pakte en in één keer in zijn mond stak. 'Mmm, verrukkelijk.'

'Frank!' Pat sloeg boos op de arm van haar man. 'Je ziet zo dat er één weg is en er is verder nog niemand!'

'Sorry,' zei Frank zonder een spoortje wroeging. 'Anna, wat wil je drinken? We hebben wijn in alle kleuren, bier, gin-tonic... Er is zelfs jus d'orange, maar voor zover ik weet hebben we nog geen geheelonthouder in het dorp.'

'Witte wijn is prima,' zei Anna, en ze lachte opnieuw. 'Eerlijk gezegd kan ik wel wat alcohol gebruiken. Ik ben een beetje zenuwachtig.'

'Maak je geen zorgen,' zei Pat tegen haar, toen Frank naar de koelkast liep. 'Iedereen die we hebben uitgenodigd is aardig.'

'Wonen al jullie vrienden hier het hele jaar?'

'De meeste wel, maar niet allemaal. Dat wil zeggen, nog niet,' zei Pat. 'David en Glynn komen vrijwel elk weekend en in de vakanties over uit Inverness. Davids huis was vroeger het vakantiehuis van zijn ouders. David is hier min of meer opgegroeid en maakt echt deel uit van de dorpsgemeenschap, en Glynn vindt het hier ook geweldig. Als ze met pensioen zijn, willen ze permanent in Crovie komen wonen, maar zover is het nog lang niet. Rhona komt oorspronkelijk uit Fraserburgh, maar wilde daar na haar scheiding niet naar terug en dus heeft ze nu een huis in Gardenstown. Marie en Philip wonen in Edinburgh. Ze zijn beiden advocaat en hebben het altijd druk, maar ze zijn hier zo vaak ze kunnen. Terry en Susan...'

'Dat kan ik nooit allemaal onthouden,' zei Anna weer lachend.

'Maak je niet druk, meid,' zei Frank. Hij gaf haar met de ene hand een glas wijn terwijl hij met de andere hand behendig een paprikarolletje pakte, 'als ze dit zien eten ze uit je hand.'

Om acht uur waren alle anderen er inmiddels ook. De eerste die kwamen, waren David en Glynn met flessen wijn en een enthousiaste omhelzing voor Frank en Pat, gevolgd door Rhona met Marie en Philip, en tot slot Terry en Susan. Ze gaven Anna glimlachend een hand. Na een tijdje ontspande ze en voelde ze zich beter op haar gemak in dit gezelschap. Ze volgde de gesprekken. Algauw ging het over haar aankoop van de Fishergirl's Luck.

'Het is heel fijn dat er weer iemand in Brens huis woont,' zei Rhona. Rhona was een lange vrouw met een gebruind gezicht met sproeten, lichtbruine ogen en donkere, volle krullen die ze continu achter haar oren streek. 'Toen ik zag dat Ouwe Robbie het huis te koop aanbood, kwam ik bijna in de verleiding het zelf te kopen, maar er was geen ruimte voor een atelier.'

'Heb je een atelier?' vroeg Anna. 'Wat maak je?'

'Ik ben pottenbakker. Ik maak vooral keukenservies: mokken, borden, schalen en zo.'

'Echt heel mooi,' mengde Susan zich in het gesprek. 'Ik ben

fan van Rhona's werk, het is heel geschikt om cadeau te doen. De meesten van onze vrienden en familieleden hebben al een paar mokken. We hebben zelf een volledig eetservies en daar zijn we heel blij mee.'

Instemmend gemompel ging door de groep en Rhona glimlachte toen Pat zei: 'Anna, onze theemokken zijn van Rhona. Weet je nog dat je daaruit hebt gedronken? Die met blauw glazuur. De kleur doet me altijd denken aan de zee bij zonsopkomst.'

'O ja!' zei Anna. 'Die vond ik heel mooi. Wat geweldig als je dat kunt.'

'O, ik leer nog steeds bij,' zei Rhona tegen haar. 'Ik ben er pas mee begonnen nadat ik hier was komen wonen. Er zat een atelierruimte bij het huis en ik had het altijd al eens willen proberen, dus ik dacht: ach wat, je wordt er niet jonger op, Rhona. Waarom begin je niet gewoon? Er zijn zoveel dingen die ik naar ergens in de toekomst heb uitgesteld, als alles op miraculeuze wijze op zijn plek zou vallen. En dus was het nu of nooit.' Ze glimlachte naar Anna. 'Je kent het wel.'

Anna lachte in haar wijnglas. 'Ja. Zo komt het dat ik de Fishergirl's Luck heb gekocht.'

'Dapper, hoor,' zei Terry. 'Niet alleen een huis in zo'n uithoek kopen, maar er ook gaan wonen. Zeker in een dorp als Crovie. Daar heb ik bewondering voor, Anna.'

Anna trok een gezicht. 'Het oorspronkelijke plan was inderdaad om hier te gaan wonen. Maar ik ben eigenlijk op de eerste dag al tot de conclusie gekomen dat ik hier niet kan blijven. In vakanties prima, maar altijd? Dat kan ik niet.'

Het hele gezelschap lachte en er klonk medeleven in door.

'Ik snap het helemaal,' zei Glynn. 'Toen David me voor het eerst hier mee naartoe nam, kon ik me niet voorstellen dat ik ooit zou terugkomen, laat staan dat ik er zou wonen. Ik snapte niet hoe mensen hier konden leven en al helemaal niet dat ze dat vrijwillig deden. Maar Crovie heeft de neiging onder je huid te kruipen.'

'Zo ging het bij Philip en mij ook,' zei Marie. 'We hebben het huis inmiddels vijfentwintig jaar en ja, deze kust is soms lastig, maar ook prachtig. En dat geldt ook voor de mensen hier.'

Wie weet kwam het door de wijn – ze had van de zenuwen in rap tempo een paar glazen achterovergeslagen – maar op dat moment voelde Anna een warme roes in haar borst.

'Mag ik vragen hoe het met werk zit, Anna?' zei Terry even later, met in zijn ene hand een bord met hapjes en in zijn andere hand een glas bier. 'Ik neem aan dat je ontslag hebt genomen toen je ging verhuizen. Als je niet in Crovie blijft, kun je dan terug naar je oude baan? Of wil je iets heel anders gaan doen?'

'Daar ben ik eerlijk gezegd nog niet uit,' zei Anna, die de wijn liet ronddraaien in haar glas. 'Toen ik uit Londen wegging, was ik van plan om nooit meer voor de kost te koken.'

'O, dat zou zonde zijn,' zei Susan. 'Je hebt duidelijk veel talent. Alles hier is zalig.'

'Dank je,' zei Anna met een glimlach. 'Het punt is dat ik wat carrière betreft in een impasse zit. Ik weet niet wat ik wil gaan doen. Ook dat is een van de redenen dat ik dit huis in Crovie heb gekocht. Doordat het huis van mijn ouders verkocht is, had ik geen hypotheek nodig om de Fishergirl's Luck te kopen. Met mijn spaargeld plus het geld dat ik van mijn vader heb geërfd, kan ik het een jaar uitzingen, misschien wel langer. Ik wil die tijd gebruiken om uit te zoeken wat ik met de rest van mijn leven wil, want ik heb me jarenlang... verloren gevoeld. Het was alsof ik doelloos met de stroom meeging.'

Rhona maakte meelevende geluiden. 'Ik weet hoe dat is, meid.'

'Maar nu,' zei Anna, waarbij ze naar de schalen wees waar Frank en Pat mee rondgingen, 'nu ik mijn eigen hapjes heb gemaakt, precies zoals ik dat wil, besef ik hoe belangrijk eten maken voor me is. Dat doe ik, dat ben ik. Zo werken mijn hersens! Dus nu twijfel ik. Ik moet erover nadenken. Ik moet bedenken waar ik wil werken. En dat zal waarschijnlijk bepalen waar ik naartoe ga.'

'Heropen de Crovie Inn,' opperde Philip. 'Daar zit een volledig uitgeruste keuken in die nu niet wordt gebruikt.'

Dat werd in koor enthousiast beaamd, maar Anna protesteerde. 'O, ik zou nooit een eigen restaurant kunnen hebben. Ik ben een keukenhulpje, ben goed in opdrachten uitvoeren, maar ik ben niet geschikt als leidinggevende.'

'Hoe kom je daarbij?' vroeg Frank.

Anna deed haar mond open om te antwoorden, maar klapte die weer dicht. Dat waren Geoffs woorden, besefte ze. Ze had die woorden zo vaak gehoord – haar hele carrière lang – dat ze zich nooit eerder had afgevraagd of dat wel waar was.

'Ik... heb geen ervaring,' zei ze overdonderd. 'En ook geen geld.'

'Ik vind het een geweldig idee en het is duidelijk dat het eten geen probleem zal zijn. Waar heb je in Londen gewerkt?' vroeg Terry. 'Wat voor soort restaurant? Dat moet een toprestaurant geweest zijn als ik zie wat je ons hier voorschotelt.'

Anna nam een slok wijn. Ze werd weer zenuwachtig. Even overwoog ze te liegen, maar ze besloot dat de waarheid de enige optie was. 'In restaurant Four Seasons.'

'Krijg nou wat,' zei David. 'Het restaurant van Geoff Rowcliffe? Dat heeft er vorig jaar toch een Michelinster bijgekregen?'

'Ja,' zei Anna bedaard. 'Dat klopt. We kregen er een ster bij.'

Het bleef even stil, toen begon Rhona te lachen. 'Crovie heeft een kok met een Michelinster!' riep ze. 'Wie had dat kunnen denken?'

'Ik niet, de keuken, onder leiding van Geoff.'

Susan snoof. 'Kom op, zeg. Zoals altijd zal het harde werk wel door een ander gedaan worden.'

Anna stond zichzelf toe te glimlachen. 'Maar goed, ik ben daar weg.'

'Hoelang heb je er gewerkt?' vroeg Pat.

'Vanaf de opening. Pakweg vijftien jaar. Lang genoeg. Te lang, eerlijk gezegd.'

'Ik kijk graag naar zijn tv-programma's,' zei Marie. 'Volgende week start er toch een nieuw serie?'

'Ja, daar heb ik gisteren iets over gelezen,' zei Rhona. De moed zonk Anna in de schoenen. 'Het lijkt me heel leuk. Hij gaat naar eettentjes in allerlei uithoeken van het land en daar leert hij van de eigenaars nieuwe recepten klaarmaken. Jammer dat hier nergens zo'n eettentje zit, want ik vind hem wel een lekker ding. De geruchten gaan dat hij en zijn vriendin, met wie hij al jaren een relatie had, pas uit elkaar zijn. Nog een kans die aan mijn neus voorbijgaat! Toe, Anna, heropen de Crovie Inn en haal hem over om hiernaartoe te komen. Doe het voor mij!'

Iedereen lachte. Anna merkte dat Pat naar haar keek en ze hield haar blik strak op haar glas gericht. Toen ging de deurbel. Anna zat het dichtst bij de deur en zag haar kans schoon om, hoe kort ook, te ontsnappen. 'Zal ik opendoen?'

'Ja, doe maar,' zei Pat met een glimlach alsof ze vanaf de andere kant van het vertrek Anna's gedachten kon lezen. 'Dat zal Ouwe Robbie zijn. Hij had gezegd dat hij later zou komen.'

Ze zat in gedachten nog zo bij de martelgang van het gesprek van daarnet, dat ze de gang in liep en de deur opendeed zonder erover na te denken wat ze kon verwachten. Ze had de naam 'Ouwe Robbie' horen vallen en had een oud, verweerd gezicht voor zich gezien, zoals dat van Douglas McKean. Dus toen ze de deur opendeed en een man met een brede glimlach en in elke hand een fles wijn zag staan, een man die sprekend op Robert Redford leek toen die nog in de veertig was, werkten Anna's hersens niet meer.

'O, hallo,' zei hij. Toen ze niets terugzei, verdween zijn glimlach. 'Jij moet... Anna zijn.' Hij klemde één fles onder zijn linkerarm en stak zijn hand uit. 'Ik ben Robert MacKenzie. Je hebt de Fishergirl's Luck van me gekocht.'

Anna deed haar mond open, maar er kwam nog steeds geen zinnig woord uit. Ze klapte haar mond weer dicht, schudde hem de hand en deed uiteindelijk een stap naar achteren, zodat hij naar binnen kon stappen.

'Natuurlijk, sorry,' zei ze gehaast. 'Sorry. Kom verder, iedereen is in de woonkamer. Aangenaam kennis te maken.'

Hij liep langs haar, leek wat op zijn hoede. Dat was niet zo gek, veronderstelde ze. Ze kon zich wel voor de kop slaan.

'Sorry,' zei ze opnieuw. Ze voelde de behoefte het uit te leggen. 'Maar je bent niet oud.'

Hij knipperde met zijn ogen en fronste zijn wenkbrauwen. 'Wat?'

Anna ademde uit, herpakte zich eindelijk en vroeg zich af of ze het slachtoffer was geworden van een lokale ontgroeningsgrap. 'Sinds ik hier ben, heeft iedereen het over Ouwe Robbie. De eerste die ik tegenkwam, was Douglas McKean, die duidelijk oud is, en later vertelden Pat en Frank me dat jullie vrienden waren dus ik dacht… Ik dacht dat je…'

'Oud was,' maakte hij de zin voor haar af. Zijn glimlach was terug. 'Aha. Sommige mensen vinden me inderdaad oud. Mijn zoon heet ook Robert en dus noemt iedereen mij Ouwe Robbie en hem…'

'Jonge Robbie.'

'Precies.' Robert MacKenzie grijnsde weer. 'Sorry voor de verwarring.'

Anna trok een gezicht. 'Sorry dat ik gestoord leek toen ik de deur voor je opendeed. Dat hele "de buren leren kennen" geeft me tot nu toe vooral het gevoel dat ik beter kluizenaar kan worden.'

Hij lachte, een diep bulderend geluid dat de gang vulde en

een glimlach op haar lippen bracht. 'O, dat moet je hier in de omgeving niet doen,' zei hij. 'Dan word je beslist als een hopeloos geval gezien.'

De geluiden aan het andere eind van de gang zwollen opeens aan toen Pat de deur van de woonkamer opendeed.

'Alles in orde?' vroeg ze. 'Robbie, kom gauw Anna's hapjes proeven nu er nog een paar zijn. Vijf minuten later en alles was op geweest.'

De avond kabbelde voort, soms ging het over vrienden en familie, maar omwille van Anna werd er ook aardig wat over het dorp verteld, over de geschiedenis, de roddels en intriges. Ze lachte mee met de verhalen over streken die door vroegere bewoners, die nog steeds zeer gemist werden, waren uitgehaald. Veel verhalen gingen over de tijd dat de Crovie Inn goed draaide en er tot ver na sluitingstijd verkocht werd. Er waren ook verhalen over de Fishergirl's Luck, die met zoveel genegenheid verteld werden dat Anna wenste dat ze de klok kon terugdraaien en er op bezoek kon gaan toen Bren nog leefde.

'Weet je nog die storm ongeveer een halfjaar nadat we hier waren komen wonen?' zei Pat tegen Frank. 'De dakpannen lagen zo te klapperen dat we bang waren dat het dak eraf zou vliegen en we bedachten dat het bij Bren nog veel erger moest zijn.'

'O, ja,' zei Frank knikkend. 'De golven waren zo hoog dat ik ervan overtuigd was dat als we in de ochtend naar buiten zouden kijken, we zouden ontdekken dat ons huis in zee was gespoeld. Nadat er voor de derde keer een golf langs onze voordeur was gegaan – dat was rond één uur 's nachts – besloot ik naar haar toe te gaan en haar mee te nemen naar ons huis. We konden beter het zekere voor het onzekere nemen, bedacht ik, en we hadden ruimte genoeg. Maar goed, ik kleedde me dik aan en baande me een weg naar haar voordeur. Ik had het idee dat ik al een halfuur op haar deur had staan bonzen toen ze eindelijk opendeed. Ze was in haar ochtendjas en zei dat ik haar wakker had gemaakt!'

Pat lachte. 'Daarna hebben we geen moeite meer gedaan. Ik ken niemand die zo taai was als zij. Die lieve Bren, we missen haar nog steeds.'

'O, dat vergat ik nog te zeggen,' zei Anna, wijzend naar het halflege bord met zandkoekjes. 'Ik heb gisteren een oud receptenboek van Bren gevonden en daar heb ik de zandkoekjes met frambozen en amandelen uit gemaakt.'

'Wat leuk!' riep Susan, en ze pakte een koekje. 'Die lieve Bren en haar baksels. Die kon zo goed bakken!'

'Ik had het mee willen brengen,' zei Anna, en ze wendde zich tot Robert MacKenzie. 'Jouw familie hoort het terug te krijgen. Ik kan het nu wel gaan halen.'

Robert glimlachte. 'Weet je wat? Houd het maar. Dan wordt het misschien nog gebruikt en ik vind het een prettig idee dat het boek blijft op de plek waar al die recepten voor het eerst gebakken zijn.'

'Weet je het zeker?' vroeg Anna ontroerd. 'Dat is ontzettend aardig van je.'

'Ze heeft ons zoveel nagelaten om aan haar te denken. Ik heb pasgeleden samen met Jonge Robbie met haar jol gevaren,' voegde hij er voor de hele groep aan toe. 'Het opknappen van de boot heeft een tijdje geduurd, maar het is gelukt. Ik denk dat mijn zoon een goede zeeman wordt. Bren had hem geen beter cadeau kunnen geven.'

'O, dat is geweldig,' zei Marie. 'Gezien zijn genen is het natuurlijk niet verrassend dat hij dol op de zee is. Zijn beide opa's, jij op de reddingsboot, zijn oma, zijn moeder, zijn tante...'

Ouwe Robbie haalde een hand door zijn haar en Anna zag goud aan zijn ringvinger glinsteren. 'Hij heeft er alles voor over om zijn geliefde dolfijnen te volgen. Hij is er bezeten van. Hij heeft zich in zijn hoofd gehaald dat hij de jol als reddingsboot kan gebruiken voor dolfijnen die in moeilijkheden zijn geraakt doordat ze in netten en zo vast zijn komen te zitten. Ik heb hem laten beloven dat hij nooit met de boot weggaat zonder Barbara of mij erbij. Het is een goede jongen, maar hij laat zich helemaal meeslepen.'

'Vaart je vrouw ook?' vroeg Anna. 'Dat worden dan vast geweldige gezinsuitjes.'

Hij keek haar zo scherp aan dat zijn gezicht bijna vertrok. Anna's maag verkrampte doordat ze zeker wist dat ze iets fout had gezegd. Een plotselinge korte stilte verstikte de vrolijke sfeer.

'Robbies moeder is een paar jaar geleden overleden,' zei hij vlak en bedaard. 'Barbara is zijn oma. Ze springt vaak bij. Ze kan zelf ook goed varen. Tot een paar jaar geleden ging ze met ons mee op de reddingsboot.'

'Het... Het spijt me,' stamelde Anna. 'Ik wist niet...'

Ouwe Robbie glimlachte en schudde zijn hoofd even. 'Je hoeft je niet te verontschuldigen, hoor. En je hebt gelijk – Cassie voer ook – die was zo dol op de zee dat ik weleens grapte dat ze eigenlijk een Selkie was.'

8

De volgende dag, zondag, ging Anna met David en Glynn en hun Ierse setter, een groot aanhankelijk beest met een ruwharige rode vacht, wandelen. Het verwaaide drietal had op haar deur geklopt toen ze langs haar huis kwamen en had gevraagd of ze meeging. Anna had de uitnodiging aangenomen, was geraakt door het spontane aanbod van vriendschap en bedacht dat ze zich had voorgenomen op zoveel mogelijk dingen ja te zeggen zolang ze hier was.

'Vraag het maar niet,' zei David, toen Anna officieel aan hun jachthond werd voorgesteld. Het beest heette Bill, een naam die helemaal niet bij hem paste. 'Dat is Glynns schuld. We hadden afgesproken dat ik het ras mocht uitkiezen en hij de naam. Ik had kunnen weten dat er een addertje onder het gras zat.'

'Ik vind het een leuke naam,' zei Anna, terwijl ze met de uitbundige Bill kennismaakte. Ze lachte toen Glynn David triomfantelijk aankeek.

Ze verlieten het dorp via de hoofdweg – tevens de enige weg – en sloegen af bij het parkeerterrein, waar ze over een overstap klauterden en in de velden kwamen die in oostelijke richting op de klif boven Crovie lagen. Het pad slingerde steeds verder omhoog en werd steiler naarmate de kliffen hoger de lucht in rezen. Soms liep het verraderlijk dicht bij de rand, zelfs zo vlak erlangs de ze in de diepte niet alleen de Fishergirl's Luck zag liggen, maar ook de daken van andere huizen.

Anna keek toe hoe Bill voor hen uit rende. Met zijn grote

poten maakte hij lompe sprongen over het pad, waarna hij zich omdraaide om te kijken of ze hem nog wel volgden. Er stond vanochtend een straffe wind die aan hun haar trok en hun de adem benam. Als het regende of in de winter zou het helemaal lastig zijn om hier te wandelen. Op gevaarlijkere stukken van het pad zag je sporen van een aardverschuiving: krassen in de hellingen waar het gras was losgekomen, zodat je de roodachtige ondergrond zag. Het deed haar denken aan de beschadigde huizen die ze had gezien toen ze de eerst keer door het dorp liep.

'Dat had ik gisteravond nog willen vragen,' zei Anna, 'is er een aardverschuiving geweest? Er zijn huizen in Crovie die zo te zien een aardverschuiving te verduren hebben gehad.'

'Ja,' zei David, 'het was vreselijk. Dat was een paar jaar geleden. Er woedde een hevige storm voor de kust. In feite zijn we er goed vanaf gekomen, het had veel erger kunnen zijn. Het gemeentebestuur zegt steeds dat er een aarden wal moet komen om de rest van de klif te stutten, maar niemand in het dorp ziet voor zich hoe dat zou kunnen.'

'Het gemeentebestuur kennelijk ook niet,' voegde Glynn eraan toe, 'want het afgelopen jaar hebben we er niets meer over gehoord.'

Anna fronste haar wenkbrauwen. 'Dat is zorgelijk. Niet dan?'

'Dat is het zeker,' beaamde David. 'Er zijn daarna nog een paar kleinere aardverschuivingen geweest, maar Crovie bestaat al eeuwenlang en heeft ergere rampen doorstaan. Bij de storm van 1953 zijn langs deze kust hele huizen weggespoeld, ook in Crovie. Het is je waarschijnlijk al opgevallen dat er naast een van de grotere huizen een leeg stuk is. Daar stond vroeger ook een huis, maar dat was zo zwaar beschadigd dat het moest worden afgebroken. De storm was min of meer de genadeklap voor de visserij in het dorp. Er zijn toen heel veel boten verloren gegaan en de gemeenschap was te klein om weer op te krabbelen. Echt tragisch.'

'De Fishergirl's Luck moet er in 1953 al gestaan hebben,' zei Anna.

'Dat klopt,' zei Glynn, en hij knikte. 'Bren heeft die storm meegemaakt, maar ik betwijfel of ze er veel van heeft gemerkt.'

'Heb je haar gekend?'

'David kende haar beter dan ik,' zei Glynn. 'Ik heb haar een paar keer ontmoet, vaak genoeg om te weten dat ze niet met zich liet sollen, maar dat had ik eerlijk gezegd de eerste keer al door. Toen ik haar voor het eerst zag, was ze al een oud klein vrouwtje met zilvergrijs haar, maar ze was nog steeds ontzagwekkend. Zo'n potig omaatje dat gewoon doorgaat. Leefde ze nog maar. Ze was een van de laatste schakels met het verleden van Crovie.'

'Ik herinner me haar al uit mijn jonge jaren,' zei David. 'Ze leek nooit te veranderen, glimlachte altijd, had steevast een reep chocolade in haar zak voor kinderen. Tot een paar maanden voor haar dood liep ze zelf nog naar de haven om Ouwe Robbie op te wachten als die in Gamrie boodschappen voor haar had gehaald. Dat we op ons vijfennegentigste allemaal nog maar zo kwiek mogen zijn als Bren MacKenzie.'

'Ik zou graag meer over haar weten.'

'Dan moet je bij Ouwe Robbie zijn,' zei Glynn. 'Hij zal je graag over haar vertellen.'

Anna zoog koude lucht binnen. 'Ik denk dat ik Robert MacKenzie maar ontloop tot ik hier wegga,' zei ze.

'Wat? Waarom? Omdat je over zijn vrouw begon terwijl geen van ons eraan had gedacht je te vertellen dat ze was overleden?' vroeg David. 'Dat zou hij je nooit kwalijk nemen. Waarom zou hij? Cassie is vijf jaar geleden gestorven en Jonge Robbie en hij hebben het vast nog heel vaak over haar. Volgens mij is het geen verboden onderwerp. Dat hoop ik tenminste maar, want als er niet meer over haar gepraat wordt, dat zou pas triest zijn.'

Anna herinnerde zich echter de blik in de ogen van Ouwe

Robbie vlak nadat ze de vraag had gesteld. Die blik verdween vrijwel direct, maar dan nog. Ze vroeg zich af of er iets tragischer was dan een man te zien die duidelijk nog verliefd was op zijn overleden vrouw. Anna's vader was nooit helemaal over de dood van haar moeder heen gekomen en hoewel ze het vaak over haar hadden en er heel veel foto's van haar in huis stonden, was er met het heengaan van Helen Campbell een leegte in het hart van haar man ontstaan die nooit meer gevuld kon worden. De blik in de ogen van Robert MacKenzie had Anna geraakt omdat ze die herkende. Ze had die uitdrukking op het gezicht van haar vader gezien toen hij naar een foto van haar moeder op hun trouwdag keek. Dat was slechts een week voordat hij zelf stierf en haar moeder was toen al bijna dertig jaar overleden. Soms is liefde snel over en soms duurt die tot na de dood. In beide gevallen kon de liefde sterk zijn, wist Anna. Dat was een van de vele onverklaarbare eigenschappen van het mensenhart. Misschien kwam het doordat het gemis van haar vader nog zo sterk was dat ze het vervelend vond dat ze in andermans verdriet had gewroet. Hoe dan ook, ze zat ermee, en ze kon die korte scheut van verdriet die over het gezicht van Robert MacKenzie was getrokken maar niet vergeten.

'Waaraan is ze overleden?' vroeg Anna, die naar de onstuimige, door de wind opgestuwde golven ver onder hen keek. Ze hadden het dorp inmiddels achter zich gelaten en Anna zag alleen de wilde rotskust. 'Is ze verdronken?'

'Cassie? Nee, ze had borstkanker. Het was heel druk op haar begrafenis. Ze gaf les op een basisschool in Macduff en de hele school was er, en ook veel oud-leerlingen en zo'n beetje iedereen van hier tot Fochabers. Cassie MacKenzie was zeer geliefd.'

Anna dacht weer aan de blik die ze in de ogen van Cassies man had gezien en twijfelde daar geen moment aan.

De week daarop ging Anna verven. Ze begon beneden, leende stoflakens van Frank en rolde voorzichtig haar nieuwe kleed op. Het was ongelooflijk hoeveel verschil de strakke muren maakten. Anna had helderwitte verf gekocht om het licht dat door de paar ramen naar binnen viel maximaal te benutten, waardoor de Fishergirl's Luck ruimer leek. Het verven was vermoeiend en toen de zon begon te schijnen toen de laatste verflaag er bijna op zat, zag Anna dat als een teken dat ze naar Cathy moest luisteren en ook moest genieten, niet de hele tijd karweitjes moest zoeken.

Op donderdag werd Anna echter rusteloos. Ze had gedacht dat haar lichaam, na jaren van lange werkdagen en weinig vrije tijd, blij zou zijn met een lange periode van volledige ontspanning. Toen ze eenmaal besloten had haar verblijf in Crovie als een vakantie te zien, had Anna zich voorgenomen dat ze eindelijk al die boeken zou gaan lezen waar ze nooit tijd voor had gehad, dat ze zou uitzoeken waar ze hier aan de kust het best kon zwemmen, dat ze lange zonovergoten wandelingen zou maken, waarbij ze er alleen maar op hoefde te letten dat ze voor het donker thuis zou zijn. Ze had zich verheugd op lang uitslapen en lome middagen in eettentjes. Ze werd echter nog steeds net zo vroeg wakker als toen ze nog werkte en doordat ze niets te doen had, bleef ze maar denken aan wat ze had achtergelaten. En ze dacht aan haar vader, aan hoe ze hem in zijn laatste jaren niet vaak genoeg had gezien en hoe erg ze hem miste. Ze dacht ook telkens aan Geoff, en aan het feit dat haar vader hem nooit had gemogen. Waarom was ze zo lang bij Geoff gebleven? Hoe was hij erin geslaagd haar ervan te overtuigen dat een half leven met hem het beste was waar ze ooit op kon hopen? Ze werd boos op zichzelf om de verloren tijd, de jaren die ze zoveel beter had kunnen besteden.

Anna's behoefte aan afleiding en het plezier dat ze had beleefd aan hapjes klaarmaken voor het avondje bij Pat en Frank, zorgden ervoor dat ze zin had om te koken. Ze zou blij moeten zijn dat haar passie voor koken, waarvan ze gedacht had dat ze die voorgoed kwijt was, slechts van tijdelijke aard bleek te zijn en dat die door de veranderde omstandigheden weer was opgebloeid. Het probleem was uiteraard dat ze alleen voor zichzelf kookte.

'Ik heb nagedacht over dat kookboek dat ik van plan was te schrijven,' zei Anna tegen Cathy tijdens een van hun gesprekken via de nieuwe wifi-verbinding van de Fishergirl's Luck. Een vakantiehuisje moest nu eenmaal wifi hebben. 'Daar zou ik aan kunnen beginnen. Het probleem is dat ik alleen recepten heb die ik bij de Four Seasons heb klaargemaakt.'

'Ga dan nieuwe gerechten uitproberen,' zei Cathy. 'Je hebt daar toch een keuken? En die nieuwe vrienden die je daar hebt gemaakt, zouden die niet graag bij je komen eten?'

Anna keek om zich heen in de Fishergirl's Luck. 'Het is nogal krap. Er is niet veel ruimte om gasten te ontvangen.'

'Ze snappen het heus wel als je er maar twee tegelijk uitnodigt. Ze kennen het huis toch? Dat kookboek is een geweldig idee. Op die manier krijg je de kans om uit te zoeken wat voor soort eten je wilt koken, niet dan? En dat is weer handig als je gaat solliciteren.'

'Daar heb je gelijk in.'

'Natuurlijk heb ik gelijk. Ik heb altijd gelijk. Dat wist je onderhand toch wel?'

Anna glimlachte. 'Sorry, dat was ik even vergeten.'

'Pff,' zei Cathy bij wijze van afscheid. 'Laat het niet nog een keer gebeuren. En wil je me alsjeblieft het recept mailen van die chocolade-met-pistache-rol? Daar zou ik een moord voor doen.'

Anna nodigde Pat en Frank uit als haar eerste gasten omdat ze het dichtstbij woonden, maar ook omdat ze vond dat iets terug moest doen voor al hun gastvrijheid, al zouden ze dat zelf onzin vinden. Hoe vaker Anna hen zag, hoe meer ze hen mocht.

'Kunnen jullie morgenavond?' vroeg ze aan Pat, toen ze 's middags bij haar thee ging drinken, wat inmiddels een gewoonte geworden was.

'Je zult het niet geloven, maar morgenavond komen er nieuwe gasten,' zei Pat. 'Ze willen dan ook iets eten. Het spijt me.'

'Hoe zitten jullie rond lunchtijd?' vroeg Anna.

'Lunchen kan wel, als je zeker weet dat het niet te veel moeite is.'

'Natuurlijk is dat niet te veel moeite,' zei Anna. 'Ik heb nou niet bepaald andere dringende afspraken, of wel soms? Zijn er dingen die jullie niet lusten?'

'Nee, we zijn heel makkelijke eters.'

'Ik zou graag iets met vis maken, als jullie dat goedvinden,' voegde Anna eraan toe. 'Ik haal vis liever bij een plaatselijke leverancier dan bij de supermarkt. Heb je suggesties waar ik terecht zou kunnen?'

Pat dacht even na. 'Tja, er is geen lokale vishandelaar meer,' zei ze. 'Maar in Gardenstown wordt de vis nog steeds in bakken met ijs overgeheveld, voordat de vangst naar Fraserburgh wordt getransporteerd.'

Anna beet op haar onderlip. 'Dan ga ik met de auto naar Gardenstown en kijk of er iets te regelen valt.'

'Je kunt ook gaan lopen,' zei Pat. 'Het is mooi weer en de zee is rustig. Het zal nu een prachtige wandeling zijn.'

'Loopt er een voetpad van Crovie naar Gardenstown?' vroeg Anna verbaasd.

'Jazeker,' zei Pat tegen haar. 'Kom maar mee, dan zal ik het aanwijzen. Ik zou graag met je meegaan, maar ik moet de kamer met zeezicht in orde maken voor mijn gasten. Maar mij hoor je niet klagen. Kom maar op met het hoogseizoen, zeg ik!'

9

Het pad van Crovie naar Gardenstown – waarvoor de lokale bevolking nog de oude naam Gamrie gebruikte – was aangelegd langs de klif die tussen de twee plaatsen in de baai uitstak, en vormde een nauwe doorgang boven de vloedlijn. Om bij het pad te komen, had Pat gezegd, moest Anna het parkeerterrein oversteken. Daar zou ze aan het eind een smal pad vinden, dat vanaf de deur van de Fishergirl's Luck nog net zichtbaar was. Verderop, waar het om de klif heen ging, werd dit een duidelijker betonpad.

'Na een kilometer of twee kom je in Gamrie,' zei Pat. 'Trek goede wandelschoenen aan, want bij vloed slaan de golven over het pad en aan het andere eind ligt het strand bezaaid met rotsen. Het is een mooie wandeling.'

Het was winderig maar warm toen Anna vertrok en voor begin april zag het weer er veelbelovend uit. Aan de ene kant van het pad lag direct het enorme gewicht van de klif en aan de andere kant hingen smalle kettingen tussen metalen afrasteringspalen, die roestrood waren door de zilte wind. Bij de kustlijn lagen puntige ongelijke rotsen, glad door mos en zeewier, die een sterke zeelucht verspreidden. Zeevogels schreeuwden boven haar hoofd, een geluid waar Anna tot haar verbazing inmiddels aan gewend was, ondanks het schelle, doordringende, klaaglijke gekrijs van de meeuwen.

Toen het pad om de kaap heen ging, zag Anna Gardenstown liggen. Het oudste gedeelte van het dorp lag het dichtst bij het water, was net als Crovie gebouwd door boeren die verdreven waren van rijkere gronden verder weg van de kust. Zodra ze aan de andere kant van de klif was, zwakte de wind af tot een fris briesje en Anna besefte dat deze grotere plaats veel beschutter lag dan Crovie. De haven van Gardenstown werd omgeven door hoge kades die extra bescherming boden, wat waarschijnlijk verklaarde waarom hier veel meer boten lagen aangemeerd. Het waren vooral pleziervaartuigen, maar haar ongeoefende oog meende ook twee of drie kleine vissersboten te zien.

Anna keek op haar horloge. Het was bijna drie uur. Als chefkok wist ze hoe de Britse vissersvloot werkte, doordat ze talloze keren naar de vismarkt van Billingsgate was gegaan om vis in te slaan. De vissers leefden met het getij. Ze gingen 's nachts vissen en keerden 's ochtends in alle vroegte terug. Er werd daar vis uit het hele land aangevoerd, maar vast niet uit het kleine Gardenstown aan de Moray Firth, vermoedde ze. Toch hadden deze vissers waarschijnlijk dezelfde dagindeling. Met een beetje geluk zou Anna op tijd zijn om een bemanningslid aan te spreken voordat de boot uitvoer om vannacht te gaan vissen.

Het bleek rustig te zijn in de haven toen ze daar aankwam, maar ze hoorde stemmen over het water schallen. Drie mannen in gebreide truien onder dikke waterdichte waadpakken hesen netten op het dek van een van de vissersboten. Verder leek de haven uitgestorven. Toen ze langs de kade hun kant op liep, keken ze op, knikten haar toe, concentreerden zich weer op hun werk en hervatten hun gesprek.

'Hallo,' riep Anna. 'Mag ik iets vragen?'

Ze hielden op met praten, keken naar haar en toen naar elkaar, waarna een van hen zijn spullen neerlegde en haar kant op kwam. Hij leunde glimlachend op de reling. Anna schatte hem achter in de twintig. Hij had kort donker haar, een gebruind gezicht en een rechte kaak met een stoppelbaard. Zijn ogen hadden de kleur van de woelige zee, onder wenkbrauwen die dik genoeg waren om hem gevoelig te laten lijken. Het was het soort gezicht, dacht Anna, dat jongere vrouwen waarschijnlijk in grote problemen bracht: veel jonge vrouwen, vaak.

'Wat kan ik voor je doen?' vroeg hij. Achter hem maakten de twee andere mannen het werk af, waarna ze benedendeks verdwenen.

Tot haar verbazing sprak hij niet met een Schotse brouwende r. Hij had een heel ander accent.

'Je bent ver van huis,' zei ze. 'Kiwi, toch?'

Hij glimlachte weer. 'Klopt, goed gehoord. De meeste mensen denken dat ik uit Australië kom.'

'Ik wil je niet ophouden,' vervolgde ze, 'maar ik heb gehoord dat ik hier misschien vis kan kopen.'

Hij verschoof tegen de reling. 'Al onze vis gaat naar Fraserburgh.'

'Oké. Is er nog een andere boot onderweg naar de haven die me misschien kan helpen? Ik koop liever bij een lokale leverancier dan dat ik naar Fraserburgh rijd en in plastic verpakte vis koop.'

Hij draaide zijn hoofd en keek even peinzend uit over het water. 'Ik denk het niet. Je kunt wel iemand inhuren die met je het water op gaat, als je dat wilt.'

Anna schudde haar hoofd. 'Dat kost te veel geld en te veel tijd. Ik heb alleen vis nodig voor drie lunches.'

'Wat voor vis?'

'Maakt niet uit, als het maar goed en vers is.'

Hij keek naar haar vanaf het dek met een blik alsof hij haar probeerde te peilen. 'Jij bent Anna Campbell,' zei hij na een tijdje. 'De chef-kok die in Crovie is komen wonen.'

Ze stond perplex. 'Hoe weet je dat?'

Hij grinnikte. 'Zo gaat dat in een klein dorp.'

'Ja, maar ik woon hier niet. Dit is de eerste keer dat ik in Gardenstown ben. Ik woon pas een paar weken in deze omgeving!'

Hij haalde zijn schouders op, grijnsde nog steeds. Er dansten nu pretlichtjes in zijn ogen. Hij stond er nonchalant bij als een man die wist dat hij er goed uitzag en er geen enkele moeite mee had daar maximaal van te profiteren. 'Beeldschone vrouw verhuist hiernaartoe, dat valt op. Beeldschone vrouw die goed met messen kan omgaan verhuist hiernaartoe, daar wordt over gepraat. Beeldschone vrouw komt om verse vis vragen, een Kiwi trekt conclusies.'

Anna vernauwde haar ogen tot spleetjes en probeerde niet te glimlachen. 'Flirt niet met me, Kiwi. Je bent bijna jong genoeg om mijn zoon te kunnen zijn.'

Hij lachte. 'Alleen als je veel ouder bent dan je eruitziet, Anna Campbell. Weet je wat: ik kom je morgen verse vis brengen en dan kook jij voor mij een Michelinsterrendiner. Afgesproken?'

'Nee, dat gaan we niet doen,' zei Anna, die nu ook lachte. 'Om te beginnen weet ik niet wie je bent. En mijn tafel is al vol. Als je weet wie ik ben, weet je ook waar ik woon en dan weet je dat ik niet lieg.'

'Je zou een tafel buiten moeten neerzetten,' zei hij tegen haar. 'Daar is meer plek.'

'Ja,' zei ze droog. 'Ik zie het al voor me: worstelen om een picknickbank in mijn autootje te krijgen en dan dat ding over de kade naar de Fishergirl's Luck zeulen. Daar hebben ze het hier aan de kust nog jaren over, denk je ook niet?'

'Dat moet je een grote sterke vent voor je laten doen,' opperde hij. Ze dacht (hoopte) dat die opmerking ironisch bedoeld was.

'Ik heb zat grote sterke mannen gehad,' antwoordde ze, 'en mijn ervaring is dat ze stuk voor stuk een teleurstelling waren.'

Hij grinnikte weer, waarbij hij één wenkbrauw optrok. 'Dan heb je de juiste nog niet ontmoet, Anna Campbell.'

Ze zuchtte en schudde zogenaamd geërgerd haar hoofd. 'Goed, bedankt voor niets, Kiwi. Ik ga mijn vis wel ergens anders halen.'

'Wacht,' zei hij toen ze begon weg te lopen. Hij sprong zo over de reling op de kade. 'Ik kan je wel wat verse vis brengen. Maar dat is dan pas morgenochtend om zes uur. Heb je daar wat aan?'

'Ja,' zei ze, 'maar dat hoef je niet doen. Ik kom de vis wel halen.'

'Het is geen moeite,' zei hij. 'En dat is gemakkelijker voor me.'

Anna fronste haar wenkbrauwen. 'Je gaat die vis toch niet achteroverdrukken, hè?'

Ze was er vrij zeker van dat zijn verontwaardiging gespeeld was. 'Zie ik eruit als een piraat?'

'Het scheelt niet veel.'

'Het is volledig legaal. Dat beloof ik. Zal ik de vis voor je uithalen?'

'Volgens mij hadden we vastgesteld dat ik degene ben die goed met messen kan omgaan.'

'Klopt,' beaamde hij direct. 'Goed, dan kom ik morgen naar je toe, *avec poisson*.'

Anna wilde al vragen hoe hij heette toen ze bedacht dat het leuker was dat niet te weten. 'Tot ziens, Kiwi.'

Hij lachte. 'Tot je dienst, Anna Campbell.'

'Aha,' zei Rhona. 'Dus je hebt het wereldwonder ontmoet dat Liam Harper heet. Lekker ding, niet dan?'

'Hmm,' zei Anna, 'dat weet hij maar al te goed.'

Rhona lachte. 'Nou en of hij dat weet, maar hij gaat er goed mee om. Als hij met je praat, schenkt hij je zijn volle aandacht, wat er ook om hem heen gebeurt. Ik ben er inmiddels achter dat dat een zeldzame eigenschap is.'

Anna stond in Rhona's atelier. Ze had bedacht dat nu ze toch in Gardenstown was, ze er net zo goed langs kon gaan. Rhona woonde in een uit twee verdiepingen bestaand huis aan de hoofdweg die de heuvel op zigzagde. Het atelier was ook haar showroom, en was feitelijk een verbouwde garage met deuren aan de straatkant. Dat was volgens Rhona ideaal om in het hoogseizoen de aandacht van passerende toeristen te trekken.

'Alles is werkelijk prachtig, Rhona,' zei Anna, die vol bewondering naar een ondiep schaaltje met mat glazuur keek in de kleuren blauw, oker en zeegroen, de kleuren van een zandstrand bij eb. 'Niet te geloven dat je dit pas een paar jaar doet.'

Rhona glimlachte. 'Grappig is dat, als je ontdekt wat je eigenlijk altijd al had moeten doen. Niet dan? Het voelt als thuiskomen en je vraagt je af hoe het mogelijk is dat je daar niet eerder aan begonnen bent.'

'Ik ga wat borden en gebakschoteltjes meenemen, en ook een paar kommen, als ik dat kan dragen,' besloot Anna. 'Kon ik jou morgen ook maar voor de lunch uitnodigen, maar mijn huis is te klein. Wil jij mijn volgende gast zijn?'

'Daar hoef je niet moeilijk over te doen, ik kan overdag toch niet. En, ja, ik kom graag bij je eten. Ik kijk ernaar uit, maar het heeft geen haast. En ik vind dat je het heel goed doet als je bedenkt dat je nog maar zo kort in de Fishergirl's Luck bent. Toen ik hiernaartoe verhuisde, was het maanden een chaos in huis.'

Anna dacht hierover na. 'Hmm, het voelt alsof ik hier al veel langer ben dan drie weken. Dat zal wel betekenen dat ik al redelijk gewend ben.'

Rhona glimlachte. 'Een teken dat je toch moet blijven?'

Anna lachte. 'Dat gaat wat ver, maar misschien plak ik er nog een paar weken aan vast. Misschien wel een maand. We zien wel. Het is niet zo dat ik ergens anders naartoe moet.'

'Heb je haast?' vroeg Rhona. 'Of heb je tijd voor een gin-tonic? Het is officieel borreltijd en ik hoef vanavond niet met de auto weg. Het is zonde om niet van dit mooie weer te genieten. Voor je het weet slaat het om.'

'Ik kan me niet herinneren wanneer ik voor het laatst in de middag heb gedronken!'

'Dan moet je het zeker doen, en het is trouwens al bijna avond.'

Ze namen stoelen mee naar de rand van het atelier, waar de zon over de drempel en op hun schouders en schoot viel.

'Ik heb de eerste aflevering van die nieuwe serie met Geoff Rowcliffe gezien,' zei Rhona, toen ze al zo lang hadden gekletst dat ze aan hun tweede gin-tonic zaten. 'Het was geen slecht programma. En hij is knap om te zien, maar hij lijkt me echt een eikel.'

Anna verslikte zich bijna in haar gin-tonic en proestte het uit.

'Sorry, hoor, maar dat vind ik echt,' zei Rhona, en ze lachte ook. 'En ik moet je mijn excuses aanbieden. Ik heb waarschijnlijk een flater geslagen die keer bij Frank en Pat toen ik over hem zat te wauwelen.'

'Wat?' zei Anna. 'Welnee.'

Rhona haalde haar schouders op. 'Het drong later pas tot me door dat het feit dat er opeens een chef-kok in Crovie woont, verband kan houden met het feit dat een chef-kok na twintig jaar zijn relatie had beëindigd met iemand van wie de naam niet genoemd werd en die bij hem werkte.'

Anna trok een gezicht. 'Ik ga je Sherlock Holmes noemen.'

Rhona stak haar hand op. 'Ik wil me nergens mee bemoeien. Maar goed, het spijt me dat ik zo gevoelloos was.'

Anna snoof. 'Als er iemand gevoelloos was, dan was ik het wel. Arme Ouwe Robbie, dat er opeens een wildvreemd mens over zijn vrouw begon.'

'Dat kon je niet weten.'

'Maar dan nog.'

'Het is tijd dat hij doorgaat met zijn leven,' zei Rhona. 'Hij is te aardig om de rest van zijn leven alleen te blijven. Dat zou Cassie nooit gewild hebben. Wie weet ben je op het juiste moment gekomen, Anna.'

Anna keek haar nieuwe vriendin aan en vroeg zich af of die

echt bedoelde wat Anna dacht dat ze bedoelde. 'Alsjeblieft zeg,' zei ze invoelend. 'Ik kom net uit een ingewikkelde langdurige relatie. Ik ga me echt niet meteen in een nieuwe ingewikkelde relatie storten.'

'Het hoeft niet ingewikkeld te zijn.'

'Natuurlijk wel!' Anna lachte. 'Hij heeft een kind, hij was getrouwd met iemand die iedereen hier kende, hij hoort bij dit dorp. Ik heb pas een huis hier gekocht. Hoe luidt die uitdrukking ook alweer? Men moet zijn eigen nest niet bevuilen? We zouden nog geen stap kunnen zetten zonder dat iedereen dat zou weten. Het is trouwens een onuitgemaakte zaak. Ik blijf niet en hij is nog verliefd op zijn vrouw. Mij niet gezien. Daar ga ik niet tussen zitten.'

Het bleef even stil. 'Zo te horen had je er al goed over nagedacht,' zei Rhona.

Anna deed haar mond open en klapte die weer dicht. Ze voelde dat ze bloosde. 'Nee! Ik...'

'Ik plaag je maar, meid!' Rhona lachte. 'Je hebt helemaal gelijk. Je bent veel verstandiger dan ik zou zijn als Robert MacKenzie ook maar een paar seconden langer dan strikt noodzakelijk naar me zou kijken.'

Later liep Anna over het kustpad terug met haar nieuwe servies zorgvuldig in papier gewikkeld en in de canvastassen gestopt die Rhona haar had geleend. Het gewicht voelde goed, als ankers die haar op haar plek hielden. Kletsen met Rhona, onzin uitkramen terwijl ze in de zon zaten, dat was iets wat ze lang niet had gedaan, waar ze nooit tijd voor had gehad. Geoff had het vervelend gevonden als ze zonder hem wegging, zelfs in het zeldzame geval dat ze een avond vrij had, en hij had vaak niet gewild dat ze meeging als hij op stap ging. Ze vond het nu gek dat ze simpelweg had geaccepteerd dat hun relatie zo in elkaar zat. Dat het volkomen normaal had geleken dat ze haar leven gevoegd had naar wat hem het best uitkwam.

Dat nooit meer, dacht ze. Wat ik uiteindelijk ook ga doen, het moet zijn omdat ik het wil en niet omdat dat voor iemand anders het best is.

Anna ademde diep in. In de schemering hing er een geluksgevoel om haar heen. De vissersboten lagen niet meer in de haven. Ook aan de horizon was geen spoor van de vissersboten te bekennen. Anna vroeg zich af wat Liam Harper nu aan het doen was en bedacht dat het door de gin kwam dat ze zich daar druk om maakte. Ze zette de gedachte uit haar hoofd, zou er niet meer aan denken.

10

Zaterdagochtend ging de zon prachtig op en stond Anna al voor zes uur bij de pier te wachten. Ze was niet de enige die al buiten was. Toen ze haar huisje uit stapte, liep Douglas McKean net langs, die de andere kant op ging. Anna glimlachte en zei hem rustig gedag, maar de oude man negeerde haar. De energie die ervoor nodig was om zo tegendraads te zijn, was vast vermoeiend voor iemand van zo'n hoge leeftijd, en ze vroeg zich af waarom hij het nodig vond zo stug te doen. Een deel van Pats verklaring – dat hij nog de enige in Crovie was die daar geboren en getogen was – klonk aannemelijk, maar toch leek het Anna een oneigenlijke reden. Als die buitenstaanders er immers niet voor gekozen zouden hebben om hier te komen wonen – en dat gold zelfs voor mensen die er niet het hele jaar woonden – zou Douglas McKean in zijn eentje in een dorp wonen dat steeds meer in verval raakte. Het moest te maken hebben met het andere aspect dat Pat genoemd had, dat McKean recht meende te hebben op de Fishergirl's Luck.

Uiteraard was Robert MacKenzie de aangewezen persoon om aan te vragen hoe dat zat, maar om allerlei redenen – niet in de laatste plaats Rhona's geplaag de dag ervoor – was Anna van plan zo ver mogelijk uit zijn buurt te blijven.

Haar gedachten werden onderbroken door het gebrom van een motor en even later kwam er een kleine skiff met buitenboordmotor in een grote boog om de landtong varen. De boot minderde vaart toen die afboog naar de pier van Crovie. Liam

Harper zag haar staan en schonk haar een brede glimlach.

'Ben ik te laat?' riep hij, toen hij de motor uitzette en haar een meertouw toewierp. Ze luste het om de dichtstbijzijnde paal, maar omdat ze geen idee had hoe ze een goede knoop moest leggen, hield ze het uiteinde vast terwijl hij met een witte plastic krat in zijn handen de pier op stapte.

'Precies op tijd,' zei ze. 'Nogmaals dank. Wat heb je bij je en hoeveel krijg je van me?'

'Ik hoop dat het in orde is. Geen vis maar langoustines,' zei hij, terwijl hij de krat neerzette.

'Prima,' zei Anna. 'Dank je wel.'

'Dat is een pak van mijn hart,' zei hij grijnzend toen hij het eind van het touw van haar overnam en vastmaakte. 'Ik wilde niet weer een teleurstellende man in je leven zijn. En ik heb nog iets bij me, maar je zult me moeten helpen om het uit de boot te tillen en naar je huis te dragen.'

Hij draaide zich om en knikte naar de boot. Anna zag iets liggen waarvan ze had gedacht dat het een oude krat was, maar wat in werkelijkheid een op zijn kant liggende picknickbank was. 'Wat is dat?' vroeg ze verbaasd.

'Een tafel, voor je tuin. Daar hebben we het over gehad, weet je nog? Kom, help eens een handje.' Liam sprong in de boot en kantelde de picknickbank.

'Waarom heb je een picknickbank voor me gekocht?' vroeg Anna, toen ze het ding aan land probeerden te krijgen.

'Goed, de eerste bekentenis,' zei hij. 'Ik heb hem niet gekocht. Het ding lag al eeuwen in de haven, lag te wachten om met een lading schroot te worden afgevoerd. Ik heb het ding goed bekeken en hij hoeft alleen geschuurd te worden. Dus toen heb ik gevraagd of ik het ding kon meenemen en dat was goed.'

'En de tweede bekentenis?' zei Anna, die de picknickbank vasthield terwijl hij weer uit de boot stapte en haar hielp om de picknickbank op de pier op zijn kant te leggen.

Liam legde beide handen op de picknickbank en leunde er met zijn gewicht op. Er lag een grijns op zijn gezicht. 'Je kunt het zien als omkoping.'

Anna trok haar wenkbrauwen op. 'O? Omkoping, Kiwi?'

Hij lachte. 'Ik wil nog steeds dat je voor me kookt, chef-kok.'

Ze sloeg haar armen over elkaar en schudde haar hoofd. 'En als ik nou nee zeg en je hier laat staan, zodat je het ding in je eentje weer in de boot moet zien te krijgen?'

'Dat doe je niet.'

'Je bent nogal zeker van je zaak.'

'Je bent niet de eerste die dat zegt.'

'Dat geloof ik graag.'

Hij lachte weer. 'Wat zeg je ervan? Het hoeft geen haute cuisine te zijn of dat je er heel lang voor in de keuken moet staan. Voor mijn part bak je een omelet. En ik zorg voor de wijn.'

'Als het geen haute cuisine hoeft te zijn, waarom wil je dan dat ik voor je kook? Doe het lekker zelf!'

Hij keek naar zijn handen en leek gek genoeg even verlegen. 'Oké dan, de derde bekentenis.'

'O?'

Hij keek haar aan. Zijn wenkbrauwen kwamen even samen en hij had een blik in zijn ogen die haar hart een sprongetje deed maken.

'Het gaat me niet om het eten, maar om het gezelschap.'

Ze weigerde een andere kant op te kijken. Hij kon vleien wat hij wilde en vaak werkte dat waarschijnlijk ook. 'Je kunt zeker niet koken, Liam? Zo zit het.'

Hij grijnsde. 'Iemand heeft zelf ook wat research gedaan, of niet soms?'

Ze haalde haar schouders op. 'Zo gaat dat in een klein dorp.'

'Dat klopt,' beaamde hij. 'Kom, laten we dit ding naar je huis dragen. Ik moet terug en jij moet langoustines klaarmaken.'

Anna stoomde de langoustines, haalde het vlees eruit en zette dat in de koelkast om af te koelen. Ze deed de lege schalen in haar snelkookpan en voegde er ui, knoflook, wortel, selderie en veel witte wijn aan toe en liet het pruttelen. Ze pakte het zachte witte deeg dat ze eerder had gemaakt, vormde er baguettes van, maakte met een mes inkepingen in de bovenkant en zette ze weg om verder te rijzen.

Terwijl ze bezig was, noteerde Anna ingrediënten, hoeveelheden en tijden, want het was waar wat ze tegen Cathy had gezegd: Anna had er ooit van gedroomd zelf een kookboek te schrijven. Ze had Geoff geholpen met zijn eerste kookboek, omdat hij naar eigen zeggen meer een ideeënman was en geen belangstelling had voor praktische zaken als de bereiding beschrijven, zodat lezers de recepten thuis zelf gemakkelijk konden maken. Dat boek was tegelijk uitgekomen met de eerste tv-serie, en het was veel werk geweest, wat ze om haar diensten in het restaurant heen had moeten plannen. Toen Geoff de drukproef binnenkreeg om die te controleren, zat er een briefje bij van de redacteur met de suggestie een dankwoord toe te voegen. Haar naam was een van de laatste in de korte alinea. Dank aan mijn vriendin Anna voor haar steun, stond er. Toen het tv-programma een groot succes bleek te zijn en duidelijk was dat er zoveel kookboeken zouden komen als hij maar kon aanleveren, had Geoff erop gestaan dat hij een echte ghostwriter kreeg. Vanaf dat moment had de uitgever iemand betaald om het werk te doen dat Anna gratis had gedaan. Uit louter belangstelling had ze het dankwoord van het tweede boek gelezen. Haar naam kwam er niet in voor. Ze had Geoff er niet naar gevraagd, had een hekel aan zichzelf omdat ze vond dat haar naam er ook bij had moeten staan. Ze was toch slechts zijn vriendin en souschef in zijn restaurant? Waarom had ze een vermelding in het dankwoord verwacht?

Cathy's commentaar was niet mals.

'Zoals Geoff altijd zegt, er is geen ik in een team,' had Anna tegen haar vriendin gezegd.

'Hou nou toch op!' had Cathy gezegd. 'Mijn ervaring is dat mensen die met dat cliché komen aanzetten dat vooral doen om het net zo belangrijke cliché "ere wie ere toekomt" te kunnen negeren.'

Toen het tijd werd om een nagerecht voor de lunch te maken, pakte Anna Brens notitieboek er weer bij. Ditmaal raakte ze gefascineerd door een recept waaraan in 1938 een opmerking was toegevoegd. Anna ging zitten rekenen en kwam tot de conclusie dat Bren toen zeventien moest zijn geweest. Het was een recept voor een *broonie*, een variatie op een gembercake, gemaakt van haver, karnemelk, melasse en gemalen gember.

Mevrouw Towrie uit Stromness bracht ons deze cake om samen te delen terwijl we haring aan het kaken waren, stond er als opmerking bij het keurig genoteerde recept. *Heb haar om het recept gevraagd en dat heb ik gekregen. Je kunt de cake beter een nachtje laten staan voordat je hem aansnijdt. Blijft minstens een week goed. Juli 1938.*

Toen ze dit las, had Anna het idee dat ze maar de helft van de woorden snapte. Ze pakte haar iPad en toetste als zoekopdracht 'haring in Orkney' in. Algauw zat ze oude zwart-witfoto's te bekijken. Daarop stonden rijen vrouwen in dikke wollen jurken en met hoofddoeken om die op drukke werven over lange houten bakken gebogen stonden. De scherpe messen in hun handen vingen het sterke zonlicht uit het noorden terwijl ze duizenden haringen kaakten. Die vrouwen stonden bekend als haringmeisjes of *quines*, las Anna, en in het haringseizoen trokken honderden van hen langs de kusten van Schotland, Ierland en Engeland. Ze kaakten en zoutten de enorme ladingen haring die elke dag door de vissersvloten aan land werden gebracht.

Anna bekeek de foto's en vroeg zich af of Bren er ook op stond. Misschien zat er zelfs een foto tussen die genomen was op de dag dat mevrouw Towrie de haringmeisjes gembercake had gebracht. Een deel van het geld dat jonge Bren daar had verdiend, had ze later gebruikt om de schuur te kopen die de Fishergirl's Luck was geworden.

Een halfuur later stond Brens broonie in de oven. Anna had geen tijd om de gembercake een nacht te laten rusten voordat ze hem aansneed, maar na het lezen van de aantekening en het zien van die foto's, was Anna vastbesloten deze cake te bakken. Ze zou er een toef slagroom bij serveren en er wat heidehoning overheen gieten.

Toen de cake eenmaal in de oven stond, waste Anna haar handen, deed haar schort af en ging naar buiten om de picknickbank te inspecteren. De zon was inmiddels helemaal op en er stond een licht briesje. De Noordzee leek zich voorbeeldig te gedragen, de golven plaagden de kade slechts, alsof ze aan de rand van het dorp aan het belletje lellen waren. Anna raadpleegde de getijdetabellen en de weersvoorspelling en besloot het risico te nemen. De lucht was te blauw en de zon te warm om Liams geschenk niet te gebruiken, ook al zouden zij en haar twee gasten op een rechthoekig stuk saai grijs beton zitten. Ze wilde dat ze bloembakken met scharlakenrode winterharde begonia's had, maar ze had nog geen tijd gehad om daarachteraan te gaan en dus zou ze het alleen met de picknickbank moeten doen.

In een emmer maakte Anna een sopje van warm water. Een uur later had ze het ergste vuil van het robuuste hout van de picknickbank geschrobd en concludeerde dat die nog stevig genoeg was om het gewicht van haar en haar gasten te kunnen dragen. De picknickbank zag er eerlijk gezegd uit alsof hij nog wel vijftig jaar meekon. Hij droogde vlug in de zeelucht en ze legde er een wit tafellaken overheen. Ze zette Rhona's borden neer en legde er zilveren bestek bij, dat ze opwreef voordat ze het neerlegde. Ook zette ze waterglazen en wijnglazen ondersteboven op het tafelkleed om te voorkomen dat ze omgeblazen zouden worden of dat er nieuwsgierige insecten in kwamen.

'Tjonge jonge, wat ziet dat er prachtig uit,' riep Pat, toen Frank en zij aankwamen. 'Het voelt alsof ik naar het exclusiefste restaurant ter wereld ben gekomen.'

'Je houdt niet van half werk, hè meid?' Frank lachte toen ze hen aan de picknickbank liet plaatsnemen en voor hen alle drie een glas koude witte wijn inschonk, een sauvignon blanc uit Nieuw-Zeeland. 'Hoe kom je aan die picknickbank? Wat een geweldig idee.'

Terwijl ze het voorgerecht aten – een salade van gerookte zalm en komkommer die licht besprenkeld was met dille – vertelde Anna over haar ontmoeting met de Kiwi en aan het eind van het verhaal zaten Pat en Frank te lachen.

'De brutaliteit!' zei Pat. 'En, wat ga je doen?'

'Dat weet ik nog niet,' zei Anna. 'Ik denk dat hij leuk gezelschap is voor een avondje. En ik heb mezelf iets beloofd toen ik hier aankwam. Ik heb jarenlang geen gelegenheid gehad om nieuwe ervaringen op te doen. Zolang ik hier ben, ben ik van plan om op zoveel mogelijk dingen ja te zeggen.'

'Oei, dat zijn gevaarlijke woorden,' zei Frank met een lachje. 'Dat kun je beter niet tegen hem zeggen. Of tegen welke man in deze omgeving dan ook.'

'Frank,' zei Pat vermanend.

'O, je moet plezier maken, Anna,' ging hij verder. 'Hij is hier sinds vorige zomer. Van de winter heeft hij door Europa getrokken en toen is hij weer teruggekomen. Over een paar maanden vertrekt hij voorgoed. Als het seizoen voorbij is, gaat hij terug naar huis. Het verhaal gaat dat hij de boerderij van zijn ouders gaat overnemen omdat zijn oude vader ziek is. Deze reis was zijn laatste kans op een paar maanden vrijheid voordat hij dat gaat doen.'

'Ik weet zeker dat Liam Harper pleziertjes genoeg heeft,' zei Anna met een lachje.

De volgende gang was schaaldierensoep, waar haar gasten vol lof over waren. Anna moest toegeven dat de soep heel goed gelukt was. Zelfs bij het chique Four Seasons zouden de langoustines, ondanks de Michelinsterren van het restaurant, een paar uur ouder zijn dan de langoustines die Liam uit zee had gehaald en naar haar toe had gebracht.

Terwijl ze aten en kletsten, kwam er een stel langs dat hen glimlachend toeknikte. Het waren overduidelijk toeristen die aan het wandelen waren en Anna vroeg zich af of ze gepland hadden om naar Crovie te gaan of dat ze in een opwelling de wegwijzer hadden gevolgd en het dorp toevallig hadden ontdekt.

'O, in de zomermaanden weten veel toeristen de weg naar Crovie te vinden,' zei Pat bedaard toen Anna een opmerking over het stel maakte. 'De meesten blijven niet lang. Ze lopen over de weg en maken een rondje door het dorp.'

Ze zaten nog steeds te eten toen het stel terug kwam lopen. Anna zag dat ze iets verderop bleven staan, waarna de man terugkwam en over het hek leunde.

'Hallo,' zei hij. 'Sorry dat ik jullie stoor, maar kun je hier ook ergens eten? Is er een café of restaurant in dit dorp? Dit ziet er zo idyllisch uit en het eten ruikt heerlijk. We kregen er honger van en we hebben ons dagje uit niet zo goed gepland.'

'Het spijt me, maar er is niets in Crovie,' zei Anna.

'De dichtstbijzijnde eetgelegenheid is The Garden Arms in Gardenstown,' zei Frank glimlachend tegen de bezoekers. 'Een andere optie is de Pennan Inn, de andere kant op in Pennan, of in Portsoy, in de richting van Macduff.'

De man glimlachte. 'Bedankt, en sorry dat we jullie lunch hebben verstoord. Het ruikt voortreffelijk.'

'Tja,' zei Anna aarzelend, waarbij ze naar Pat en Frank keek. 'Als jullie het niet erg vinden, er is genoeg over. Jullie kunnen erbij komen zitten als jullie willen.'

'O nee,' zei de man, terwijl de vrouw – aan hun ringen te oordelen zijn echtgenote – dichter naar het hek toe kwam. 'We willen jullie niet tot last zijn.'

'Het is voor ons geen enkel probleem,' zei Frank, en Pat knikte instemmend. 'Het is Anna's tafel, Anna's eten.'

'Kom er toch bij zitten,' zei Anna, terwijl ze opstond. 'Ik vind het zonde om eten weg te moeten gooien.'

Het stel keek elkaar aan en de vrouw lachte.

'Als je het zeker weet, nemen we de uitnodiging graag aan,' zei ze. 'Wat ontzettend gul van je.'

Zo kwam het dat er nog twee gasten plaatsnamen aan Liams picknickbank, want zo bleef Anna het ding in haar hoofd noemen ook al mocht dat van haarzelf niet. Ze serveerde nog twee kommen schaaldierensoep, ging een nog warme baguette uit de keuken halen en schonk glazen wijn in. Het uur daarop kwam ze erachter dat haar extra gasten Anthony en Rose Linden waren, die een week in Portsoy verbleven en in York woonden.

'Dit is echt verrukkelijk,' zei Rose nogmaals toen ze haar kom uitschraapte. 'En je brood is goddelijk.'

'De ligging is ideaal,' voegde Anthony eraan toe. 'Ik meen het, Anna, je zou rond lunchtijd wel een dozijn tafels vol krijgen als je die hier langs de kade zou neerzetten. Al zou je alleen maar dit serveren, dan nog zou je het heel druk krijgen.'

'Een van onze vrienden vindt dat ze de Crovie Inn moet heropenen,' zei Frank. 'Dat vind ik een geweldig idee.'

'Ik ben hier nog maar net,' protesteerde Anna. 'En daar heb ik trouwens geen geld voor.'

'Begin dan klein,' opperde Anthony. 'Er zullen genoeg mensen zijn zoals wij die het dorp bezoeken, zeker in de zomer. Geef ze een reden om wat langer te blijven. Zelfs als je alleen maar deze ene tafel zou doen.'

'Het is een leuk idee,' zei Anna, 'maar ik weet niet of het haalbaar is, en ik ben niet van plan hier permanent te blijven.'

'Ik kan je zeggen,' zei Anthony, 'dat we aan iedereen zullen vertellen over de magische ervaring aan tafel van een geweldige chef-kok in het dorpje Crovie.'

'Dat gaan we echt doen,' zei Rose. 'Ik zal nog weken over die schaaldierensoep dromen. Ik kan je wel om het recept vragen, maar ik weet nu al dat ik het toch nooit zo zou kunnen maken als jij.'

Ze bleven tot ver na vieren aan Liams picknickbank zitten. Toen uiteindelijk de wijn, Brens broonie en de koffie op waren, maakte het gezelschap zoetjesaan aanstalten om te vertrekken. Pat en Frank hielpen Anna om alles naar de keuken te brengen en toen ze weer naar buiten kwamen, schoof Anthony haar discreet wat bankbiljetten toe.

'Dank voor je gastvrijheid,' zei hij. 'Het was echt geweldig – en een voorrecht, denk ik – om je te leren kennen en aan je tafel te mogen eten, Anna.'

'Dat kan ik niet aannemen!' zei Anna, en ze schoof zonder ernaar te kijken het geld naar hem terug. 'Jullie waren bij mij te gast en jullie waren meer dan welkom.'

'Nee, pak het aan,' hield hij vol toen Rose hartelijk glimlachend achter hem kwam staan. 'Dat was de beste maaltijd die we deze hele week hebben gegeten. Ik weet hoeveel tijd je erin hebt gestoken en wat het had moeten kosten.'

'Neem het alsjeblieft aan,' voegde Rose eraan toe. 'Deze unieke ervaring hadden we nergens anders kunnen opdoen.'

Uit het veld geslagen pakte Anna het geld aan. 'O, eh, dank je wel,' zei ze. 'Het was heel fijn jullie te leren kennen. Als jullie nog eens in Crovie zijn, zal ik jullie graag opnieuw verwelkomen.'

Ze gaven elkaar een hand en Rose omhelsde haar vluchtig.

'Echt, Anna,' zei Anthony, 'zodra we horen dat je de Crovie Inn hebt heropend, boeken we een vakantiehuisje en komen we elke avond in jouw restaurant eten.'

11

De dagen daarna sloeg het weer om. Het ging harder waaien en regenvlagen bestookten de kuststrook onder een loodgrijze lucht. Van achter haar mousselinen slaapkamergordijn zag Anna Pats B&B-gasten eerst de ene en daarna de andere kant op gaan over de kade, de golven ontwijkend die hoog genoeg waren om eroverheen te slaan. Ze vroeg zich af wat hen hier had gebracht en of ze gevonden hadden wat ze zochten.

Nadat ze zich een week in huis had verschanst en aan haar kookboek had gewerkt, trotseerde Anna op zondag de wind en regen voor een wandeling over de kliffen met Glynn, David en Bill. Toen ze weer terug waren in Crovie nodigde ze hen uit om in de Fishergirl's Luck op te warmen bij een lunch van soep en versgebakken brood. Ze aten met hun bord op schoot terwijl Bill voor de haard lag. Buiten stond Liams picknickbank standvastig overeind. Hij was al bestand gebleken tegen de barre weersomstandigheden in Schotland en wachtte geduldig op een dag dat het weer opnieuw goed genoeg zou zijn voor gasten.

Wat Anthony Linden had gezegd was haar bijgebleven. Geef ze een reden om wat langer te blijven. Zelfs als je alleen maar deze ene tafel zou doen.

Kon ze dat? Moest ze dat doen? Er werd mooi weer voorspeld en ze had geen haast om te vertrekken. Ze kon toch tot het eind van de zomer blijven?

Die avond gierde de wind om de Fishergirl's Luck heen en regen wierp zich in blinde woede tegen de buitenmuren. Verder naar het zuiden mocht de winter dan voorbij zijn, Anna was blij dat ze houtblokken en aanmaakhout had gekocht.

'Ik vind het eigenlijk wel leuk,' zei ze tegen Cathy, terwijl ze met haar telefoon in de ene hand en een mok thee in de andere hand knus onder een dekentje op de oude bank zat. 'Het is alsof de hele wereld buiten kan vergaan en dit huis dan overeind blijft staan.'

'Jij liever dan ik,' zei Cathy. 'Ik hoor de wind zelfs hier. Het klinkt alsof alle hellehonden je voordeur omcirkelen.'

'Misschien doen ze dat ook wel, maar ze kunnen er niet in. Een nieuwkomer bepaalt zelf wie er wel en niet binnenkomt. Ik heb alles op slot gedaan en ik heb de deur gebarricadeerd.'

'Je bent gestoord,' zei Cathy vol genegenheid. 'Je klinkt in elk geval zekerder van jezelf.'

'Ik denk dat het door het koken komt,' zei Anna. 'Sinds Pat en Frank hier hebben geluncht, heb ik elke dag iets gemaakt. Ik was altijd al het meest in mijn element in een keuken en het voelt goed om zelf te bepalen wat ik ga maken. Dat is nooit zo geweest.'

'Die lunch klonk inderdaad idyllisch,' zei Cathy met een weemoedige zucht. 'Verse gerechten – jouw gerechten – goede wijn, de oceaan. Wat wil je nog meer? Ik wilde dat ik erbij was geweest en ik kan me goed voorstellen hoe blij die mensen waren dat ze jou toevallig ontdekten.'

'Het heeft me op een idee gebracht,' bekende Anna.

'Wil je toch de Crovie Inn overnemen?'

'Nee, maar weet je nog dat huiskamerrestaurantconcept van een paar jaar geleden in Londen? Dat je bij iemand thuis een luxediner voorgeschoteld kreeg? Ik ken een paar chef-koks die dat hebben gedaan omdat ze geen geld hadden om een eigen restaurant te openen en toch een reputatie wilden opbouwen.'

'Ja, Steve en ik hebben een keer bij een stel gegeten. Dat was ontzettend leuk. Wil je dat met de Fishergirl's Luck ook gaan doen?'

'Niet in de avond, en het kan alleen bij goed weer, maar ik zat erover te denken een paar keer per week een lunch te verzorgen. Ik kan maar acht mensen kwijt aan de picknickbank, en waarschijnlijk zou ik het bij zes houden, zodat de mensen voldoende ruimte hebben en het niet te veel van me vergt. Ik denk dat het wel wat zou kunnen worden.'

'Zou je genoeg gasten krijgen?'

'Pat zegt dat het in het hoogseizoen een stuk drukker is in Crovie. Ik kan het altijd proberen. Als het niets wordt, ben ik in elk geval niet al te veel spaargeld kwijt. En zo krijg ik de kans om eigen recepten te ontwikkelen.'

'Hoeveel gangen?'

'Drie, denk ik. Een eenvoudig voorgerecht, een hoofdgerecht en een nagerecht. Ik ga proberen om zoveel mogelijk lokale producten te gebruiken, seizoensproducten, dat soort dingen. Het lijkt me fantastisch om te zien wat er elke ochtend met de boot wordt gebracht.'

'Zo profiteer je wel maximaal van je tamme visser, of niet soms?'

Anna lachte. 'Ik denk het wel.'

'Over die tamme visser gesproken,' ging Cathy verder, 'vertel nog eens van dat hij bij jullie tweede ontmoeting met het ideale cadeau kwam aanzetten en dat hij toen een date met je wilde.'

'Hou op,' foeterde Anna. 'Ik heb je al verteld dat hij de grootste vrouwenversierder hier in de wijde omgeving is. Bovendien is hij veel te jong voor me, voor het geval hij echt in me geïnteresseerd zou zijn, wat niet zo is. En zelfs áls dat zo zou zijn, ik ben niet in hem geïnteresseerd. Begrepen?'

'Ja, ja,' zei Cathy. 'We hebben het er een andere keer nog wel over.'

'Nee.'

'O jawel,' zei Cathy vrolijk. 'Wat dat andere betreft, dat lijkt me een strak plan. Ga ervoor. Zal ik een poster voor je maken?'

'Daar is het nog te vroeg voor,' zei Anna. 'Maar ik zou liegen als ik zei dat ik daar niet zelf al aan had gedacht.'

Cathy lachte. 'Natuurlijk maak ik een poster voor je. Stuur maar een mailtje wat erop moet komen te staan – als je daar uit bent – dan ga ik aan de slag. Ik zie het al voor me. Met handgeschreven letters komt er dan "Lunch bij de Fishergirl's Luck" te staan.'

'Ik wist dat het ooit van pas zou komen om bevriend te zijn met de beste grafisch ontwerper ten zuiden van Watford Gap.'

'Met gevlei kom je een heel eind. En wat staat er de rest van de avond op het programma?'

Anna luisterde naar het weer buiten en trok de deken strakker om zich heen. 'O, ik ga nergens heen, behalve dan naar de keuken voor meer thee en misschien een chocoladekoekje. Ik zit door kookboeken te bladeren waar ik jaren niet in gekeken heb. Ik maak aantekeningen, noteer ideeën. Dat dus. Ik heb ook wat oude recepten van mijn moeder doorgenomen en ik wil ook wat met Brens recepten gaan doen. Ik wil ervoor zorgen dat zij er op de een of andere manier bij betrokken is.'

'Je hebt echt inspiratie gekregen,' zei Cathy. 'Daar ben ik blij om. Ik ga ophangen. Ik hou van je. Mail me.'

Anna had net opgehangen en zat te bedenken of ze in plaats van nog een mok thee een glas witte wijn zou nemen en wat ze vanavond voor zichzelf zou gaan koken, toen er op de deur werd gebonsd. Ze worstelde zich onder de deken vandaan en liep naar de deur. Ze verwachtte dat het Pat of Frank zou zijn, die kwam kijken hoe het met haar ging nu het stormde. In plaats daarvan bleek Liam Harper compleet doorweekt bij haar op de stoep te staan.

'Liam!' riep ze uit, en ze trok hem het halletje in. Meteen drupte er water op de vloer. 'Waarom ben je in vredesnaam buiten? Wat doe je hier?'

Hij stak twee natte knuisten op. In de ene had hij een fles wijn, in de andere een doosje eieren. 'De boot kan niet uitvaren,' zei hij, terwijl er straaltjes over zijn gezicht liepen. 'Dus ik kom bij je op bezoek voor die omelet.'

Anna gaapte hem aan. 'Hoe ben je hier gekomen? Toch niet met de skiff?'

Liam schudde zijn hoofd en de spetters vlogen tegen de muur, en tegen haar. 'Nee, ik ben komen lopen. Ik ben lekker uitgewaaid.'

'Kiwi, je bent gestoord.'

'Weet je, je bent niet de eerste die dat tegen me zegt.'

'Je overvalt me. Maar goed, kom verder, maar doe eerst je jas uit, anders wordt het binnen een waterballet. Ik zal het vuur opstoken.'

Ze gaf hem een handdoek en een glas wijn, en ging toen naar de keuken om voor hen te koken terwijl Liam zich bij de houtkachel afdroogde. Zijn bovenlichaam was dankzij zijn vissersjas droog gebleven, maar zijn benen waren drijfnat. Zijn werkbroek was een afritsmodel en hij ritste de pijpen eraf en legde ze op de kachel. Anna keek vanuit haar ooghoek toe hoe hij met de handdoek zijn donkere haar droogde, en probeerde niet te zien hoe gebruind hij was en hoe gespierd zijn kuiten waren. Ze hield zichzelf voor dat ze eigenlijk boos zou moeten zijn dat hij haar in een positie had gebracht waarin ze het niet kon maken hem weg te sturen.

Maar ze was niet boos.

'Het is niet zo dat ik niet van Nieuw-Zeeland, mijn ouders of zelfs de boerderij hou,' zei Liam. Hij zat op de vloer met zijn rug tegen een van de fauteuils, één been opgetrokken, met zijn elleboog op zijn knie, terwijl hij naar de vlammen keek die in de houtkachel dansten. 'Ik weet alleen niet of ik er klaar voor ben om de rest van mijn leven boer te zijn. Onze boerderij is groot en ligt afgelegen. Even naar de pub voor een biertje is er dan niet meer bij.'

'Ligt die op het Noorder- of het Zuidereiland?'

'Op het Zuidereiland, midden in de regio Otago.'

'Het is er vast prachtig.'

'Dat klopt. Ben je er geweest?'

'Ja,' zei Anna, 'maar alleen op het Zuidereiland en ik vond het er geweldig. We gingen er voornamelijk naartoe voor de wijnstreken. Mijn ex filmde daar voor een aflevering van een tv-serie. Ik weet nog dat ik toen dacht dat ik er best zou willen wonen als het niet zo ver weg was. Mijn vader leefde toen nog en het zou voor hem te ver weg zijn geweest om op bezoek te komen.'

Liam knikte. 'Ja, dat hoor ik vaker.'

'Zie je door Europa trekken als een laatste periode van vrijheid voor je je gaat settelen?'

Hij grinnikte. 'Zoiets ja. Het was mijn moeders idee. Ze wilde dat ik wat van de wereld zou zien. Ik denk dat ze bang is dat ik er later spijt van zou krijgen als ik dat niet zou doen.'

Anna glimlachte. 'Je bent nogal in een uithoek beland.'

'Zeg dat wel,' zei hij lachend. 'Ik weet niet eens waarom ik dit seizoen ben teruggekomen. Ik had op het vasteland kunnen blijven, maar vissen bevalt me. Ik ben graag buiten. En de mensen hier zijn aardig.'

'Dat zijn ze zeker,' beaamde ze.

'En ze kunnen goed koken.'

'O ja, ik ben een ster in eieren breken.' Ze schonk zijn glas bij.

Liam zuchtte en leunde achterover tegen de fauteuil. 'Ik heb dit van buiten altijd zo'n leuk huis gevonden. Ik ben blij dat het van binnen ook leuk blijkt te zijn.'

Ze zwegen even. Anna keek naar zijn gezicht, naar hoe zijn ogen de boekenkasten tegen het plafond en de kleurrijke ruggen van haar vele kookboeken bestudeerden. Hij had haar verbaasd door beter – en rustiger – gezelschap te zijn dan ze had verwacht. Ze had gedacht dat hij grappig zou zijn, en dat was hij ook, dat hij haar veel zou laten lachen. Maar hier, in de Fishergirl's Luck, leek hij bedachtzamer, serieuzer. Ze vroeg zich af of dat doelbewust was, of hij haar een andere kant van zichzelf wilde laten zien, en als dat zo was, verbaasde het haar dat hij zoveel moeite deed, of dat hij dacht dat dat nodig was.

Liam ging verzitten, zag haar naar hem kijken en trok een wenkbrauw op. Zijn donkere ogen lachten naar haar. Anna glimlachte en keek naar haar glas.

'Ik probeer uit te vogelen wat je hier doet, Liam Harper, hier op mijn vloer.'

Hij keek op zijn horloge. 'Het is al laat. Zal ik gaan?'

'Dat...' Ze maakte de zin niet af. Ze glimlachte weer, zich ervan bewust hoe het zou overkomen wat ze ging zeggen. 'Dat bedoelde ik niet. Je hoeft niet weg. Het punt is alleen... dat ik niet snap waarom je hier bent.'

'Ik vind je aardig en ik kreeg de indruk dat jij mij ook aardig vindt,' zei hij eenvoudig. 'Meer niet. Ik wilde je beter leren kennen.'

'Je had kunnen vragen of ik een keer iets met je wilde gaan drinken in plaats van bij noodweer opeens bij me op de stoep te staan.'

'Ja,' beaamde hij. 'Maar in de twee dichtstbijzijnde pubs stikt het van de mensen die mij kennen en over jou gehoord hebben, en ik dacht dat je het niet prettig zou vinden om in een hoekje met mij te gaan zitten kletsen terwijl de halve bevolking van deze kuststrook kon meeluisteren. Ik heb tegen niemand gezegd waar ik vanavond naartoe ging en doordat het stormt, is de kans klein dat iemand mij bij jouw huisdeur heeft gezien.'

Anna deed haar mond open en klapte die weer dicht. 'Dat denk ik ook.'

'En gezien wat je in Londen hebt achtergelaten, dacht ik dat je geroddel zou willen voorkomen.'

'Dat klopt,' bekende ze.

'Bovendien zou je nee gezegd hebben, want anders was het te zeer een bewuste keuze om met mij uit te gaan en om de een of andere reden heb je besloten dat dat een slecht idee is. Vandaar dat ik vond dat je me achter gesloten deuren beter moest leren kennen. Heeft het gewerkt?'

Anna lachte. 'Heb je alle vrouwen in de omgeving al gehad, dat je je vol overgave op de eerste de beste vrouw stort die hier nieuw komt wonen?'

'Nee,' zei hij, 'maar ik ga over drie maanden naar huis. En ik ben eerlijk gezegd niet van plan iemand mee te nemen. En jij... Jij zit niet te wachten op een serieuze relatie omdat jij ook niet van plan bent hier te blijven en omdat er nog niet zo lang geleden een einde is gekomen aan een lange en pijnlijke relatie. Heb ik gelijk of niet?'

'Hmm,' zei ze, en ze keek hoe hij zijn wijnglas neerzette. 'Ja, daar heb je gelijk in.'

'Zie je nou wel?' zei hij, waarbij hij haar strak aankeek. 'We zijn geknipt voor elkaar.'

Anna lachte weer en nam nog een grote slok wijn omdat hij een punt had. Bovendien vond ze hem met de minuut aantrekkelijker worden. Verdorie.

'Er is nog een reden,' zei hij, terwijl hij over de vloer dichter naar haar toe schoof en haar nog steeds recht aankeek.

Ze haalde adem, schraapte haar keel en zette haar wijnglas neer. 'En dat is?'

Liam knielde voor de bank neer, voor de plek waar ze zat. Hij stak zijn hand uit en legde die op haar wang, waarna hij met zijn vingers door haar haar streek. 'Je bent mooi.'

Anna kon haar ogen niet van zijn mond afhouden. Haar gezond verstand leek haar volledig in de steek te laten en haar hart klopte snel. 'Slijmbal,' zei ze met ongelijkmatige stem.

'Het is zo,' fluisterde hij. Hij drukte zijn lippen op de hare, had zijn hand in haar haar en ze voelde vlinders in haar buik.

'Ik weet niet of dit wel zo'n goed idee is,' mompelde ze even later.

Hij liet haar los en ging op zijn hurken zitten, keek naar haar op. Het voelde als een kille wind nu ze van elkaar gescheiden waren. 'Oké, geen punt. Dan ga ik.'

Liam wilde overeind komen, maar ze hield hem tegen, legde haar hand op zijn wang. Zeg ja, schoot het door haar hoofd, zeg ja op zoveel mogelijk dingen zolang je hier bent.

'Nee, niet weggaan,' zei ze.

12

De volgende ochtend ontwaakte Anna voordat het licht was, net op het moment dat Liam uit bed glipte. Toen hij doorhad dat ze wakker was, boog hij zich over haar heen om haar te kussen.

'Ik wilde je niet wakker maken. Ga maar weer slapen,' zei hij zacht. 'De storm is uitgeraasd. Ik ga terug voordat er iemand buiten is.'

Ze liet haar vingers door zijn haar glijden en trok zacht aan een donkere lok. 'Dat hoeft niet, Kiwi.'

Liam glimlachte en kuste haar weer, langdurig. 'Ik zal mijn telefoonnummer opschrijven en dan leg ik het briefje op de tafel. Bel me gerust. Als ik kan opnemen, doe ik dat. Als ik niet opneem, ben ik aan het werk.'

Anna verschoof onder het dekbed en zag hem zijn boxershort aantrekken. De rest van zijn kleren lag beneden. 'Ik hoop dat je wat geslapen hebt. Het was lang geleden dat ik met iemand in een eenpersoonsbed had geslapen.'

Hij lachte. 'Het viel wel mee. Ik heb vaak in een stapelbed geslapen, weet je nog? Goed, ik ga.' Hij kuste haar weer en toen was hij verdwenen.

Ze hoorde hem beneden rondscharrelen terwijl hij zich aankleedde. Het was even stil. Toen hoorde ze voetstappen. Hij kwam vlug de trap weer op, en even later drukte hij haar in het matras, zoende haar hard. De ruwheid van zijn gebreide trui schuurde over haar borsten en ze lachte tegen zijn stoppelbaard om zijn hartstochtelijke zoenen. Toen verdween hij weer. Zijn voeten bonsden op de trap. Ze hoorde de deur van de Fishergirl's Luck opengaan en achter hem dichtvallen.

Anna lag even naar het plafond te staren. Haar lichaam was heerlijk loom, doezelig op de juiste manier. Ze overwoog uit bed te komen, maar voelde haar oogleden dichtvallen.

Toen ze weer ontwaakte, piepte het ochtendlicht bij haar raam naar binnen. Beneden hing er een nieuw soort rust in de Fishergirl's Luck, het soort rust in het kielzog van activiteit. Liams briefje lag op de salontafel. In een slordig handschrift had hij zijn telefoonnummer en een berichtje opgeschreven.

Ik vond het leuk. Jij hopelijk ook. Bel me.

Glimlachend legde Anna het briefje terug op de salontafel en ze liep naar de keuken om thee te zetten. Toen ze naar buiten keek, leek de zee uit groene glasscherven te bestaan, waarvan de randen gladgeschuurd waren. Opeens wilde ze dolgraag in de frisse lucht zijn.

Het pad was nat door de recente hevige regenval en het gras aan weerszijden lag plat en glinsterde door de regendruppels. Er stond nog steeds een straffe wind die aan Anna's haar en jas trok, en de felgele blaadjes van de gehavende gaspeldoorn meevoerde terwijl ze daar liep. Het was de eerste keer dat ze alleen over de klif liep. Zonder Bills grote poten die voor haar uit ploften en Glynn en David om mee te kletsen, had ze het idee dat ze in een onbekend landschap was. Het was overal groen, van de oceaan die zich woelig naar de heldere horizon uitstrekte tot de grond onder haar voeten.

Anna ademde diep in en liep verder, genoot van de beukende voortrazende vochtige lucht en dacht overal en nergens aan. Pas toen ze omlaag keek en zag dat het pad hier niet veel breder was dan een konijnenspoor, besefte Anna dat ze verkeerd was gelopen. Ze keek om en zag dat ze nu veel dichter bij de klif was. In feite was ze over de rand gegaan en ze daalde nu via een glooiend gedeelte de klif af. Ze bleef staan en overwoog haar opties. Voor haar werd de klif steiler, helde af naar het water, maar het leek te doen. Hoewel het pad smal en overgroeid was, kon je zien dat hier eerder mensen hadden gelopen. Het pad ging waarschijnlijk om de landtong heen in de richting van Troup Head en Pennan, en ze vroeg zich af of het mogelijk zou zijn de rand van de klif helemaal te volgen. Zou dit net zoiets zijn als het pad van Crovie naar Gardenstown?

Ze besloot door te lopen, genoot van de wind in haar gezicht en het nieuwe uitzicht op de klif. Crovie was inmiddels achter haar verdwenen en het was alsof ze zich op de rand van de wereld bevond. Anna liep verder. Het pad werd geleidelijk moeilijker begaanbaar en gevaarlijker. Op sommige stukken moest ze steun bij een natte struik zoeken om overeind te blijven tot het pad uiteindelijk helemaal verdween onder een dichte gaspeldoorn die dwars over het pad groeide. Het was frustrerend omdat ze al dicht bij het water was, zo dichtbij dat ze de golven met witte schuimkoppen tegen de rots zag slaan, die hier eerder zwart dan rood was. Anna zag ook een ministrandje, een inham die beschut lag onder de overhangende klif, waar een groen plantje groeide. Ze meende dat het zeepostelein was.

Toen ze omkeek naar waar ze vandaan was gekomen, zag Anna dat de afdaling veel langer en steiler was dan ze onderweg door had gehad.

Wie A zegt, moet ook B zeggen, dacht ze, en ze verliet het pad in een poging om om de enorme gaspeldoorn heen te lopen. *Ik ben nu al zo ver dat ik net zo goed kan kijken of ik bij die zeepostelein kan komen.*

Anna was bijna bij het zand toen ze geschreeuw hoorde. Het kwam niet van de klif maar vanaf het water. Ze was net op een heel steil en glibberig stuk en bleef staan, keek over haar schouder. Op de golven dobberde een kleine houten boot waar turkooisblauwe en witte strepen op geschilderd waren. Er waren twee mensen aan boord. Een van hen herkende ze als Robert MacKenzie.

'Hallo!' riep ze.

'Wat ben je aan het doen?' riep hij terug.

Anna sprong op de smalle strook zand, zodat ze hem kon aankijken en zag dat de andere persoon in de boot een jongen van een jaar of tien was. Hij had een dikke bos rossig haar dat zo op dat van Robert leek, dat hij wel zijn zoon moest zijn. Hij droeg ook een miniversie van de gele vissersjas van Ouwe Robbie. Hij had een verrekijker om zijn nek hangen en er lag een ernstige uitdrukking op zijn kleine gezicht.

'Aan het wandelen,' riep ze.

'Van de klif af?' vroeg Robert. Ondanks het geluid van de golven en de wind hoorde ze ongeloof in zijn stem doorklinken.

'Het was niet de bedoeling dat ik hier naar beneden zou gaan, maar...'

Een windvlaag maakte de rest van haar woorden onverstaanbaar. Hij hield zijn hand bij zijn oor. Ze begon weer te roepen en gaf het toen op, stak haar armen machteloos in de lucht. Anna verwachtte dat hij zou zwaaien en verder zou varen, maar in plaats daarvan zag ze dat ze naar de kust voeren. Toen de boot bijna bij het strand was, sprong de stuurman eruit. Het water kwam tot zijn dijen toen hij het bootje het zand op trok. Jonge Robbie sprong er ook uit.

'De klif is niet veilig,' zei Ouwe Robbie toen ze dichter bij haar kwamen. 'Zeker niet als het pas gestormd heeft. Kijk.'

Hij wees. Anna volgde de richting van zijn uitgestoken hand en zag dat er recent een laagje aarde van de onderliggende rots was losgeraakt en omlaag was geschoven. Op sommige plaatsen was het smalle pad waar ze overheen had gelopen, versperd. Dat was haar alleen niet opgevallen toen ze het probeerde te volgen. Vanaf haar kant had het geleken alsof de klif nu eenmaal zo gevormd was.

'Is dat vannacht gebeurd?'

'Deels. De erosie wordt elk jaar erger.'

'O,' zei Anna. Ze werd een beetje misselijk toen ze besefte wat voor gevolgen het kon hebben als ze op de klif gevallen was. 'Goed, ik heb mijn lesje geleerd. Dank je wel. Ik zal voorzichtig zijn als ik straks weer naar boven ga.'

'Je kunt met ons mee in de Silver Darling,' zei de jongen met een ernstig gezicht. 'Wij nemen je wel mee. Dat is veiliger.'

Anna glimlachte naar hem. 'Dat is heel aardig. Dank je wel.'

De jongen lachte niet terug, knikte alleen en schoof zijn bril omhoog op zijn neus. Zijn vader keek op zijn horloge.

'We moeten nu gaan anders kom je te laat op school. Het wordt krap, maar we halen het nog net.'

'Ik kan niet weer te laten komen, papa!'

Ouwe Robbie legde een hand op de schouder van zijn zoon en duwde de jongen in de richting van de boot. 'Wiens idee was het ook alweer om nog voor het ontbijt op dolfijnenpatrouille te gaan? Ik wilde pannenkoeken bakken, maar jij moest zo nodig naar de dolfijnen, niet dan?'

'Wacht even,' riep Anna naar hen. 'Twee seconden, ik wil...' Ze rende naar de zeepostelein en bukte zich om een paar handen mee te grissen. Dat was gemakkelijker gezegd dan gedaan, want de stugge stengels weigerden te breken. Nadat ze even een zielige vergeefse strijd had geleverd met de lokale flora, viel er een schaduw over haar heen en verscheen er een hand met een uitgeschoven stanleymes boven haar schouder. 'Bedankt,' zei ze. Ze pakte het stanleymes aan en sneed de zeepostelein af. Ze kwam weer overeind, draaide zich om, schoof het mesje in en stak Robert het stanleymes toe. Hij keek haar geamuseerd aan, waardoor er rimpeltjes rond zijn ogen verschenen, zoals de zee gaat rimpelen als die onstuimig wordt.

'Papa!' riep Jonge Robbie achter hen. Hij stond al in de boot. 'Kom nou!'

Ouwe Robbie hielp haar in de boot en gaf de boot een flinke zet, waarna hij zich schijnbaar moeiteloos over de zijkant hees. Anna ging op een van de smalle banken zitten en ze vertrokken. De oudere MacKenzie stond ontspannen aan het roer. Anna zat tegenover hem, zijn zoon zat naast haar. Ze keek toe hoe de jongen een opgerold schrift uit zijn jaszak haalde. Met viltstift stond er in slordige dikke letters *Aantekeningen dolfijnenpatrouille* op geschreven. Jonge Robbie haalde een pen uit de zak van zijn gele jas en boog zich over een nieuwe pagina. Nadat hij bovenaan de datum had genoteerd, maakte hij ijverig aantekeningen.

'Heb je vanmorgen dolfijnen gezien?' vroeg Anna aan hem.

Toen hij knikte, zei ze: 'Dat is geweldig. Ik heb nog nooit een dolfijn gezien.'

Hij keek naar haar op. 'Nooit?'

Anna schudde haar hoofd. 'Niet in het wild. Ik zou het leuk vinden er een te zien.'

'Dat gaat gebeuren,' zei de jongen vol vertrouwen. 'Er is nu een grote groep dolfijnen in de inham en ik denk dat die minstens één baby zullen krijgen.'

'Een baby dolfijn! O, dat zou ik helemaal graag zien.'

'Daarom zijn we naar de inham gevaren,' vervolgde Jonge Robbie. 'Die ligt op hun route en we moeten de netten controleren.' Hij beet even op zijn pen en keek naar het bosje zeepostelein in haar hand. 'Wat is dat?' vroeg hij.

Anna stak het bosje omhoog. 'Dit? Dat is zeepostelein. Dat kun je eten.'

De jongen trok zijn neus op. 'Echt?'

'Ja. Het is heel zout.' Ze brak een blaadje af en at het op terwijl hij gefascineerd toekeek. 'Wil je proeven?'

Jonge Robbie aarzelde en keek naar zijn vader. Ouwe Robbie glimlachte en knikte. 'Anna weet wat ze doet,' zei hij. 'Ze is chef-kok.'

De jongen pakte een blaadje, stak het tussen zijn lippen en knabbelde er voorzichtig op. Er trok verbazing over zijn gezicht. 'Het smaakt naar de zee!'

'Dat klopt,' zei Anna. 'Daarom is het heel lekker bij vis en schaal- en schelpdieren.'

'Wat ga je ermee maken?'

'Dat weet ik nog niet. Het leek me gewoon een goed idee om wat mee te nemen. Het was voor mij immers de laatste keer op de klif.'

'Dat hoeft niet, hoor,' zei Jonge Robbie. 'Als je zeepostelein nodig hebt, kunnen wij je met de boot ernaartoe brengen. Dat kan toch, papa?'

Anna keek naar Ouwe Robbie, die nog steeds glimlachte. 'Natuurlijk kan dat.'

'Dit is eigenlijk mijn boot,' zei Jonge Robbie. 'Tante Bren heeft hem aan mij nagelaten, maar ik moet het varen nog leren.'

'Het is een fijne boot. En je kunt hem ook gebruiken voor je dolfijnenpatrouilles.'

De jongen glimlachte voor het eerst. 'Je mag wel een keer mee als je wilt. Soms komen we heel dichtbij, maar niet te dichtbij natuurlijk. We willen ze niet storen, alleen observeren.' Hij zei het alsof het een mantra was dat hij ergens had geleerd.

Anna glimlachte terug. 'Dat zou ik heel leuk vinden. Dank je wel.'

Ze gingen om de klif heen en draaiden het haventje van Crovie in. Ouwe Robbie voer met gemak naar de pier en liet de motor draaien toen Anna uitstapte.

'Dank, vriendelijke heren,' zei ze tegen hen, 'voor het redden van een jongedame die niet eens doorhad dat ze in nood was.'

Ouwe Robbie glimlachte. 'Ze verkeerde eerder in zalige onschuld.'

'Grappig hoe vaak juist die combinatie het leven van volwassenen draaglijk maakt, vind je niet?' zei ze, en hij lachte.

Op dat moment wilde Anna over Cassie beginnen. Hoe erg ze het vond dat Cassie was overleden en ook om zich te verontschuldigen voor haar lompe opmerking bij hun kennismaking. Maar hoe kon ze dat doen waar hun zoon bij was, die in Brens boot zat en zeer aandachtig naar haar keek? Opeens hoorden ze voetstappen achter zich, gevolgd door een bekende verbitterde oude stem.

'Je bent te laat, Ouwe Robbie,' zei Douglas McKean. 'Ik heb die buitenlander vier uur geleden uit Brens huisje zien komen. Het veld is al geploegd.'

Anna werd vuurrood van vernedering en woede toen tot haar doordrong wat de oude man bedoelde. Ze deed haar mond open om hem een antwoord toe te bijten, maar Ouwe Robbie was haar voor.

'Dat zijn mijn zaken niet, Dougie, en de jouwe ook niet,' zei hij. Van zijn gezicht viel niets af te lezen, maar er lag een kille blik in zijn ogen. Hij richtte zijn aandacht op Anna, negeerde de oude man volkomen. 'Scheermessen?'

Haar hoofd gonsde zo van boosheid dat Anna de vraag niet snapte. 'Hè, wat?'

Robert MacKenzie knikte naar het bosje zeepostelein in haar hand. 'Weet je wat lekker is bij zeepostelein? Scheermessen.'

'Ja,' zei ze. 'Scheermessen kunnen er heel goed bij.'

'Komt in orde. Ik neem je later vandaag mee om een emmer met scheermessen te vullen, maar eerst moet ik deze jongen naar school brengen.'

Anna keek amper toen ze vertrokken. De draaiende motor was

nog te horen toen de boot al om de klif verdwenen was. Douglas McKean keek haar met donkere, tot spleetjes vernauwde ogen aan. Ze reageerde met een blik vol afkeer en schudde haar hoofd, durfde niets te zeggen uit angst dat haar woorden van woede doortrokken zouden zijn. Anna begon te lopen. Ze omklemde de zeepostelein zo stevig dat er een afdruk in haar handpalm ontstond.

13

Pat was de was aan het ophangen toen Anna over het smalle pad terugkwam.

'Goedemorgen,' zei ze opgewekt. Toen zag ze Anna's gezicht. 'O, wat is er?'

Anna schudde haar hoofd. 'Het doet er niet toe. Ik kom er wel overheen. Heb je tijd voor een kopje thee? Ik wil je vertellen over mijn plannen met een hoofdletter P.'

'Vanochtend helaas niet. Frank heeft een afspraak in het ziekenhuis en ik ga met hem mee. Dan kan ik meteen wat boodschappen doen.'

'O?' zei Anna direct ongerust. 'Gaat het wel goed met hem?'

'Gewoon controle van zijn pacemaker, schat.'

'Ik wist niet dat hij er een had.'

'Ach,' zei Pat met een zucht, 'hij doet liever of hij er geen heeft. Twee jaar geleden heeft hij een hartaanval gehad. Je zou denken dat de schrik er goed in zou zitten en dat hij het wat rustiger aan zou doen, maar nee hoor, Frank niet. Die denkt dat hij nog dertig is en gedraagt zich daar ook naar.'

'O Pat, wat een ellende. Daar maken jullie je vast zorgen om.'

Pat stak haar arm uit en gaf een kneepje in Anna's arm. 'Ouderdom komt met gebreken, schat. Uiteindelijk zijn we allemaal de klos. Meestal heeft hij nergens last van. Hopelijk kan de arts hem tot rede brengen.' Haar buurvrouw knikte naar de overvolle mand met was. 'Als je helpt met ophangen, kun je me ondertussen alles over je plannen vertellen.'

Anna's boosheid was grotendeels verdwenen tegen de tijd dat ze de laatste lakens in de Noordzeewind te drogen hing.

'Een pop-up restaurant lijkt me een goed idee,' zei Pat. Ze pakte de lege mand en zette die op haar heup. 'Als Frank en ik je ergens mee kunnen helpen dan horen we het wel.'

'Nou... Je moet het eerlijk zeggen als het te veel gevraagd is,' begon Anna, 'maar zouden mijn gasten misschien bij jou beneden naar de wc mogen als ik open ben? Ik ben bang dat als ik ze bij mij naar de wc laat gaan, ze de keuken binnen lopen. Stel dat de voedsel- en warenautoriteit komt controleren, dan krijg ik daar last mee.'

'En je zit er niet op te wachten dat onbekenden in je huis gaan rondsnuffelen,' zei Pat. 'Ik zal het er met Frank over hebben, maar het lijkt me geen probleem. We kunnen altijd de deur naar de keuken op slot draaien.'

'Bedankt, Pat,' zei Anna opgelucht.

'Geen punt, meid. Laat het maar weten als we je verder nog ergens mee kunnen helpen.'

'Jullie kunnen mijn reservegasten zijn!' zei Anna. 'De tafel moet vol, al is het maar met vrienden.'

'O, die tafel zit zo vol,' zei Pat, en ze liep naar binnen. 'Je hebt al gasten gehad zonder dat je daarop uit was. Kom anders later vandaag een drankje doen.'

De rest van de ochtend en het begin van de middag maakte Anna lijstjes van wat ze allemaal nog moest doen voordat de lunchclub open kon. Ze moest de keuken herinrichten. Ze had een complete set bij elkaar passend serviesgoed nodig – van Rhona uiteraard. En er moest bestek komen, plus glazen en servetten. Zoveel dingen, nog afgezien van ingrediënten voor de gerechten.

Ze ging zo op in haar plannen dat ze helemaal vergeten was dat Robert MacKenzie het die ochtend over scheermessen had gehad, tot hij om twee uur die middag op haar deur klopte. Anna deed open en zag hem in zijn gebruikelijke gele jas staan, handen in zijn zij.

'Het is eb,' zei hij bij wijze van begroeting.

'O!' Anna stond even perplex. 'Ja... Natuurlijk. Bedankt. Wat moet ik meenemen?'

'Een jas en kaplaarzen.'

'Ik heb geen kaplaarzen.'

Hij haalde zijn schouders op. 'Wandelschoenen zijn ook goed. Die je vanochtend aanhad, zijn prima.'

Anna haalde haar jas van het haakje en trok haar wandelschoenen aan. Op de drempel treuzelde ze. 'Wacht even,' zei ze. Ze rende terug naar binnen, scharrelde rond en stoof weer naar buiten. Ze trok de deur achter zich dicht en draaide die op slot. Ze voelde zich slecht voorbereid.

Haar eerdere gêne keerde terug toen ze in een zeer ongemakkelijke stilte naar de haven liepen. Ze vroeg zich af of ze iets moest zeggen, maar wat? En waarom moest ze zich verplicht voelen iets te zeggen?

De boot die bij de pier van Crovie op hen lag te wachten, was niet de jol van vanochtend. Het was een grotere boot, een vissersboot. Hij was zes meter lang, had een open cabine bij het roer en een overdekte voorsteven. Op de marineblauwe met witte zijkant stond in rode en goudgele letters de naam: Cassie's Joy.

Nog geen vijf minuten later ging Anna voor de tweede keer die dag over de golven. De kliffen rezen op tegen een blauwe lucht met her en der een wolkje.

'Het is niet ver,' zei Robert toen ze met een lange, brede bocht de inham uit waren gevaren en Crovie achter zich hadden gelaten. 'Er is een inham in de richting van Rosehearty, voorbij Pennan. Daar zitten er meestal veel. Heb je weleens scheermessen gevangen?'

'Nee,' riep Anna terug, terwijl ze boven het geluid van de buitenboordmotor en het alomtegenwoordige geraas van de wind probeerde uit te komen. 'Ik heb ze in gerechten verwerkt, maar meer niet.'

Hij knikte. 'Je hebt er spierballen voor nodig.'

'En zout.'

Robert keek haar verbaasd aan. 'Je weet dus wel hoe het moet.'

'In theorie weet ik hoe het moet, dat geldt voor veel dingen,' zei ze, 'maar ik heb weinig praktijkervaring.'

Hij glimlachte voor het eerst sinds hij op haar deur had geklopt. 'Klinkt bekend,' zei hij.

Ze waren zo om de landtong heen. De klif was ook hier een monoliet die uit louter rots bestond en in ruige kloven de lucht in stak. Anna zag dat er ook hier aardverschuivingen hadden plaatsgevonden, want ze begon de tekenen te herkennen. Het leken ondiepe beddingen in het gesteente en de modder, die deden denken aan drooggevallen stroombeddingen.

Robert legde de boot vast, ook al was het nog een flink stuk van de Cassie's Joy naar het strand. Anna snapte nu waarom hij gezegd had dat ze kaplaarzen aan moest.

'Goed, pak dat eens,' zei hij, wijzend naar een verzinkte emmer bij haar voeten. 'Het zout zit in de doos erin. Emmer, zout, en over de zijkant stappen. Oké?'

Hij sprong in het water en stak zijn hand uit naar de emmer. Ze gaf hem de emmer en klauterde onelegant in de koude Noordzee. Het water spatte op tot haar knieën. Binnen een mum van tijd was de wandelbroek, die ze nog aanhad van haar wandeling eerder die dag, doorweekt.

Ze waadde achter Robert aan, die inmiddels bij het strand was en zich omdraaide om te zien waar ze bleef. Hij wees naar het natte zand onder hun voeten.

'Hier zitten er wel een paar.'

In richels zand, die achtergebleven waren door het afgaand getij, zaten honderden gaatjes. Rond sommige gaatjes lag een hoopje zand. Andere gaatjes – kleine ronde inkepingen onder het laagje brijn dat door de getijdebeweging was achtergebleven – waren schoon. Dat waren de luchtgaatjes van de verstopte scheermessen.

'Wat zijn het er veel!'

Robert knikte. 'Ik strooi, jij vangt.'

Hij maakte de doos zout open terwijl Anna handschoenen aantrok. Het waren tuinhandschoenen die ze jaren geleden van Geoff had gekregen, ook al had ze nooit een tuin gehad. Ze had toen het idee dat hij haar wilde stangen. Nu was ze blij dat ze de handschoenen niet had weggegooid.

Robert keek geamuseerd toe hoe ze de handschoenen aantrok. 'Is de ervaren chef-kok overgevoelig?'

Anna grinnikte en streek haar haar achter haar oren om te voorkomen dat het in de wind alle kanten op waaide. 'Je kunt beter goed voorbereid zijn. Ik heb dit nog nooit gedaan.'

Hij knikte en hurkte neer bij een luchtgaatje. 'Zal ik je een geheim verklappen?' vroeg hij. 'Ik ook niet.'

Anna lachte stomverbaasd. 'Wat? Maar...'

Hij keek haar grijnzend aan. 'Theorie, geen praktijkervaring. Wat zeggen kinderen ook alweer? Bluf je erdoorheen?' Hij wees met zijn kin naar het zand. 'Ben je er klaar voor?'

Ze stak haar duimen op en hij goot zout in het gat. Ze keken even zwijgend toe hoe het zout oploste. Toen gebeurde er iets: er werden waterbellen naar buiten geblazen, waarna er een schelp uit het gat kwam en het beest de luchtschacht probeerde vrij te maken.

'Vlug,' riep Robert, die achteroverleunde om haar ruimte te geven. 'Pak hem!'

Anna omklemde de schelp en trok. De scheermes verzette

zich, maar ze trok hem uit het zand en stak het dikke schelpdier in de lucht, zag het voetje tevergeefs naar houvast zoeken.

'Het werkt,' zei Robert verbaasd, en toen lachte hij. Ze had hem nog nooit zo echt horen lachen: een stevig geluid, springlevend en vrij. 'Wie had dat gedacht?'

Anna liet de scheermes in de emmer vallen en lachte ook, waarna ze overvallen werd door bekende schuldgevoelens toen ze zag hoe het dier nog steeds naar zijn huis zocht. Ze voelde verdriet opzwellen in haar borst. Arm ding, dacht ze, terwijl ze het beest zag worstelen.

'Gaat het?' Robert stak zijn hand uit en raakte haar arm aan.

Ze keek naar hem, zag hoe de wind zijn rossige haar had verwaaid, zag de bezorgdheid op zijn gezicht, en zag hoe hij hier thuis leek te horen, op deze plek die hij zo goed kende. 'Ja. Je zou kunnen zeggen dat ik eerder een sentimentele dan een overgevoelige chef-kok ben.' Geoff zou dat zeker zeggen, sterker nog, dat had hij vaak genoeg gezegd.

Robert keek in de emmer. 'Het is niet sentimenteel om ergens om te geven,' zei hij. 'Zelfs niet als het iets is wat in de pan terechtkomt. Als je liever hebt dat ik het doe…'

'Nee,' zei ze. 'Ze zijn voor mijn keuken, voor mijn pan. Het is mijn verantwoordelijkheid.'

Hij deed er verder het zwijgen toe.

'Hoe heb je dit strand ontdekt?' vroeg Anna pakweg een uur later. Ze zaten op een rots, dronken koffie uit een thermosfles die Robert uit de cabine van de boot had gehaald. De volle emmer was opgeborgen.

'Ik heb het niet ontdekt, dat was Cassie. Ze kende deze kust als haar broekzak, was dol op deze plek.' Er lag een scheve glimlach op Roberts gezicht toen hij opkeek en naar de golven staarde. 'We zijn hiernaartoe gegaan op een van onze eerste echte dates.

Op een dag leende ze na schooltijd de boot van haar vader en bracht me hiernaartoe. Ze kon op haar vijftiende al heel goed varen. Ik was hier wel een paar keer langs gevaren toen ik jonger was, maar het had me nooit de moeite geleken het strand van dichtbij te bekijken. Zo was Cassie. Ze zag alles, was overal in geïnteresseerd.'

Anna keek naar de boot waarmee ze gekomen waren. De naam stond trots op de romp geschilderd: Cassie's Joy. 'Was deze boot van je vrouw?'

Robert MacKenzie knikte. 'Het was mijn trouwgeschenk aan haar. We hadden niet genoeg geld om een huis te kopen en toen heb ik een boot voor haar gekocht.' Hij schudde zijn hoofd alsof hij zich verbaasde over deze jeugdige dwaasheid. 'Zodra we vrij hadden, gingen we ermee op pad.' Zijn gezicht straalde opeens iets ongemakkelijks uit en hij keek haar aan. 'Sorry.'

'Sorry waarvoor?'

'Dat ik maar doorga over mijn overleden vrouw.'

'Ik vroeg er toch naar?' zei Anna. 'Ik loop al een tijdje te dubben hoe ik mijn verontschuldigingen kan aanbieden voor het feit dat ik bij onze eerste ontmoeting over Cassie begon. Ik wist niet dat ze overleden was, anders had ik nooit zo tactloos gereageerd.'

Robert verschoof en hun schouders raakten elkaar. 'Het was niet tactloos. Je wist het niet.'

'Dan nog,' zei Anna. 'Het spijt me. En ik zou je nooit tegenhouden als je over Cassie wil praten. Praat zo vaak over haar als je wilt.'

Hij schonk haar een strakke glimlach. 'Wees voorzichtig met wat je aanbiedt.'

'Hoezo?'

Hij tuurde weer naar het water. 'Het is lastig om het verdriet van een ander aan te horen, vind je niet? Mensen denken graag dat ze dat kunnen, maar meestal wordt het ze te veel. Bovendien is het al vijf jaar geleden dat Cassie is overleden. De meeste mensen hier vinden dat ik er onderhand maar eens overheen moet zijn. Dat ik door moet met mijn leven.'

Anna keek even naar zijn profiel. 'Wat bedoelen mensen als ze zeggen dat je eroverheen moet zijn?' vroeg ze. 'Waar overheen? Over het feit dat je van je vrouw hield? Zo werkt dat toch niet? Moet je dat gevoel vergeten? Dat kan toch niet? Het enige wat je kunt doen, is leren hoe je ermee kunt leven. Hoe je dat doet en wanneer, hoort een ander niet voor je te bepalen. Er zit geen grens aan verdriet. En er is geen routekaart die je erdoorheen leidt. Iedereen rouwt op zijn eigen manier.'

Hij keek haar aan. 'Hoe kom je zo wijs?'

Ze keek van hem weg.

'Sorry,' zei hij bedaard. 'Nu ben ik tactloos. Je hebt het zelf meegemaakt.'

'Mijn vader is onlangs overleden,' bekende Anna. 'Ik ben uit huis gegaan toen ik naar de koksschool ging en met dank aan mijn ex ben ik de afgelopen jaren minder vaak bij mijn vader op bezoek geweest dan ik had gewild. Zijn dood is hard aangekomen. Ik mis hem heel erg. Het overvalt me op de gekste momenten. Dan besef ik opeens dat ik hem nooit meer zal zien. Het is zo lang alleen wij tweeën geweest.'

Ze keek niet naar hem, maar uit haar ooghoek zag Anna Robert bevestigend knikken.

'Daardoor komt ook weer naar boven hoe ik me voelde toen mijn moeder overleed,' ging ze verder. 'Ik heb gezien hoe mijn vader hetzelfde doormaakte als jij. Mijn moeder overleed toen ik tien was en mijn vader... Hij is er nooit helemaal overheen gekomen. Ze waren een volmaakt stel, en ik denk dat Cassie en jij dat ook waren. Dat wil niet zeggen dat hij na haar dood nooit meer gelukkig is geweest. Dat was hij wel, best vaak. Maar het heeft jaren geduurd voor hij zover was, en een groot deel van zijn tijd besteedde hij aan mij. Hij stak al zijn energie in mij opvoeden en ik betwijfel of hij wel genoeg tijd voor zichzelf overhield. Hij was nog jong toen ze stierf. Als ik nu aan die periode terugdenk, zou ik willen dat hij een nieuwe vrouw had gevonden. Maar ik zou nooit tegen hem gezegd hebben dat hij daarvoor mijn moeder moest achterlaten. Dat zou hij waarschijnlijk ook niet gekund hebben, zelfs niet als hij dat had geprobeerd.'

Robert knikte. 'Mijn probleem is dat ik niet weet wat ik zonder haar moet,' zei hij. 'We kenden elkaar al van jongs af aan, zijn samen opgegroeid, hadden dezelfde vrienden.' Hij schudde zijn hoofd. 'Er is hier nog zoveel dat me aan haar herinnert. Van elke plek waar ik naartoe ga, weet ik nog dat ik daar met haar ben geweest. Daardoor vergeet ik soms... dat ze er niet meer is. Robbie ook. Soms kijk ik naar hem en zie ik alleen haar. Zonder Robbie zou ik reddeloos verloren zijn. Dat hij er is, betekent dat ik elke dag een reden heb om op te staan. Als ik in mijn eentje was geweest, was ik waarschijnlijk in bed blijven liggen. Zo zal het voor jouw vader ook zijn geweest.'

Ze zwegen en dronken hun koffie op.

'Sorry van vanochtend,' zei Robert even later op een toon die suggereerde dat hij al een tijdje prakkiseerde hoe hij erover moest beginnen. 'Van dat met Douglas McKean, bedoel ik. Dat was onvergeeflijk.'

'Daar kon jij niets aan doen.'

'Nee, maar...' Hij haalde zijn schouders op, voelde zich weer slecht op zijn gemak. 'Wat hij suggereerde... dat is niet de reden dat ik je hier mee naartoe heb genomen. Je moet niet denken dat ik uit ben op... Nou ja, je weet wel. Zo ben ik niet.'

'Dat weet ik.'

Hij hield zijn koffiekopje ondersteboven en liet de droesem op het zand druppen. 'McKean is een chagrijnige, vrouwonvriendelijke oude vent. Het valt niet goed te praten wat hij heeft gezegd, maar hij heeft problemen die hij niet zelf veroorzaakt heeft.'

'Dat zal wel.' Anna voelde zich niet geroepen zich druk te maken over de problemen van Douglas McKean, wat voor problemen dat ook mochten zijn. Dat was vast aan haar stem te horen, want Robert MacKenzie glimlachte even en knikte. Door zijn woorden dacht Anna weer aan de Fishergirl's Luck en aan wat Pat had gezegd over de eigendomsrechten. 'Is dat vanwege de Fishergirl's Luck?' vroeg ze. 'Pat had het erover dat hij altijd klaagt dat de Fishergirl's Luck eigenlijk van hem zou moeten zijn.'

'O, dat oude gezeur,' zei Robert lachend. 'Dat vertelt hij aan iedereen, maar dat is beslist niet waar. Het huis was eerlijk van Bren. Ze had geen broers, alleen een zus, maar die is jong overleden. Brens vader was visser. Barbara – dat is de moeder van Cassie – zegt dat ze in hun jonge jaren allebei als haringmeisje werkten, maar dat Bren altijd liever met de mannen meeging met de boot. Dat ze liever ging vissen dan kaken.'

Anna trok haar neus op. 'Ik geef haar geen ongelijk.'

'Nee,' beaamde Robert, en hij lachte weer. 'Maar vrouwen kaakten, repareerden de netten en deden het huishouden. Mannen visten. Zo ging dat toen. Maar goed, Brens vader was misschien nog wel bereid geweest de vissersboot aan haar na te laten. Uit Barbara's verhaal maak ik op dat hij voor zijn tijd behoorlijk vooruitstrevend was. Wie weet zou het haar gelukt zijn om de boot te bezitten en vanaf de wal te beheren, maar er zou geen man te vinden zijn geweest die met haar aan boord tot de bemanning had willen behoren. En zonder bemanning zou het een hopeloze onderneming zijn geworden. Toen haar vader ziek werd, verkocht hij zijn huis en zijn boot aan Douglas McKean om zijn laatste schulden te kunnen aflossen, zodat Bren de schuldeisers niet af zou hoeven gaan. McKean had familie in Crovie en Gamrie wonen, en die familie bezat diverse boten. Ze konden er goed van leven.'

'Was dit voordat Bren de Fishergirl's Luck verbouwde?'

'O ja, het was toen een opslagruimte voor haar vaders visgerei.'

'Laat me raden,' zei Anna. 'McKean dacht dat de schuur bij de koop inbegrepen zat.'

'In één keer goed. Maar Bren had haar vader officieel laten vastleggen dat de schuur van haar was. Ze had hem er zelfs voor betaald van het geld dat ze als haringmeisje had verdiend, om er zeker van te zijn dat er geen onenigheid over zou komen. De akte zou bij de notaris moeten liggen. Heb je die akte ooit gezien?'

'Ik heb er nooit aan gedacht ernaar te vragen. Dat moet ik eigenlijk wel doen. Ik zou die akte graag zien.'

'Bren heeft de akte ter bewaring daar achtergelaten, voor de zekerheid.' Hij lachte bij het zien van haar gezicht. 'Niet omdat ze dacht dat Dougie de akte zou proberen te stelen. Zover zou hij denk niet gaan. Het is voor hem altijd een principekwestie geweest. Tijdens de storm in 1953 zijn er veel boten en huizen verloren gegaan. Ik denk dat Bren wilde dat die akte gemakkelijk te vinden zou zijn voor het geval het huis ooit zwaar beschadigd zou raken bij een vergelijkbare gebeurtenis.'

Anna keek uit over het water en schudde haar hoofd. Wat zou ze Bren MacKenzie graag gekend hebben! Door deze korte omschrijving was er in haar hoofd een beeld ontstaan van een vrouw die precies wist wat ze wilde en zich niet door anderen van haar plannen liet afbrengen.

'In de jaren veertig is ze begonnen de schuur stapje voor stapje te verbouwen,' ging Robert verder. 'Eerst gebruikte ze de rest van het geld dat ze als haringmeisje had verdiend en daarna het geld dat ze van haar vader had geërfd. Ze kocht een eigen boot, een kleine jol, want dat betekende dat ze zelf vlak voor de kust kon vissen als ze dat wilde. Ze zal toen eind twintig, begin dertig geweest zijn. Barbara zegt dat iedereen het toen als een grap opvatte. Men dacht dat Bren haar huisje zou opgeven en uiteindelijk zou trouwen, ook al was ze toen al een oude vrijster. Maar ze is nooit getrouwd. Ik denk dat dit een van de oorzaken is voor Dougies verbittering. Hij zal haar heus wel gevraagd hebben.'

'Wat? Wilde hij met haar trouwen?'

Robert knikte. 'Niet dat hij me dat ooit verteld heeft, en dat zal hij ook nooit doen.'

'Misschien dacht hij dat het feit dat hij haar vaders huis had, betekende dat hij Bren ook kon krijgen.'

'Wie weet. Maar goed, ze zijn beiden nooit getrouwd. Nadat Bren overleden was, heb ik hem aangeboden in haar huis te gaan wonen. Er is veel achterstallig onderhoud aan zijn huis en dat wordt elk jaar erger. Hij weigerde botweg. "Ik zal geen voet in het krot van die kenau zetten." Dat zei hij letterlijk.'

'De Fishergirl's Luck,' zei Anna peinzend. 'Nu ik dit weet, heeft de naam iets opstandigs. Weet je waarom ze het huis zo heeft genoemd?'

Robert glimlachte. 'Dat zou best eens een steek onder water naar Dougie kunnen zijn. Hij was een van de mannen die de spot met haar had gedreven dat ze wilde vissen. Uiteindelijk was Brens jol nog de enige boot in de haven van Crovie. Ze is blijven vissen tot ze ver in de tachtig was.'

Anna schudde haar hoofd. 'Ik wilde dat ik haar had gekend.'

'Ik denk dat ze je gemogen zou hebben,' zei Robert. 'En ik denk dat ze tegen je zou zeggen dat je Douglas McKean moet negeren, zoals zij dat ook haar hele leven heeft gedaan.' Hij keek op zijn horloge. 'We moesten maar eens terug,' zei hij. 'Robbie is naar de naschoolse opvang, maar hij komt zo thuis. Ik heb vanavond dienst bij de reddingsbrigade, dus ik slaap in Macduff. Ik wil voor het avondeten thuis zijn, zodat ik daarvoor nog wat tijd met hem kan doorbrengen.'

'Wie past er op hem als jij moet werken?'

'Barbara. Die woont twee deuren verder.'

'Ik denk dat ik haar gezien heb,' zei Anna, die aan de vrouw dacht die op haar eerste ochtend in het dorp op haar af was gekomen en om de noord- en zuidpaal was gelopen. 'Ze leek me iemand met wie je rekening moet houden.'

'Ze is geweldig,' zei Robert. 'Zonder haar zou mijn leven een nog grotere puinhoop zijn.'

Anna glimlachte toen ze naar de Cassie's Joy liepen. 'Volgens mij valt dat wel mee.'

Robert MacKenzie snoof. 'Ik meen het.' Hij bleef staan en keek achter zich naar de klif, alsof hij even nadacht. Toen wendde hij zich tot Anna. 'Ik wil je iets laten zien. Kom mee.'

Hij liep over het zand in de richting van de klif. Anna volgde hem, aarzelde alleen toen ze zag dat hij begon te klimmen, de neus van zijn laarzen in spleten zette waarvan hij leek te weten dat die daar zaten. Hij kwam bij een brede richel van de rots en draaide zich om, hurkte neer en stak zijn hand naar haar uit. Anna treuzelde.

'Het is in orde,' zei Robert. 'Vertrouw me. Het is de moeite waard.'

Ze legde haar hand in de zijne en duwde de neus van haar schoenen in dezelfde spleten die ze hem had zien nemen. Robert greep haar hand steviger vast en trok haar omhoog. Toen ze eenmaal stevig stond, liet hij haar los en hij draaide zich weer om naar de klif recht voor hen.

'Kijk,' zei hij.

Even was ze in verwarring. Ze zag niets bijzonders. Toen stapte Robert naar voren en hij legde zijn grote hand vlak op de rots, waarbij hij met zijn duim en vingers de juiste hoek aangaf.

'Daar. Zie je het?'

Anna ging dichterbij staan om het beter te zien. Op de plek die zijn hand aangaf, zag ze een serie tekens. Het was duidelijk dat die niet het gevolg waren van erosie of weersomstandigheden.

'Het zijn petrogliefen,' zei Robert.

'Hoe kan dat?' zei Anna verbaasd. 'Wie heeft die hier gemaakt?'

Robert stapte opzij, zodat ze nog dichterbij kon komen. 'Je vindt ze langs de hele kust. In Covesea is een grot waar er heel veel zijn. Hier zijn dit de enige. Ik heb er nooit iemand over gehoord. Ik denk dat alleen Robbie en ik weten dat ze hier zijn. En nu jij.'

'Niet te geloven dat je ze hebt gevonden,' zei Anna, terwijl haar ogen aandachtig naar de vage vormen keken. 'Hoe heb je ze ontdekt?'

Robert zweeg even. Toen Anna een blik over haar schouder wierp, zag ze dat hij van haar wegkeek. Met een flauwe glimlach draaide hij zijn hoofd weer haar kant op.

'Ik heb ze niet ontdekt. Dat was Cass. Die had arendsogen. Ze zag ze de eerste keer dat ze me hier mee naartoe nam. Ik was op het strand, stond nat zand uit mijn schoenen te schudden, riep naar haar dat ze voorzichtig moest zijn en ik vroeg me af of we zouden gaan zoenen.'

Anna keek weer naar de vormen. Ze stak haar hand uit en legde voorzichtig haar vingertop op de tekens in de koude klifwand, probeerde te snappen wat ze betekenden. Ze stonden dicht op elkaar: smalle diepe krassen, haaks op elkaar. Onder de eerste groep tekens stond nog een groep tekens, en daartussenin stond één symbool.

'Wat zijn dit?' vroeg ze. 'Weet je dat? Wat betekent het? Zijn het woorden?'

Robert kwam dichter bij haar staan. Zijn forse gestalte beschutte haar tegen de frisse wind toen hij zich over haar schouder boog.

'Cassie dacht dat het namen waren.'

'Namen?'

Hij stak zijn hand uit en legde zijn vingers op dezelfde plek die Anna zojuist ook had aangeraakt. 'Toen ik vijftien was – om precies te zijn een week voor die eerste date – heb ik mijn naam naast die van haar in de appelboom in de tuin van mijn ouders gekerfd,' zei hij. 'Met een hartje ertussen.'

Anna snapte wat hij bedoelde. 'Dacht ze dat twee geliefden dat hier ook hadden gedaan?'

'Dat vond ik eerlijk gezegd altijd een trieste gedachte.'

'Triest? Hoezo?'

Hij liet zijn hand zakken en stak die in zijn zak. 'Omdat ze het niet konden weten,' zei hij rustig. 'Toen ze hun namen hier in de klif krasten, konden ze niet weten dat dit het enige was wat van hen zou overblijven. Dat dit alles is wat ze zouden achterlaten.'

De wind zwol aan, gierde om hen heen en beukte tegen de klif, die enorm en eeuwig was, uit de tijd zelf bestond, terwijl die het enige aspect van de mensheid met zich meedroeg dat net zo tijdloos is, het enige wat niet door tijd of zwakheid verziekt kan worden.

'Maar ze zijn er nog,' zei Anna. 'Ze zijn hier, in de rots, wie ze ook waren. Ze waren ooit samen hier. Ze hielden van elkaar. Wat blijft er uiteindelijk verder nog van ons over, wie we ook zijn en wat we ook nalaten?'

Robert keek haar niet aan, zelfs niet toen ze haar gezicht naar hem toe draaide, hoewel hij zo dicht bij haar stond dat de wind haar haar over zijn schouder had geblazen. Ze zag hem slikken en diep ademhalen, alsof de wind hem opeens alle adem benam.

'Cassie zei precies hetzelfde,' zei hij tegen haar. 'Ze was dol op deze plek. Ik had onze namen ook hier in de klif moeten krassen, naast deze namen. Ik had ons een deel van deze klif moeten maken. Misschien zou ze dan...'

Roberts stem stokte en hij liep weg. Anna bleef naar de rots kijken, naar de korte reeks tekens die zo onbeduidend leek en zoveel was gaan betekenen.

‘Kijk nou,’ zei Robert even later achter haar. ‘De dolfijnen kijken naar je.’

Anna draaide zich om en keek uit over het water. Daar, in het diepere gedeelte achter de Cassie’s Joy, zwom een groep dolfijnen, gladde grijze komma’s die telkens weer in kromme bogen spetterend uit het water omhoogkwamen.

Lieve Selkie lass,

De jongen en ik hebben de vrouw ontmoet die Brens huisje heeft gekocht. Bren zou haar aardig vinden, denk ik. En ik denk dat jullie vriendinnen zouden zijn. Robbie wil dat we haar meenemen om zijn dolfijnen te zien.

Ik hou van je.

PS Geen bietjes. Ik kwam thuis en er zaten geen potten in mijn tas.

PPS Zal ik juffrouw Carmichael dan maar zelf bellen?

PPPS Hoe is het mogelijk dat een chef-kok die Anna heet, uitgerekend hier op ons wilde, smalle strand aanspoelt?

14

Eind april keerde het mooie weer terug. De langere dagen waren van zonsopgang tot zonsondergang zonovergoten. In het eerste weekend van mei nam de grootste groep tot nu toe plaats aan Liams picknickbank. Doordat ze buiten meer mensen kwijt kon dan in haar kleine woonkamer, kon Anna eindelijk iedereen uitnodigen van de groep die Frank gewoonlijk aanduidde als 'de vaste kliek'. Anna zag Rhona, Pat en Frank geregeld, en maakte nog steeds klifwandelingen met David en Glynn als die in Crovie waren, maar ze had geen kans gehad om Marie en Philip of Terry en Susan beter te leren kennen.

'Wat een enige plantenbakken,' zei Marie, terwijl ze de oude terracotta schoorstenen bewonderde die Anna bij een antiekzaak in Portsoy op de kop had getikt en gevuld had met viooltjes en scharlakenrode begonia's. 'En dat lichtsnoer is ook leuk.'

'Het ziet er geweldig uit,' beaamde Philip boven het geroezemoes uit. 'Ik dacht altijd dat je met dit betonnen plaatsje niets zou kunnen, maar het komt heel anders over.'

'Rhona heeft het ons verteld van de lunchclub,' voegde Susan eraan toe. 'Hebben jullie dat ook gehoord?' vroeg ze aan de anderen. 'Het lijkt me een briljant plan.'

Anna legde nog eens uit wat ze van plan was met Liams picknickbank en tot haar opluchting werd het plan met algehele goedkeuring ontvangen.

'Wanneer ga je beginnen?' vroeg Terry.

'Als alles meezit op 15 mei,' zei Anna, 'dus precies over twee weken. Ik moet nog wel veel regelen voor ik open kan.'

'Vertel mij wat,' zei Rhona lachend. 'Ik moet opschieten. Voordat ik van huis ging, heb ik vier borden in de verglaasoven gezet, maar ik ben nog lang niet klaar.'

Rhona was de gelukkige geweest die Anna's scheermessen had mogen eten. Bij een etentje met lekkere wijn de avond nadat Anna en Ouwe Robbie de scheermessen gevangen hadden, had Anna Rhona verteld over haar plannen. Rhona's enthousiasme had haar geraakt, evenals Rhona's vasthoudendheid dat ze speciaal voor Anna's lunchclub een set borden en schalen zou maken.

'Ik vind het heel vervelend, maar dan zijn we er niet,' zei David.

Glynn knikte. 'We hebben dat weekend een bruiloft in Manchester. Maar goed, je zit er natuurlijk ook niet op te wachten dat wij de plekken van echte gasten inpikken!'

'Ik moet nog zien dat er gasten komen,' zei Anna. 'Ik heb Pat en Frank al als reserve gevraagd voor het geval er niemand komt.'

'Dat zal niet gebeuren,' zei Rhona vol overtuiging.

Vanaf het pad klonken lachende stemmen. Het waren Robert MacKenzie en Liam Harper, die vanaf de haven hun kant op kwamen. Anna was blij om Liam te zien. Toen ze hem eerder zo vrijblijvend mogelijk had uitgenodigd, was ze er niet van overtuigd dat hij zou komen. Hij keek naar haar en stak lachend zijn hand op toen hij haar zag kijken.

Sinds die eerste avond was Liam geregeld in de Fishergirl's Luck te vinden. Afgezien van de nachten dat hij met de vissersboot weg was, had hij alle nachten bij haar geslapen. Niet dat ze klaagde... Het was, zoals hij die eerste ochtend op zijn briefje had geschreven, leuk.

Toen de twee mannen aankwamen, verraste Liam haar door zich te bukken en haar vol op de mond te kussen. Niet dat ze het erg vond dat hij dat deed waar haar vrienden bij waren, maar ze had gedacht dat hij hun relatie wellicht geheim wilde houden, zeker omdat ze het erover eens waren dat het een open relatie was.

Robert kuste haar ook, vluchtig op de wang, zijn hand op haar schouder. 'Bedankt voor de uitnodiging,' zei hij. 'Mijn zoon logeert bij een vriendje en het is een te mooie avond voor huishoudelijke karweitjes.'

Ze lachte. 'Je hebt groot gelijk. Zijn jullie samen gekomen?'

'Ik ben met Ouwe Robbie meegereden,' zei Liam. 'Het is onzin om met twee auto's te komen.'

'Ik stond bij hem in het krijt,' zei Robert. 'Robbie bestookt hem elke ochtend met vragen over die stomme dolfijnen.'

'O, dat vind ik niet erg,' zei Liam, terwijl Anna voor de mannen wat te drinken inschonk. 'Het is een leuk joch. Slim ook. Hij wordt later vast cetoloog.'

'Dat zou best eens kunnen,' zei Robert MacKenzie. Hij knikte als dank naar Anna toen ze hem het glas gaf. 'Al moet ik nog zien of hij over een paar jaar nog om vijf uur 's ochtends zijn bed uit komt om de mannen in de haven lastig te vallen.'

De avond was een aangename aaneensluiting van geklets en gelach, terwijl de zon langzaam onder de horizon zakte. Toen ze op een bepaald moment over het pad naar de klif keek, zag Anna in de invallende duisternis iemand staan. Douglas McKean. Ze wierp een blik op Robert, herinnerde zich dat die verteld had dat de oude man problemen had. Ze zou hem eigenlijk moeten uitnodigen om erbij te komen zitten en wat te eten en te drinken. Maar Anna had hem zijn wrede grofheid die dag in de haven nog niet vergeven. Toen ze opnieuw keek, was hij trouwens al verdwenen.

'Dit is fantastisch,' zei Liam later, toen hij op Anna's iPad de poster zag die Cathy voor de eerste lunchclub had ontworpen. 'De poster ziet er heel mooi uit en toch is de tekst goed leesbaar.'

'Ze maakt alle posters met de hand,' zei Anna tegen hem,

terwijl ze druk bezig was het voorbeeldservies dat Rhona had meegebracht uit te pakken. 'Ik word omringd door talentvolle mensen. Moet je dit zien. Prachtig toch?' Ze hield een bord op dat ze zojuist had uitgepakt. Het glazuur was bijna zwart, maar als je beter keek, zag je naar het midden toe ook een schakering van donkergroen naar lichter groen. 'Dit hoort in een galerie thuis, niet op mijn picknickbank.'

Het was al laat en de andere gasten waren naar huis gegaan, maar Liam was gebleven. Dat hadden ze subtiel zo afgesproken en niemand had een wenkbrauw opgetrokken toen Ouwe Robbie zonder Liam vertrok. Dat was een opluchting voor Anna, al vroeg ze zich af waarom. Niets wees erop dat iemand van de vaste kliek preuts zou reageren op haar keuze. Het was vast nog een overblijfsel van de confrontatie met Douglas McKean.

'Zaterdag over een week is het dus zover,' zei Liam. Hij stond op van wat zijn vaste plek op de vloer was geworden en kwam naar haar toe. 'Het spijt me heel erg, maar dan ben ik er niet.'

Anna zette het bord neer en ging op haar tenen staan om hem een vlugge zoen te geven. 'O?'

Hij sloeg zijn armen om haar middel voordat ze kon weglopen. 'Ik ben dat weekend weg. Ik heb me opgegeven voor een groepsduik in de wateren rond Shetland. We gaan duiken naar een wrak dat de SS Glenisla heet. Dat wil ik al sinds ik hier ben komen wonen en, eh...'

'Je tijd raakt op,' maakte Anna de zin voor hem af. 'Dan ben ik blij dat je nu eindelijk geboekt hebt.'

'Ben je niet boos dat ik dan niet hier ben?'

'Natuurlijk niet. Waarom zou ik?'

Hij grinnikte en trok haar tegen zich aan voor nog een kus. Anna glimlachte tegen zijn mond, voelde zijn stoppelbaard langs haar kin schuren.

'Tja,' mompelde hij, terwijl hij haar langzaam achterwaarts

in de richting van de trap duwde. 'We hebben het de komende tijd allebei druk, dus zullen we er dan maar van profiteren dat ik nu hier ben?'

'Hmm,' humde Anna tussen twee kussen door. 'Dat lijkt me verstandig.'

'Straks ga je nog naar Nieuw-Zeeland verhuizen,' zei Cathy met veel gekreun toen ze elkaar de dag erna aan de telefoon hadden. 'Misschien ga je wel steeds verder weg tot je op een bepaald moment echt van de rand van de aarde valt.'

'Dat zal niet gebeuren,' zei Anna. 'Dat zit er niet in en dat zou ik ook niet willen. We hebben het leuk samen, meer niet. Het is een intermezzo.'

'Leuk,' herhaalde Cathy weemoedig. 'Ik kan me niet meer herinneren wat dat is.'

'Dat moet je niet zeggen,' zei Anna. 'Steve en jij zijn toch nog steeds gelukkig samen?'

Het bleef even stil. 'Ja, natuurlijk,' zei Cathy. 'Zo gaat dat in het leven, niet dan? Onze relatie kan wel een oppepper gebruiken. Ik benijd je, Anna. Je hebt er een streep ondergezet en hebt een nieuwe start gemaakt. En dat gaat je prima af. Dat is uniek.'

Anna leunde achterover op de bank. 'Ik had het liever niet gedaan, dat weet je. Ik dacht echt dat Geoff en ik samen oud zouden worden. We zouden uiteindelijk een gezin stichten, dacht ik. Huisje, boompje, beestje. Maar moet je me nu zien. Tegen de veertig, in mijn eentje. Geen man, geen kind, geen carrière en mijn huis is een veredelde schoenendoos. Ik denk dat ik hier niet eens het hele jaar kan wonen.'

'Je bent niet alleen. Je hebt dat lekkere ding, die Kiwi. Hij blijft in elk geval nog een paar weken. En ik dacht dat je inmiddels van de Fishergirl's Luck was gaan houden?'

'Dat is ook zo! Maar ik had gedacht dat ik op dit punt van

mijn leven ergens anders zou zijn.'

'Ja, dat weet ik. Sorry.'

'Het is nu inderdaad leuk, maar dat zal niet zo blijven.' Anna beet op haar lip, wilde het eigenlijk niet vragen, maar deed het toch. 'Heb je iets gehoord? Over Geoff bedoel ik? Of hij...' Ze maakte de zin niet af.

'Anna, dat wil je niet weten,' zei Cathy.

Anna wreef met haar hand over haar gezicht en zuchtte. 'Eigenlijk niet, maar... Ik denk nog steeds aan hem.'

'Dat is niet zo gek. Jullie zijn lang samen geweest. En hij zorgde er altijd wel voor dat je hem op de eerste plaats zette, dat je daarna pas aan jezelf dacht.'

Ze liet haar hand zakken en keek weer naar de poster. 'Hij zou me waarschijnlijk uitlachen om mijn lunchclub,' zei ze. 'Hij vond dat huiskamerrestaurantconcept helemaal niets. Zei dat het iets was voor tweederangs chef-koks die geen echte baan konden vinden.'

'Tja,' zei Cathy onheilspellend. 'Weet je wat het is met Geoff Rowcliffe?'

'Nou?'

'Hij is een klootzak.'

Anna lachte.

15

Voordat ze er erg in had, was het al de dag van de eerste lunchclub. Anna had de poster op vrijdagochtend op haar deur gehangen in de hoop dat sommige toeristen die langs de Fishergirl's Luck liepen, geïntrigeerd genoeg zouden zijn om de volgende dag terug te komen.

'Sorry dat ik er niet bij kan zijn,' zei Liam opnieuw tegen haar toen ze zaterdagochtend vroeg in de haven stonden nadat hij de bestelde vis had afgegeven.

'Het geeft niet,' zei ze. 'Dat had ik ook niet verwacht.'

Hij kuste haar. 'Stuur een berichtje hoe het is gegaan,' zei hij.

'Dat zal ik doen. Ga nu maar,' zei ze. 'Jij moet opschieten en ik moet deze vis klaarmaken. Veel plezier en doe voorzichtig. Ik zie je ergens volgende week wel weer.'

Anna luisterde naar het gebrom van de motor van de skiff toen ze de krat optilde en aanstalten maakte om terug te gaan naar de Fishergirl's Luck. Toen ze zich omdraaide, zag ze een vrouw in een donkerblauw mantelpakje met een klembord onder haar arm voorzichtig over de weg naar het dorp lopen. De vrouw zag Anna en glimlachte naar haar.

'Goedemorgen, ik hoop dat u me kunt helpen. Ik ben op zoek naar de Fishergirl's Luck.'

'O,' zei Anna verbaasd. 'Dat ben ik. Ik bedoel, dat is mijn huis. Zoekt u mij?'

De vrouw nam haar van top tot teen op en haar blik bleef rusten op de krat die Anna in haar handen had. 'Mijn naam is

Belinda Turner,' zei ze. 'Ik ben van de voedsel- en warenautoriteit en ik controleer de eetgelegenheden in deze regio. Er is een melding binnengekomen dat er een illegaal restaurant in Crovie zou zijn. Bij de Fishergirl's Luck.'

Anna's maag verkrampte en de moed zonk haar in de schoenen. 'O mijn god. Nee, het is geen restaurant.'

'Maar u verkoopt wel voedsel?'

'Nee, niet echt. Mensen hoeven er niet voor te betalen als ze dat niet willen.'

De vrouw keek haar strak aan. 'Maar u wijst mensen er wel op dat ze een vrijwillige bijdrage kunnen schenken?'

Anna kreeg een droge mond. 'Eh... Dat was ik wel van plan. Dat is om de kosten te dekken. Moet u horen, ik weet wat ik doe. Ik ben gediplomeerd chef-kok. Ik heb alle vereiste horecadiploma's en ik heb een voedselveiligheidsplan.'

'Dat is mooi,' zei Belinda Turner. 'Die papieren zou ik graag zien en ik zal het gedeelte waar u het eten serveert plus de keuken inspecteren. U weet hoe het werkt. Er is een klacht binnengekomen, dus die moet ik onderzoeken.'

'Uiteraard.' Anna begon langs de kade te lopen alsof ze op weg was naar de galg.

'Lieve help,' zei de vrouw toen ze de Fishergirl's Luck zag. 'Is het hier? Ik heb dit huisje gezien bij eerdere bezoeken aan Crovie en ik heb me altijd afgevraagd hoe het er van binnen zou uitzien.'

Anna liep achterwaarts naar binnen en hield de deuren open zodat haar bezoeker haar kon volgen. Ze zette de krat die Liam haar had gegeven op het dichtstbijzijnde werkblad.

'Kijk gerust rond,' zei Anna, toen ze een kast opendeed en een van de bakken eruit haalde die ze speciaal had gekocht om vis in te bewaren. 'Ik ga deze vis in een bak doen en in de koelkast zetten. Mijn papieren zitten daarin.' Ze wees naar een ringband op de eettafel onder de trap.

'Gaat u de maaltijden die u wilt verkopen hier in deze keuken bereiden?' vroeg Belinda Turner, die om zich heen keek voordat ze de ringband pakte.

'Het idee is om een paar keer per week op de picknickbank buiten een lunch te serveren aan toevallige passanten,' legde Anna uit.

'Hoeveel couverts?'

'Maximaal zes. Meer is niet te doen in een keuken van deze omvang.'

Turner knikte terwijl ze de bladzijden omsloeg van de overzichten die Anna bijhield. Doordat ze zo lang in professionele keukens had gewerkt, was het voor haar een automatisme om dagelijks de koelkasttemperatuur en de schoonmaakwerkzaamheden te noteren. Anna was daar al mee begonnen zodra ze overwoog een lunchclub te beginnen.

'Mag ik in de koelkast kijken?' vroeg Turner.

'Natuurlijk.' Anna deed een stap opzij, terwijl de vrouw de smetteloos schone en overzichtelijk ingerichte planken inspecteerde.

Belinda Turner nam alle tijd. Anna keek toe hoe de vrouw in de keuken dingen verschoof, laden en kastjes openmaakte, de werkbladen en de oven aandachtig bekeek. De vrouw was rustig en aan haar gezicht viel niets af te lezen. En toch, hoe langer ze erover deed om de piepkleine keuken te inspecteren, hoe nerveuzer Anna werd.

'En het toilet?' vroeg de inspecteur.

'Het leek me beter om aan mijn overburen, die een B&B hebben, te vragen of gasten hun toilet mogen gebruiken,' zei Anna, die nu heel blij was dat ze dat bedacht had. 'Het toilet is hier recht tegenover, vlak achter de deur.'

'Dat is een goede oplossing. En waar wordt het eten geserveerd?'

Anna nam de vrouw mee naar buiten en liet haar de picknickbank zien. 'De tafel is nog niet aangekleed,' zei Anna, 'maar ik kan wel een foto laten zien hoe het eruitzag toen ik hier vrienden te eten had. Zo ga ik het nu weer doen.'

'Dat is niet nodig,' zei Belinda Turner. 'Het is duidelijk dat u weet wat u doet en eerlijk gezegd heb ik keukens moeten beoordelen die het wat hygiëne en indeling niet halen bij die van u. U bent zorgvuldig genoeg om zelf alles rigoureus te controleren. Het punt is alleen dat die gootsteen vervangen moet worden. Er zitten veel scheuren in en hoewel ik kan zien dat u hem met chloor schoonmaakt, kan ik u om die reden, naar alle eer en geweten, niet de hoogste score geven. Bovendien weet u net zo goed als ik dat u twee spoelbakken moet hebben: een voor voedsel en een voor keukengerei.'

'Ja,' zei Anna, 'om die reden heb ik ook een afwasteiltje, zodat ik dat gescheiden kan houden.'

'Ik snap het, mevrouw Campbell, en gewoonlijk zou ik dat ook als oplossing accepteren. Maar met die gootsteen erbij...'

'Betekent dit dat ik helemaal geen beoordeling krijg?' vroeg Anna.

'Nee,' zei mevrouw Turner. 'Het betekent dat u vier in plaats van vijf sterren krijgt. Ik wil u toch meegeven om de gootsteen te vervangen voordat u met deze lunchclub van start gaat. Als dat gedaan is, geef ik u graag de hoogste score. Met vier sterren mag u open, dat weet u. Toch raad ik u met klem aan om degene die zich met uw zaken bemoeit geen voer te geven om opnieuw moeilijk te gaan doen.'

De moed zonk Anna in de schoenen. 'Oké.'

'Ik wil u helpen, dat meen ik. En ik houd er niet van als mensen erop uit zijn problemen te veroorzaken.' Ze haalde een visitekaartje uit haar handtas. 'Denk erover na. Bel me als u de verbeteringen hebt doorgevoerd, dan kom ik dezelfde dag nog langs als dat lukt. Maar voor nu...'

Anna knikte. 'Ik snap het.'

Belinda Turner haalde haar schouders op. 'U zou voor vandaag aan de mensen van de Weaver's Nook kunnen vragen of u hun keuken mag gebruiken. Ik heb de beoordeling van hun B&B gedaan en weet dat het daar tiptop in orde is.'

'Dank voor het meedenken.'

De twee vrouwen namen afscheid. Toen de inspecteur wegliep, ging de deur van de Weaver's Nook open. Pat en Frank verschenen op de drempel van de dienstingang.

'We kennen haar!' zei Pat op luide fluistertoon. 'Ze is van de voedsel- en warenautoriteit. Wat moest ze hier?'

Anna draaide zich om naar de deur van de Fishergirl's Luck, waar Cathy's mooie poster voor de lunchclub op hing. Anna stak haar hand uit en trok de poster eraf. 'Ze kwam zeggen dat ik vandaag niet open mag.'

'Wat?' zei Frank. 'Maar waarom?'

'Iemand had gemeld dat ik hier een illegaal restaurant heb.'

'Nee toch,' zei Pat verbijsterd. 'Wie zou zoiets doen?'

'Moet je dat nog vragen?'

'Bedoel je Dougie? Dat betwijfel ik,' zei Frank. 'Hij is zeker rancuneus, maar ik zie hem nog niet uitzoeken waar hij bij de gemeente een klacht kan indienen en dan alle vervolgstappen nemen.'

Anna zuchtte. 'Degene die dit heeft aangekaart, heeft gewonnen.' Ze rolde Cathy's poster op. 'Er komt hier geen lunchclub.'

'Ach lieverd,' zei Pat. 'Ik vind het zo rot voor je. Kunnen we iets voor je doen?'

Even overwoog Anna tegen hen te zeggen wat Belinda Turner had geopperd over hun keuken gebruiken, maar ze zei niets. Het idee was 'lunch bij de Fishergirl's Luck', niet 'een lunch die ergens anders is klaargemaakt naar een picknickbank dragen die naast de Fishergirl's Luck staat'. Anna had zich erop verheugd vanuit haar eigen kleine keuken te serveren. Ze had geen zin om opeens aan een andere keuken te moeten wennen. En als er, afgezien van Douglas McKean, nog iemand was die het nodig vond haar plannen te dwarsbomen, wilde ze er dan wel mee doorgaan?

'Ja,' zei ze met gespeelde opgewektheid. 'Jullie kunnen me helpen door de vaste kliek te bellen en te vragen of ze bij me komen eten. Het is zonde om alles weg te gooien en het is veel te veel voor mij alleen. We maken er een gezellig etentje voor genodigden van.'

Die avond serveerde Anna het eten dat voor haar eerste gasten bedoeld was aan Pat, Frank, Rhona, en Robert.

'Ik vind het heel vervelend voor je, Anna,' zei Robert. Op zijn voorhoofd was een diepe frons verschenen toen ze Rhona en hem vertelde wat er was gebeurd. 'Zal ik met Dougie gaan praten?'

'We weten niet of hij erachter zit,' zei Anna. 'Frank denkt van niet.'

'Het is niets voor hem om bij de gemeente te klagen,' zei Frank schouderophalend. 'Hij moet immers niets hebben van bureaucratie.'

'Daar heb je gelijk in,' zei Robert, 'maar problemen veroorzaken past wel in zijn straatje. Je weet hoe hij is als hij eenmaal ergens door geobsedeerd is. En dat is beslist het geval met Anna en de Fishergirl's Luck.'

Anna schonk Roberts glas bij, maar hield daar opeens mee op. 'Hoe bedoel je?'

Robert trok een gezicht. 'Ik wilde het je eigenlijk niet vertellen, maar hij loopt weer te mopperen over het eigendomsrecht van de Fishergirl's Luck. Eerst tegen mij, maar nadat ik gezegd had dat hij daarover moest ophouden, is hij tegen anderen gaan klagen. Barbara zei dat hij haar pasgeleden ook gebeld had.'

'Alsjeblieft zeg,' zei Rhona. 'Stomme oude zak. Dus iedereen tegen wie hij heeft lopen zaniken kan het voor hem opnemen en de lunchclub gebruikt hebben om de aanval in te zetten?'

'Dat denk ik wel,' zei Robert. Hij keek weer naar Anna. 'Heb je de notaris nog om de eigendomspapieren gevraagd?'

'Nog niet,' zei Anna. 'Ik weet eigenlijk niet wat ik eraan zou hebben. Moet ik ze voor het raam hangen? Maar goed, zo te horen kan ik er maar beter achteraangaan voordat ik het als vakantiehuisje ga verhuren. Anders krijg ik daar misschien problemen mee. Je weet hoe dat gaat bij online vakantiebeoordelingen. Een paar slechte beoordelingen en ik kan het wel schudden, nog voordat ik goed en wel begonnen ben. En ik zou het vervelend vinden als mensen die hier logeren lastiggevallen zouden worden.'

'En de lunchclub?' vroeg Pat. 'Je gaat het toch wel opnieuw proberen?'

'Ja,' zei Frank. 'Het eten vandaag was verrukkelijk, Anna. Ik kan een nieuwe gootsteen voor je installeren, zo gepiept. Ik heb het idee dat deze mevrouw Turner bereid is vlug een nieuwe inspectie te doen als je de gootsteen eenmaal vervangen hebt. Als ik de maten weet, ga ik maandagochtend meteen naar Inverness en dan zit die nieuwe gootsteen er maandagavond in.'

'Ja!' zei Rhona enthousiast. 'Het is geen afstel maar uitstel. Dan begin je gewoon volgend weekend met de lunchclub.'

Anna nipte van haar wijn en schudde haar hoofd. 'Ik denk het niet. Het was gewoon een dom plan!' Haar vrienden protesteerden direct. 'Nee,' zei ze, waarbij ze haar hand opstak. 'Ik kook liever voor jullie. Dat meen ik. Rhona, sorry dat je zoveel moeite hebt gedaan om dit prachtige servies voor me te maken. Ik zal het specifiek in de beschrijving noemen als het huisje in de verhuur gaat. En een deel ervan neem ik mee naar waar ik ook naartoe verhuis.'

Rhona schudde haar hoofd. 'De lunchclub was geen dom plan,'

zei ze. 'Het was een geweldig idee. Het spijt me dat iemand jou dat gevoel heeft gegeven.'

Anna stak haar arm uit en legde haar hand op die van haar vriendin. 'Bedankt,' zei ze, toen Rhona een kneepje in haar hand gaf. 'Jullie allemaal bedankt. Het betekent veel voor me dat ik hier vrienden heb die me steunen, maar ik ga de strijd niet aan. Niet over iets wat ik toch maar een paar weken wilde gaan doen. Dat is het echt niet waard.'

16

Toen er maandagochtend op de deur van de Fishergirl's Luck werd geklopt, zag Anna tot haar verbazing Liam op de stoep staan. Hij keek haar met een merkwaardig peinzende blik aan.

'Hallo,' zei ze glimlachend toen ze de deur openhield, zodat hij naar binnen kon stappen. 'Ik had niet gedacht je zo snel weer te zien. Je bent gisteravond toch pas teruggekomen?'

'Ja,' zei hij. Hij bukte zich om haar vluchtig op de mond te kussen toen hij langs haar liep. 'Je hebt geen berichtje gestuurd.'

'Aha.' Anna deed de deur dicht en liep de woonkamer in. 'Dat komt doordat ik niets te melden had.'

'Hoe bedoel je? En de lunchclub dan?'

'Die is niet doorgegaan,' zei ze. 'Wil je koffie? Ik wilde net gaan zetten.'

'Wacht even,' zei Liam. Hij pakte haar pols vast en draaide haar naar zich toe. 'Hoezo niet doorgegaan?'

Anna legde uit waarom de lunchclub was afgezegd en zag zijn gezicht steeds somberder worden.

'Wat een rotstreek,' zei hij met een boze frons op zijn voorhoofd.

Ze haalde haar schouders op. 'Tja, het kan zijn dat degene die erachter zit er goed aan meende te doen. Hoe dan ook, het is gebeurd en ik moet verder. Hoe was je uitstapje?' vroeg Anna, terwijl ze naar de keuken liep. 'Heb je het leuk gehad?'

Het duurde even voordat hij antwoord gaf. 'Ja, het was leuk.'

Anna keek naar hem terwijl ze de ketel vulde. 'Je klinkt niet al te enthousiast. Wat is er?'

Hij glimlachte, maar ze zag dat hij gespannen was. 'Niets. Alles is in orde.' Hij stak zijn handen in zijn zakken en trok zijn schouders op. Hij leek even heel jong. 'Kunnen we buiten koffiedrinken? Het is zulk mooi weer.'

'Natuurlijk,' zei Anna. Er leek opeens een steen op haar maag te liggen. 'Ik kom zo met de koffie. Ga maar vast buiten in het zonnetje zitten.'

Tegen de tijd dat ze naar buiten stapte, zat hij op de picknickbank naar de zee te kijken. Zijn vingers gleden rusteloos over een nerf.

'Oké,' zei hij rustig toen ze naast hem was gaan zitten. 'Eerlijk gezegd ben ik hiernaartoe gekomen omdat ik met je wilde praten, maar het heeft geen haast. Het kan ook wachten, zeker na wat er dit weekend is gebeurd.'

Anna schonk koffie in. 'Liam, wat het ook is, zeg het nou maar gewoon. Ik ben een grote meid.' Ze schoof een mok koffie naar hem toe en hij sloeg zijn handen eromheen.

'Goed dan. Weet je nog dat toen we hiermee begonnen...' zei hij, waarbij hij ongemakkelijk naar zichzelf en naar Anna wees. 'Nou, dat we toen hebben afgesproken dat het... vrijblijvend was. Dat het niet om een vaste relatie ging.'

Anna nam een slokje sterke koffie en keek naar zijn rusteloze vingers, waar door zijn werk eelt op was ontstaan. Zijn huid was nog bruiner geworden door de zon. 'Ja,' zei ze, 'dat weet ik nog.'

'En er zat een einddatum aan, want ik zou aan het eind van de zomer naar huis gaan en jij was ook niet van plan hier te blijven.'

Ze keek naar de gespannen frons op zijn voorhoofd en de kraaienpootjes van bezorgdheid rond zijn ogen.

'Je wilt ermee stoppen,' zei ze.

'Nee.' Liam keek haar recht aan. 'Het punt is dat ik... iemand heb leren kennen.'

Ze keek hem aan. 'Bij het duiken?'

Hij knikte en ging slecht op zijn gemak verzitten. Hij meed haar blik, keek weer naar de oceaan. Wie weet stond de oceaan voor hem symbool voor ontsnappen: een mogelijkheid om weg te vluchten van iets wat hem aan land hield en hem op zee niet kon volgen.

'Ik... wil graag met haar afspreken,' zei Liam rustig. 'We hebben toch altijd gezegd dat wij een open relatie hadden? We hebben nooit afgesproken dat we alleen elkaar zouden zien. Ik vind je heel aardig, Anna. We hebben veel plezier samen en ik wil je ook blijven zien. Maar ik weet dat je ex je bedrogen heeft, en ik wil niet dat je het idee krijgt dat ik je bedrieg door ook met die andere vrouw af te spreken. Daarom leek het me beter om eerlijk te zijn. Voordat... Nou ja, je weet wel.'

Anna moest lachen. 'Ja, ik weet wat je bedoelt.'

Liam zuchtte. 'Ik wil je niet bedriegen. Dat verdien je niet. Als we allebei hier zouden blijven, lag het misschien anders. Maar doordat we de rest van ons leven ergens anders zullen wonen...' Hij haalde zijn schouders op, maakte de zin niet af.

'We hebben het leuk gehad samen,' beaamde Anna. 'En we wisten dat er vroeg of laat een eind aan zou komen.'

'Dat hoeft niet,' betoogde Liam. 'We kunnen gewoon doorgaan totdat ik naar huis ga of jij vertrekt. Net wat er eerder gebeurt. Ik wilde gewoon niet dat je het van iemand anders zou horen en overstuur zou raken, meer niet. De mensen hier...' Hij keek vertwijfeld omhoog. 'Je weet hoe die kunnen zijn.'

Anna glimlachte. Ze draaide de koffie rond in haar mok en keek er even peinzend naar. Ze had heus niet verwacht dat ze Liam helemaal voor zichzelf zou hebben. Maar als ze ermee zouden doorgaan, zou ze zich telkens afvragen waar Liam was als hij niet bij haar was, wat hij deed en met wie. Dan werd ze weer meegezogen in die mentale draaikolk, in een maalstroom van verdriet die niets te maken had met deze relatie en veel meer met het feit dat ze nog aan het bijkomen was van het leed dat Geoff haar jarenlang had aangedaan. Ze had een leuke – nee, geweldige – tijd gehad met Liam en hij had veel meer respect voor haar dan Geoff ooit voor haar had gehad. Zo wilde ze aan hem terugdenken.

Ze stak haar hand uit en gaf een kneepje in Liams vingers. Hij draaide zijn hand omhoog, zodat hij haar hand kon vastpakken.

'Ik vind het helemaal niet erg dat je met deze vrouw wilt afspreken. Maar ik denk dat het beter is als we er nu een punt achter zetten,' zei ze tegen hem. 'Het is een cliché, ik weet het. Het ligt niet aan jou, het ligt aan mij. Je bent eerlijk geweest en dat waardeer ik. En je hebt gelijk, we hebben het heel leuk gehad en daar zal ik nooit spijt van krijgen. Onze relatie heeft zijn tijd gehad. Zullen we dat gewoon accepteren?'

Er trok een schim van teleurstelling over Liams gezicht. Hij keek naar hun ineengeslagen handen, bracht haar vingers omhoog en kuste ze even.

'Gaat het?' vroeg hij.

'Ja,' zei ze, en ze glimlachte weer. 'Het gaat wel. Heus. Kom nog een keer langs voordat je naar Nieuw-Zeeland vertrekt. Dan gaan we aan deze picknickbank zitten en drinken we een laatste glas wijn.'

Liam glimlachte naar haar. 'Dat doe ik.' Met zijn vrije hand streek hij haar haar uit haar gezicht en hij boog zich naar voren om haar te zoenen. Zijn kus was teder en kort. Toen hun lippen het contact verbraken, lieten ze ook elkaars hand los.

Anna keek hem na toen hij over het pad terugliep. Het was geen definitief afscheid, maar wel een einde. Ze draaide zich om naar het water. Langzaam onderzocht ze het bonken in haar borst, controleerde voorzichtig of er schade was. Er was een gevoel van verlies, van spijt, al had ze nooit verwacht dat Liam in haar leven zou blijven. Hoewel hij er goed uitzag, had ze dat ook niet gewild. Haar hart deed pijn, ja, maar Anna dacht dat de pijn niet direct met hem te maken had. Ze had verdriet omdat er een band verbroken was. Ze was weer alleen.

Ze leunde tegen de picknickbank en keek naar de Fishergirl's Luck, die er even standvastig bij stond als altijd. Stevig op eigen kracht. Eenzaam maar niet alleen.

Anna zag vanuit haar ooghoek iets bewegen aan het eind van het dorp. Ze keek op en zag Douglas McKean halverwege de kade. Hij leunde op zijn stok en keek met een dreigende blik haar kant op. Anna keek terug en voelde steeds sterker een opstandige boosheid in haar borst. Of hij nu zelf had gebeld of niet, Douglas McKean had de lunchclub om zeep geholpen. Hoe haalde hij het in zijn hoofd om zich met haar leven te bemoeien, behalve dan dat hij het belachelijke waanidee koesterde dat de Fishergirl's Luck van hem zou zijn? Alsof de Fishergirl's Luck er dan zo bij zou staan. Het was Bren MacKenzie die naar deze schuur had gekeken en gezien had dat je er een woonhuis van kon maken. En doordat Bren MacKenzie er veel tijd en geld in had gestoken, was die droom uitgekomen. En nu was de Fishergirl's Luck rechtmatig van Anna, zoals het daarvoor van Bren was geweest. Ze kon ermee doen wat ze wilde. Bren had zich niet door McKean laten intimideren, nog geen seconde. Waarom zou Anna zijn gedrag, of dat van zijn medestanders die hem in zijn bittere strijd steunden, wel tolereren? Ze had de goedkeuring van McKean of van wie dan ook niet nodig. Ze had al te veel van haar werkende leven verspild in een poging die horde te nemen.

Ze liet de koffiespullen staan, stak over naar de Weaver's Nook en klopte op de deur.

'Frank,' zei ze, toen hij met een mok thee in zijn hand opendeed. 'Heb je deze week tijd om me te helpen? Er moet wat loodgieterswerk in mijn huisje verricht worden.'

17

Aan het eind van de week had Anna een gloednieuwe gootsteen en had ze vijf sterren gekregen van de voedsel- en warenautoriteit.

'Heel mooi,' zei Belinda Turner, toen ze zag hoe netjes Frank de dubbele witporseleinen gootsteen met draaibare kraan had geïnstalleerd. 'Ik ben heel blij dat u doorgaat met de lunchclub,' voegde ze eraan toe. 'Het is een geweldig idee. Ik kom graag een keer bij u eten. Gaat u morgen open?'

'Nee, ik wacht tot het volgende lange weekend, aan het eind van de maand. Dan heb ik genoeg tijd voor de voorbereidingen en zullen er hopelijk meer toeristen hier zijn,' zei Anna. 'Wie het eerst komt, die het eerst maalt. De eerste gang wordt om kwart over een geserveerd. Ik zou het leuk vinden als u komt.' Anna was niet dom. Dat de inspecteur van de voedsel- en warenautoriteit bij haar wilde komen eten, zei genoeg. Die kun je in je zak steken, McKean.

'Dan kan ik helaas niet. Wie weet een andere keer.'

'Aha,' zei Anna. 'Eerst maar eens zien hoe het de eerste keer gaat, dan pas kijk ik verder!'

'Succes.' Turner glimlachte toen de twee vrouwen elkaar bij het afscheid een hand gaven. 'Ik zal duimen dat het mooi weer blijft.'

De week daarop trof Anna voorbereidingen, zodat ze precies wist hoe ze het zou aanpakken als de lunchclub eindelijk van start zou gaan. De vaste kliek was blij toen bleek dat ze het nog eens zou proberen. Ook Cathy was blij. Ze paste met liefde de poster aan die ze voor de eerste keer had gemaakt. Op de vrijdag voor het lange weekend hing Anna de nieuwe poster op, deed een stap naar achteren en bewonderde hoe de poster afstak tegen de korenblauwe voordeur van de Fishergirl's Luck.

Kom maar op, dacht ze. Deze keer gaat het door. Douglas McKean kan de pot op.

Even stelde Anna zich voor dat Bren grijnzend naast haar stond, en ze glimlachte.

De volgende ochtend stond Pat bij Anna op de stoep met de mededeling dat ze haar kwam helpen bij de voorbereidingen.

'Ik zal je keukenhulpje zijn!' zei ze. Ze hield haar armen gespreid alsof ze de wereld kon omhelzen, en Anna twijfelde er niet aan dat deze vrouw dat zou doen ook, als ze daar de kans toe kreeg.

'Bedankt,' zei Anna lachend. 'Ik weet alleen niet of er genoeg ruimte is voor ons allebei.'

'Daar bedenken we wel wat op, schat,' zei Pat, toen ze naar binnen stapte. 'Nood breekt wet.'

De vrouwen liepen behendig om elkaar heen terwijl Pat Anna's instructies opvolgde. De trouwe, warme aanwezigheid van haar vriendin deed Anna denken aan met haar moeder koken toen ze klein was. Zo bezig zijn gaf haar een ander soort energie dan wanneer ze in een professionele keuken werkte. Tot op dat moment had Anna niet doorgehad hoe erg ze dit miste. Het besef kwam als een schok. Er trok een pijnscheut door haar hart toen Anna opnieuw besefte dat ze alleen op de wereld was. Ze had nieuwe vrienden en een nieuw leven, ze had het heel leuk gehad met Liam, maar het feit bleef dat ze geen familie meer had. Pat omhelsde haar niet zoals haar moeder dat vroeger deed. Haar vader zou niet de keuken binnen komen stormen en hen aan het lachen maken door haar op te tillen en ergens anders neer te zetten, zodat hij een koekje kon stelen, dat nog warm was doordat het net uit de oven kwam.

Papa.

Anna keek uit het kleine raam en zag de golven zacht deinen in het zonlicht. Haar hart voelde opeens aan als een zware, kloppende massa. Ze had het de afgelopen weken zo druk gehad, dat ze minder vaak aan hem had gedacht, maar nu dook hij onverwacht op, glimlachend en met zijn haar in de war zoals altijd.

Ze slikte haar tranen weg en dacht aan Robert MacKenzie. Hoe kon men van hem verwachten dat hij zou doorgaan met zijn leven, zonder de vrouw van wie hij zielsveel had gehouden, ook al was ze inmiddels jaren overleden? Anna had er al moeite mee haar vader los te laten. Ze kende de hopeloze eb en vloed van verdriet maar al te goed, die onvermijdelijke onderstroom die je machteloos meetrok van verdriet naar schuldgevoelens, van tijdelijke vrolijkheid om een herinnering naar de uitputting van een regelrechte depressie, en dat binnen een paar minuten en vaak op momenten dat je daar helemaal niet op bedacht was.

'Gaat het?' vroeg Pat, die kennelijk aanvoelde dat Anna's stemming was omgeslagen.

Anna dwong zichzelf om de plotselinge toestroom van verdriet van zich af te zetten. 'Ja hoor,' zei ze. 'Ontzettend bedankt voor je hulp, Pat. Je hebt me heel goed geholpen. Ik kan het verder wel alleen.'

Pat deed haar schort af en omhelsde Anna hartelijk. 'Probeer ervan te genieten, schat,' zei ze. 'Je kunt het! Je bent hier heel goed in. Wie er vandaag ook bij je aan tafel zitten, ze zullen net zo dol op je kookkunsten zijn als wij allemaal. Kom na afloop even langs om te vertellen hoe het is gegaan,' voegde haar vriendin eraan toe, en ze gaf nog een kneepje in Anna's arm. 'Ik heb een fles bubbels koud gezet om het te vieren.'

Nadat Pat was vertrokken, stortte Anna zich op de overige voorbereidingen. Ze werkte in opperste concentratie terwijl de uren wegtikten. Als hoofdgerecht zou ze risotto serveren en ze proefde net of er voldoende kruiden in zaten, toen er op de deur werd geklopt. Anna wierp een blik op de klok en zag dat het bijna een uur was.

Anna deed open en zag een jong stel van in de twintig op de stoep staan.

'Hallo,' zei ze glimlachend. 'Komen jullie lunchen?'

Het stel glimlachte en wees naar de poster. 'Ja! Als dat nog kan,' zei de man. 'Er staat "wie het eerst komt, die het eerst maalt." Zijn we nog op tijd?'

Anna werd opeens zenuwachtig maar negeerde dat. 'Jazeker! Jullie zijn mijn eerste gasten.'

'Geweldig,' zei de vrouw. 'We zijn een beetje vroeg, maar mogen we alvast gaan zitten?'

'Natuurlijk mag dat,' zei Anna. 'Het eten is over een kwartier klaar. Als jullie gaan zitten, kom ik zo iets te drinken brengen. Ik mag geen alcohol schenken, maar...'

'Water is prima. Bedankt!'

Ze liet de deur openstaan, terwijl het stel naar de tuin liep. Ze vulde net een kan met water voor haar gasten toen een veel jongere en overenthousiaste stem vanaf de drempel naar haar riep.

'Anna!' riep de stem. 'Anna, Anna, Anna! Weet je wat er is gebeurd?'

Jonge Robbie MacKenzie stond in de deuropening, met zijn schrift met aantekeningen over de dolfijnenpatrouille in zijn handen. Zo te zien wilde hij haar dolgraag iets vertellen.

'Robbie! Wat doe jij hier?'

'Papa zei dat we bij jou gingen lunchen. We hebben de groep dolfijnen gezien, en de baby was er ook bij!'

'Robbie, doe eens rustig,' zei zijn vader. Robert MacKenzie

kwam naast zijn zoon staan en legde een hand op het hoofd van zijn opgewonden zoon. Hij keek naar binnen en schonk Anna een verontschuldigende glimlach. 'Sorry. Het was een gedenkwaardige ochtend.'

Er kwamen nog twee mensen bij staan: een jongen van Robbies leeftijd en een man. Anna nam aan dat het vader en zoon waren.

'Dit zijn Fraser en Jamie. We zijn op dolfijnenpatrouille geweest, maar dat had je al begrepen,' zei Robert MacKenzie. 'Ik hoop dat we nog op tijd zijn om hier te lunchen. Heb je plek voor vier uitgehongerde zeelieden?'

'Eh, ja,' zei Anna. 'Er is nog plek.'

'Zeker weten?' vroeg Robert. 'Als je liever plek vrijhoudt voor nieuwe gezichten...'

'Natuurlijk niet,' zei ze glimlachend tegen hem. 'Ik vind het heel leuk dat jullie er zijn. Ga zitten. Ik kom zo. Er zitten al twee andere gasten.'

Anna ging terug naar de keuken. Ze zette de kan met water op een dienblad waar al glazen en een schaal met kaassoesjes op stonden, die ze gebakken had voor het geval ze extra tijd in de keuken nodig zou hebben. Toen ze met het dienblad naar buiten liep, zag ze dat Robert en zijn vriend in het midden van de picknickbank tegenover elkaar waren gaan zitten om zo een buffer te vormen tussen de twee jongens en de andere gasten.

'Hallo, allemaal,' zei ze. 'Welkom bij de Fishergirl's Luck.' Ze zette het dienblad midden op tafel. 'Tast toe. Ik kom zo de lunch serveren.'

'Anna,' zei Robert, 'mag ik Fraser aan je voorstellen?'

Zijn vriend stond op en stak vriendelijk lachend zijn hand uit. 'Aangenaam kennis te maken, Anna,' zei hij. 'Ik heb gehoord dat je avontuurlijk bent ingesteld. Daar houd ik van. Ik kan niet wachten om je eten te proeven.'

'O, dank je,' zei Anna, die een beetje van haar stuk gebracht was door deze omschrijving. 'Woon je ook hier?'

Fraser ging weer zitten. Hij was een lange man met brede schouders, grote vierkante kaken en een bos zwarte krullen. 'Geboren en getogen in Macduff.' Hij knikte naar zijn vriend. 'Ik ben opgegroeid met deze onverlaat. We wonen nu in Elgin. Dat is gemakkelijker voor mijn vrouw, want die moet voor haar werk verdomme elke dag naar Inverness.'

'Papa!' riep Jamie, en hij gaf zijn vader een harde por tussen de ribben.

'Oeps, sorry,' zei Fraser. Hij legde zijn wijsvinger tegen zijn mond, maar glimlachte evengoed. 'Niet tegen mama zeggen, hoor. Begrepen? Anders kom ik in de problemen.'

Jamie keek hem met toegeknepen ogen aan. 'En wat staat daartegenover?'

Robert lachte. 'Nu hang je, Fraser.'

Het jonge stel aan de andere kant van de tafel lachte mee en Fraser wendde zich met een dramatische, lankmoedige zucht tot hen.

'We horen ons ook aan jullie voor te stellen nu we tafelgenoten zijn,' zei hij, en hij stak zijn hand uit naar de jongere man. 'Ik beloof dat we niet te veel herrie zullen maken. Dat wil zeggen, de kinderen. Ik zal proberen Ouwe Robbie in toom te houden, maar dat is een wilde... Hier, neem ook zo'n kaasding. Ze zijn verrukkelijk.'

Terwijl Anna spullen op de tafel zette, ving ze op dat de man en vrouw Nathan en Kate heetten. Ze woonden in Aberdeen, maar hadden in een opwelling besloten een nachtje in Rosehearty te logeren. Tegen de tijd dat ze de borden kwam weghalen, ging het gesprek over wat ze voor de kost deden.

'Ben je echt vatenmaker?' vroeg Nathan aan Robert. 'Daar zijn er toch niet veel meer van?'

Anna keek naar Robert, was nieuwsgierig naar het antwoord.

Toen haar verteld werd dat hij bij de reddingsbrigade zat, was ze ervan uitgegaan dat dat zijn beroep was.

'Dat klopt,' zei hij.

'Bij welke distilleerderij werk je?'

'Macduff.'

'Ik wist niet eens dat er in Macduff een distilleerderij zat,' zei Kate verbaasd.

'Het is niet zo gek dat je dat niet weet,' zei Robert tegen haar. 'Er wordt geen single malt meer gestookt, alleen mengsels. En hoewel ik officieel daar werk, trek ik rond.' Anna pakte zijn bord en hij keek glimlachend naar haar op. 'Dank je wel. Dat is het lekkerste wat ik in lange tijd heb gegeten.'

'Ja,' beaamde zijn zoon. 'Papa kan niet koken. Die laat zelfs geroosterd brood zwart worden.'

Fraser liet een bulderende lach horen die over de tafel galmde toen Anna terugliep naar het huisje om het nagerecht te halen. Haar blik gleed automatisch naar een gestalte die langzaam over het pad hun kant op kwam. Het was Douglas McKean. Haar maag verkrampte. Gewoonlijk was hij op dit tijdstip niet buiten.

Ze ging druk in de weer met de citroenpuddinkjes. Ze haalde ze uit de koelkast, verwijderde het folie en zette de glazen op bordjes. Ze legde een zelfgebakken zandkoekje op ieder bordje en zette er een schaaltje verse frambozen bij. Opeens hoorde ze Ouwe Robbie praten, harder dan normaal.

'Hallo Douglas,' zei hij. 'Hoe gaat het?'

Er klonk gegrom als antwoord. Het klonk als naderende donder op een snikhete dag. Anna ging naar buiten en zag McKean op het hek leunen. Ze voelde dat hij naar haar keek toen ze langsliep, op weg naar Nathan en Kate aan het eind van de tafel.

'Kom er toch bij zitten, meneer McKean,' zei ze. 'Ik heb nog wat desserts over en de koffie loopt door. U bent van harte welkom. Ik zal een extra stoel pakken.'

De oude man liet niet eens blijken dat hij haar gehoord had. Hij hield zijn blik strak op Ouwe Robbie gericht.

'Je moest je schamen,' zei hij met een zwaar accent, al verstond iedereen aan tafel wat hij zei. 'Schaam je, Robert MacKenzie, dat je hier aan deze tafel brood breekt terwijl je heel goed weet dat dit huis eigenlijk van mij is.'

'Ach, Dougie, niet weer dat oude gezeur,' zei Robert in een poging tot jovialiteit. 'Kom zitten en eet met ons mee. Je bent uitgenodigd.'

Douglas McKean schonk Anna een blik vol afkeer.

'Alsof ik bij deze stelende slet aan tafel zou gaan zitten. Hoe kun je hier zitten terwijl ik beroofd ben van...'

Robert was zo vlug opgestaan dat de oude man een stap naar achteren deed. 'Ophouden,' zei Robert met duistere stem. Zo had Anna hem nog nooit horen praten. 'En nou is het genoeg, Douglas McKean. Je zult nooit meer over of met Anna praten. Nooit meer, vanaf vandaag. Dit huis is eerlijk van Anna, net zoals het daarvoor eerlijk van Bren was. Als je niet wat meer respect toont, zal ik je nooit meer helpen. Heb je dat begrepen? Onthoud in wiens huis je woont.'

De man zette grote ogen op en zijn blik gleed van Robert naar Anna. Er kwam een geschokte uitdrukking op zijn gezicht te liggen, die algauw gevolgd werd door iets wat verwarring kon zijn. Hij kromp ineen. Zijn gezicht betrok. Toen draaide hij zich om en strompelde weg.

Robert ging terug naar de tafel. 'Sorry,' zei hij tegen iedereen, waarna hij naar Anna keek.

Anna liep glimlachend naar de tafel. Ze hoopte maar dat haar glimlach echt leek. Zelfs de kinderen waren stil geworden, zich bewust van de vreemde, onverklaarbare volwassenenstorm die boven hun hoofd was losgebarsten. De moed zonk Anna in de schoenen toen ze de enige twee echte gasten aan haar tafel vol afschuw zag toekijken, hun desserts half opgegeten.

'Het spijt me vreselijk,' zei ze. 'Eet toch verder. Willen jullie koffie? Jongens, willen jullie nog iets drinken? Ik heb sinas of cola.'

Het was Fraser die het gesprek weer op gang bracht, haar met een hartelijke glimlach aankeek en zei: 'Koffie zou geweldig zijn. En ik denk dat Jamie wel sinas lust. Of niet soms? Voor deze ene keer, omdat het zaterdag is. Niet tegen mama zeggen.'

Langzaam werd het geklets aan tafel hervat. Anna liep weg van de tafel en ging naar binnen. Inwendig gloeide ze van schaamte over de bittere vernedering.

De gasten hadden hun koffie snel op. Anna was niet verbaasd toen Nathan en Kate opstonden en zeiden dat ze weggingen. Kate gaf haar een hand, schonk haar een hartelijke glimlach en drukte wat bankbiljetten in Anna's hand.

'Nee, nee,' zei Anna tegen haar, 'dat kan ik niet aannemen na wat er is gebeurd!'

'Doe niet zo mal,' zei Kate glimlachend. 'Het eten was veel meer waard. En wat die oude man betreft, daar kon jij niets aan doen. Neem het geld alsjeblieft aan. Succes verder. Ik hoop dat je dit vaker gaat doen, want ik vind het een geweldig idee.'

Fraser was de volgende die opstond. Hij pakte wat bankbiljetten en schoof ze onder een van de glazen die nog op de tafel stonden.

'Doe dat nou niet,' zei Anna. 'Het is...'

Fraser hief zijn vinger op om haar de mond te snoeren. 'Op de poster staat dat ik zelf bepaal hoeveel ik het eten waard vind en dit vind ik een passend bedrag. Eerlijk gezegd is het waarschijnlijk veel te weinig wat ik geef. Ik kom zeker een keer terug. Mijn vrouw, Emma, zal dit ook heel leuk vinden. Denk je ook niet, Jamie?'

'Ja,' zei zijn zoon. 'Dit vindt ze leuk! Zullen we volgende week gaan?'

Fraser trok vragend een wenkbrauw op, maar Anna schudde met een vermoeid lachje haar hoofd. 'O, ik denk niet dat ik dit nog eens ga doen.'

'Waarom niet?' vroeg Fraser. 'Vanwege die ene oude mopperaar? Die houdt zich voortaan wel koest.'

Anna glimlachte, maar zei verder niets meer. Ze wist hoe ontzettend belangrijk mond-tot-mondreclame was voor een onderneming als die van haar. Hoe begripvol en aardig Kate en Nathan ook hadden gereageerd, het was onvermijdelijk dat als ze aan anderen vertelden dat ze bij de Fishergirl's Luck hadden gegeten, ze ook zouden vertellen wat er was gebeurd. Ze kenden de voorgeschiedenis niet die tot de uitbarsting van Ouwe Robbie had geleid. In hun ogen was een kwetsbare oude man met een stok afgebekt en weggepest. Bovendien had al eerder iemand geprobeerd de opening van de lunchclub te verhinderen. De impact van die twee incidenten was ongetwijfeld groter dan de verlegenheid die ze nu voelde. En als Anna dit ooit nog een keer zou doen, zou ze daarbij altijd terugdenken aan die scherpe blik van ontzetting en vernedering op het gezicht van de oude man toen die zich omdraaide en wegging.

Fraser riep de twee jongens bij zich en ze liepen met z'n drieën naar de haven, waar de Cassie's Joy lag te wachten. Robert MacKenzie draalde, hielp haar de tafel afruimen.

'Het spijt me,' zei hij toen ze in de keuken stonden.

Anna bleef met haar rug naar hem toe staan en zette haar lading afwas bij de borden in de gootsteen. Ze leunde even tegen de rand en keek door het kleine raam naar de zee. 'Je wist dat hij stennis zou komen trappen,' zei ze. 'Niet dan?'

Het bleef even stil achter haar. 'Er gingen gisteravond geruchten in de pub. Dat hij de poster had gezien en wat mensen had gebeld, dat hij van plan was je tot sluiting te dwingen.'

Ze knikte en draaide zich om. 'Is dat de reden dat je gekomen bent?'

Hij keek van haar weg. 'Ik dacht dat hij het wel zou laten als ik er was. Het spijt me. Ik had beter eerder vandaag naar zijn huis kunnen gaan of ik had hem weg kunnen trekken.'

'Ik ben volwassen. Ik heb niemand nodig die mijn strijd van me overneemt. Je had het tegen me moeten zeggen en dan had ik het op mijn manier aangepakt.'

Hij keek haar met een sombere blik aan. 'Je hebt gelijk. Het spijt me.'

Ze knikte. 'Wat was dat over zijn huis?'

'Na de aardverschuiving weigerde hij te verhuizen. Hij is in dat huis geboren, heeft nooit ergens anders gewoond. Maar er moest veel aan het huis gerepareerd worden en daar had hij geen geld voor. Hij had nooit een hypotheek gehad, maar toen moest hij wel. Het lukte hem niet om op tijd te betalen. Ik heb de betalingen van hem overgenomen.'

Anna keek hem aan. 'Wat sympathiek van je.'

Hij schudde zijn hoofd. 'Ik doe wat ik kan. Cassie zou het zo gewild hebben. Wij, de lokale bewoners, zijn uiteindelijk allemaal familie van elkaar.'

Ze draaide zich om en keek naar de berg afwas in de gootsteen. 'Ga nu maar,' zei ze. 'Ze staan vast op je te wachten en ik moet hier eens aan beginnen.'

Het bleef even stil. Ze draaide zich niet om.

'Bedankt voor de lunch,' zei hij.

Toen was hij weg.

Selkie lass,

Ik heb iets stoms gedaan. Ik wilde helpen, maar ik heb het alleen maar erger gemaakt. Jij zou van tevoren tegen me gezegd hebben dat het een slecht idee was. Daar ben je goed in, zien wat er moet gebeuren en hoe dat moet.

Ik weet niet waarom ik er zo mee zit. Ik ken haar amper.

Als je hier was, kon je me vertellen hoe ik dit moet oplossen.

Als je hier was, had jij meteen het goede gedaan.

Waarom ben je niet hier?

18

Er kroop een hevige vermoeidheid in Anna's botten. Ze kon de melancholie waar ze last van had sinds Robert MacKenzie was vertrokken niet van zich afzetten. In stilte ruimde ze de keuken op en ze ging niet meer naar Pat voor een drankje. Ze kon de gedachte niet verdragen in detail te moeten vertellen over de vernedering van haar nieuwste aanvaring met Douglas McKean, al kon het zijn dat Pat alles vanuit haar raam had gezien. Anna pijnigde haar hersens, probeerde te bedenken hoe ze het beter had kunnen aanpakken, maar dat leverde niets op.

'Het gaat niet om jou,' zei Cathy tegen haar, toen de keuken eenmaal smetteloos schoon was en Anna met de telefoon tegen haar oor knus op de bank zat. 'Sommige mensen zijn gewoon zo. Ik ben blij dat die MacKenzie hem op zijn nummer heeft gezet.'

'Je hebt zijn gezicht niet gezien,' zei Anna. 'Hij keek of zijn wereld verging.'

'Je hoeft geen medelijden met hem te hebben. Dat verdient hij niet.'

'Ik heb ook geen medelijden met hem. Niet echt. Het deed me alleen beseffen dat er hier zoveel dingen zijn waar ik geen weet van heb. Dingen uit het verleden die ik nooit zal snappen, verbanden die ik nooit zal leggen. Ik dacht dat ik inmiddels aardig ingeburgerd was... Ik denk niet dat ik er hier ooit echt bij zal horen.'

'Dat moet je niet denken,' zei Cathy tegen haar. 'Je bent er pas een paar maanden. Denk aan alle positieve ontwikkelingen, alle vrienden die je hebt gemaakt.'

Anna zag Roberts gezicht voor zich vlak voor hij vertrok. Ze had zich gestoord aan zijn bemoeienis, omdat dit suggereerde dat hij dacht dat ze niet voor zichzelf kon opkomen. Maar hij had alleen maar willen helpen. Had ze zijn excuses eigenlijk wel aanvaard? Ze wist het niet meer.

'Ik weet niet of ik dat veel beter heb aangepakt,' zei ze met een zucht. 'Weet je, ik ga naar bed. Ik ben ontzettend moe. Ik ga slapen.'

'Dat is niets voor jou,' zei haar vriendin. 'Het is nog vroeg. Je gaat toch niet ziek worden?'

'Ik wil gewoon dat deze dag zo gauw mogelijk voorbij is, meer niet.'

Cathy humde meelevend. 'Morgen wordt het beter. Bel je me?'

Op zondagochtend werd Anna vroeg wakker, nog voordat de zon de golven van zwart naar groen liet verkleuren. Ze was zo misselijk dat zelfs zitten moeite kostte. Ze was boos op zichzelf. Het kwam door de stress. Daar had ze ook last van gehad toen ze net op de koksschool zat, en daarna de eerste dagen bij elke nieuwe baan. Ze was niet van plan weer tegen de stress te moeten vechten. Anna dwong zichzelf om op te staan en thee te zetten. Daarna ging ze in kleermakerszit bij haar slaapkamerraam zitten, met het gordijn open en het dekbed om haar schouders. Ze zag de bizarre kleuren van de zonsopgang veranderen toen de zon steeds verder boven de horizon kwam. De kleurbanen deden eerder denken aan het glazuur van Rhona's borden dan aan de noordelijke lucht. Aan haar rechterkant leken de klif en de huizen van Crovie in elkaar over te lopen in het vroege ochtendlicht. Ze hoorden bij elkaar, mochten nooit gescheiden worden, net zoals dat gold voor de lokale bevolking. Iedereen is op de een of andere manier familie van elkaar.

Ze liet die gedachte verder rusten en ging naar beneden om te douchen.

Vlak na negenen werd er op de deur geklopt. Anna ging ervan uit dat het David en Glynn waren, die zoals gewoonlijk met Bill langs haar huis kwamen, en ze was al een smoes aan het bedenken. Alleen al bij het idee over de kliffen te moeten wandelen werd ze moe. Toen ze opendeed, stonden er echter twee bekende jongens.

'Anna! We gaan vandaag de dolfijnen volgen tot waar ze helemaal naartoe gaan en dan kunnen we tellen hoeveel het er precies zijn, want Jamie en ik zijn het daar niet over eens. Ze lijken op weg naar Fraserburgh, dus wij ook, en omdat we toch langs Crovie kwamen, heb ik aan mijn vader gevraagd of we hier konden stoppen om te vragen of je mee wil. Dat vond hij niet goed. Hij zei dat je de dolfijnen al gezien had en waarschijnlijk op zondag liever zou uitslapen, maar ik zei dat je ze niet echt goed had gezien en oom Fraser en tante Emma vonden het een goed idee. En nu zijn we hier. Ga je met ons mee? Je moet alleen wel snel zijn, anders verliezen we ze misschien uit het oog.'

Jonge Robbie MacKenzie stopte eindelijk met praten om adem te halen en hij schoof zijn bril omhoog op zijn neus. Anna deed haar mond open. Aanvankelijk van verbazing en toen in een poging om antwoord te geven, maar in plaats daarvan kwam er een vraag uit. 'Tante Emma?'

'Dat is mijn moeder,' zei Jamie. 'Je zult dus niet de enige vrouw zijn.'

'Aha.'

'Kom nou!' zei Robbie dringend. 'Ik heb toch gezegd dat we snel moeten zijn?'

'Jongens,' klonk een vouwenstem half lachend halverwege het pad. 'We hadden nog zo gezegd dat jullie het beleefd aan Anna moesten vragen.'

'We zijn beleefd!' zei Robbie fel, toen de vrouw in het zicht kwam. 'Maar we willen ook dat ze opschiet!'

'Ssst,' zei de vrouw, terwijl ze een hand op Robbies hoofd legde. 'Hallo, Anna. Ik ben Emma, de moeder van Jamie. Sorry dat we je op zondagochtend lastigvallen.'

'Dat is helemaal niet erg,' zei Anna, en ze stak glimlachend haar hand uit. Emma gaf haar vriendelijk een stevige hand. 'Leuk je te ontmoeten. En bedankt voor het aanbod. Ik voel me vanochtend alleen niet zo fit, dus ik kan beter thuisblijven.'

'Nee!' kermde Robbie. 'Maar dan mis je ze allemaal! Ga alsjeblieft mee! Alsjeblieft!'

Emma glimlachte en keek over het pad naar de andere kant van het dorp. 'Zeker weten dat je niet liever meegaat om lekker uit te waaien?'

Anna wilde al zeggen dat ze echt niet meeging, maar toen herinnerde ze zich het mantra van toen ze hier net woonde. Zeg ja op zoveel mogelijk dingen zolang je hier bent. Bovendien voelde ze zich al een stuk beter nu ze een paar minuten in de buitenlucht was.

'Tja,' zei ze weifelend. 'Het is wel een mooie ochtend...'

'Ja!' juichten de jongens triomfantelijk in koor, waarna Jonge Robbie er 'schiet op!' aan toevoegde.

'Geef me vijf minuten,' zei Anna tegen Emma.

'Dat is prima. In de tussentijd loods ik deze twee deugnieten terug naar de boot,' zei Emma lachend. 'Tot zo bij de pier.'

Anna liet de deur open en hoorde de jongens roepen en praten terwijl ze over de kade liepen. Ze deed een extra trui en haar jas aan, waarna ze haar wandelschoenen aantrok en de anderen achternaging. Het geroezemoes op de wachtende boot zweefde naar haar toe, maar tot haar verbazing zag ze niet de Cassie's Joy liggen. In plaats daarvan lag er bij de pier van Crovie een groter plezierjacht met een gestroomlijnde, glanzend witte romp en chromen relingen. Fraser stond aan het roer. Hij had een belachelijk zeemanspetje scheef op zijn hoofd staan. Anna had zo'n vermoeden dat die van zijn zoon was. Emma was op de achtersteven druk bezig de jongens een reddingsvest aan te trekken, hoewel de jongens luidkeels protesteerden dat dat voor domme kinderen was. Anna voelde zich opnieuw ongemakkelijk toen ze besefte dat dit niet Roberts boot was.

'Ahoi, landrot!' riep Fraser toen hij haar zag. 'Klaar voor een avontuur op de woeste golven?'

'Als ik er nog bij pas,' zei Anna toen ze eindelijk Robert MacKenzie zag. Hij zat op zijn hurken naast Fraser, met zijn rug naar haar toe, en bond een opgevouwen zeildoek vast. Hij draaide zijn hoofd niet eens haar kant op toen hij haar hoorde praten. Anna dubde nog meer of ze hier wel goed aan deed. Ze dacht weer aan het opgewonden relaas van zijn zoon toen die bij de Fishergirl's Luck op de stoep stond. Eindelijk en veel te laat drong de betekenis van zijn woorden tot haar door. Dat vond hij niet goed.

Robert had niet gewild dat ze meeging. Waarom ook na hun gênante afscheid gisteren? Maar het was niet zijn boot en dus hadden Fraser en Emma het voor het zeggen. Anna wilde dat ze zich niet had laten overhalen en thuis was gebleven.

'Natuurlijk pas je er nog bij,' zei Fraser. 'Kom aan boord.'

Ouwe Robbie kwam eindelijk overeind en draaide zich om op het moment dat Anna de boot op stapte. Hij schonk haar een gereserveerde glimlach en kwam dichter bij haar staan toen Fraser het open water op voer.

'Goedemorgen,' zei hij rustig bij het gegrom van de motor van de boot.

'Hoi.'

'Hoe gaat het met je?'

'Goed, dank je.'

Er was wat commotie aan de andere kant van de boot. Anna keek langs Robert en zag Emma met Jonge Robbie worstelen, alsof ze wilde verhinderen dat hij naar hen toe zou komen.

'Robbie zei dat je mij er niet bij wilde hebben.'

'Ik wilde niet dat je voor het blok gezet zou worden nadat ik je gisteren zo diep beledigd had.'

Anna zuchtte. 'Je hebt me niet beledigd. Het punt is alleen... Ik heb jarenlang niet zelf kunnen bepalen hoe ik dingen aanpakte.'

Hij knikte. 'Dat weet ik en het spijt me.'

'En ik moet jou waarschijnlijk mijn excuses aanbieden voor gisteren,' zei Anna. 'Ik weet dat je me alleen maar probeerde te helpen.'

'Je hoeft je nergens voor te verontschuldigen,' zei hij. 'Tenzij je er door het voorval met Dougie niet mee wil doorgaan. Dat zou doodzonde zijn.'

Anna's blik gleed bewust naar de open oceaan voor hen. De boot ging sneller varen toen ze de inham uit waren en de kust zich voor hen uitstrekte. Klif, strand en golfslag vormden samen volmaakte bogen van aarde en water.

'Ahoi, dolfijnen!' riep Fraser van achter het scherm bij het roer. 'Ik zie ze, jongens! We hebben ze gevonden!'

De twee kinderen juichten en renden naar voren, gingen over de reling hangen.

'Ik zal erover nadenken,' zei ze tegen hem. 'Laten we nu onze aandacht op de dolfijnen richten.'

19

De groep dolfijnen sprong en dook voor de boot uit. Gestroomlijnde gestalten die zo strak uit het water sprongen dat ze amper een spoor achterlieten. Anna en Emma leunden naast de twee jongens tegen de reling. De jongens probeerden ze te tellen. Dat was lastig, doordat ze nu eens boven en dan weer onder water waren. Jamie en Robbie wezen en riepen, hingen voorover en joelden. Ze waren uitgelaten en hadden een duidelijk doel.

Anna ving Emma's blik en glimlachte. 'Denk je dat ze weten dat we hier zijn?'

'De jongens of de dolfijnen?' vroeg Emma droog. De jongens leken met de minuut drukker te worden.

Anna lachte en wees naar een volmaakte boog toen er een dolfijn uit het water kwam, verderop weer strak in het water dook en uit het zicht verdween. 'Wat een prachtig gezicht. Waarom doen ze dat eigenlijk?'

Emma schudde haar hoofd. 'Volgens mij gewoon omdat het kan. Zou jij dat dan niet doen als je dat zou kunnen?'

'O, zeker.'

De twee vrouwen kletsten en wisselden verhalen uit, leerden elkaar in de loop van de dag steeds beter kennen. Zoals Fraser al had verteld, ging Emma elke dag voor haar werk naar Inverness, waar ze afdelingshoofd bij een grote bank was.

'Ik wil dit werk niet de rest van mijn leven blijven doen,' bekende ze, 'maar het biedt financiële zekerheid en dat is tegenwoordig heel wat waard. Dat is ook de reden dat ik grote bewondering voor je heb, Anna. Je hebt alles opgegeven om een nieuwe start te maken.'

'Voor mij lag dat uiteraard anders. Ik hoef geen gezin te onderhouden.'

'Dat klopt,' zei Emma, 'maar het is toch een grote stap. Hoe bevalt het tot nu toe?' vroeg ze. Ze lachte toen ze Anna direct een gezicht zag trekken. 'Zo goed?'

'O, sommige dingen waren geweldig,' zei Anna tegen haar. 'Nieuwe mensen leren kennen zoals jij en Fraser en Robert en de jongens. Op een prachtige plek wonen. Maar ik neem aan dat je ook gehoord hebt van mijn aanvaring met Douglas McKean gisteren?'

'Trek je er niets van aan, dat is mijn advies,' zei Emma. 'Zulke dingen hebben tijd nodig. En Schotten hebben er moeite mee onbekenden in hun leven toe te laten,' zei ze. 'Zeker als die onbekende een Engelse nieuwkomer is.'

Terwijl ze samen lachten, viel de motor stil. Ze draaiden zich om naar de stuurhut en zagen dat de kinderen nu nog drukker en luidruchtiger waren.

'Kijk,' zei Fraser, en hij wees naar de dolfijnen. 'Hoorden jullie de jongens niet roepen?'

In het water had de groep zich omgedraaid en de dolfijnen kwamen nu naar de boot toe, waarbij ze door de golven en het witte, door de wind losgerukte schuim sprongen. Algauw zwommen de dieren naast de boot. Hun lenige lijven kronkelden onder het oppervlak en braken erdoorheen. En ze lieten hun onmiskenbare hoge gefluit horen. De twee jongens renden langs hen naar de andere kant van de boot. Anna ging achter hen aan en boog zich over de reling toen de groep als een golf langstrok. Het was bijna of de dolfijnen naar de mensen keken, net zoals de mensen naar hen keken. De jongens staken hun armen uit, met hun handpalm omlaag. Even later slaakte Jamie een verbijsterde kreet toen een van de dolfijnen naar boven kwam en met een natte neus tegen zijn vingers tikte.

'Zie je nou wel?' riep Jonge Robbie, en hij wees naar de rand van de groep. 'Ik zei toch dat er een baby was? Ik zei het!'

Daar, dicht bij zijn moeder, zwom een babydolfijn, bleker dan de oudere dolfijnen, met nieuwsgierige ogen die zijn nieuwsgierige neus volgden. De babydolfijn keek naar hen met een veel schrandere blik dan je zou verwachten.

Ze bleven tot laat in de middag op de boot, tot de zon eindelijk naar de horizon zakte. Tegen de tijd dat ze terug waren in Crovie, was Anna weer moe, maar ze glimlachte toen ze de pier op stapte. Na al die uren op de deinende golven, was het raar om weer vaste grond onder haar voeten te hebben.

'Bedankt dat ik mee mocht,' zei ze tegen de anderen. 'Het was een geweldige dag en ik ben ontzettend blij dat we de babydolfijn hebben gezien!'

'Ga nog een keer mee,' riep Jonge Robbie. 'We gaan elke dag bij hem kijken tot hij groot is.'

'O, is dat zo?' vroeg zijn vader. 'Daar weet ik niets van.'

'We moeten controleren of het goed met hem gaat, papa,' zei zijn zoon met duidelijk aangeleerd kindergeduld. 'Dat is onze verantwoordelijkheid.'

'Juist ja.' Robert draaide zich met zijn handen in zijn zij en een grijns op zijn gezicht om naar Anna. 'Zo te horen heb ik mijn eigen graf gegraven.'

Anna lachte. 'Je mag me altijd meevragen als je gezelschap wilt op patrouille.'

Hij schonk haar een brede, ontspannen glimlach, waardoor hij jonger en vrolijker leek dan ze hem tot nu toe had gezien. 'Klinkt goed. Fijn dat je mee bent gegaan, Anna.'

'Fijn dat ik mee mocht! Ik vond het heel leuk.'

Toen de boot de haven verliet, sloeg Robert een arm om de

schouders van zijn zoon. Hij riep zo hard dat hij boven het geluid van de golven en de motor uitkwam. 'Organiseer nog een lunch bij de Fishergirl's Luck.'

'Misschien,' riep ze terug.

'Beloof het!'

Ze lachte. 'Ik doe geen beloftes die ik misschien niet kan nakomen.'

Hij gooide zogenaamd geërgerd zijn armen in de lucht maar lachte nog steeds. Even later verdween de boot om de landtong, op weg naar Gamrie.

20

'O,' zei Cathy, die belde vlak nadat Anna terug was van haar onverwachte expeditie. 'Je hebt een druk weekend. En wat ga je nu doen?'

Anna keek op de klok. Het was net acht uur, maar ze had moeite haar ogen open te houden. 'Ik denk dat ik naar bed ga en ga slapen.'

'Wat? Alweer? Dat is niets voor jou,' zei Cathy.

'Ik weet het,' zei Anna lachend. 'Ik kan niet veel meer hebben sinds ik hier ben. Het zal wel door alle zeelucht van vandaag komen… Ik ben doodmoe. Of misschien is het de leeftijd. Bij vrouwen is het toch altijd de leeftijd. Niet dan?'

'Als het maar geen depressie is,' zei Cathy serieus. 'Je zegt dat je er niet mee zit dat je relatie met die knappe Kiwi voorbij is, maar…'

'Het is geen depressie,' verzekerde Anna haar. 'Echt niet.'

'Als je het zegt. En ik had het eigenlijk meer over het leven in het algemeen. Het pop-uprestaurant, bijvoorbeeld. Organiseer nog een paar keer een lunch, dan heb je meteen wat te doen.'

Anna zuchtte. 'Robert MacKenzie probeerde me ook al over te halen.'

'Slimme vent. Ik wist dat er een reden was dat ik hem mocht.'

'Je hebt hem nooit ontmoet.'

'Dat hoeft ook niet. Hij steunt je en dat zegt genoeg. Bovendien, alsof ik iemand niet zou mogen die jij als "een jonge Robert Redford" omschrijft.'

Anna leunde tegen de bank en schudde haar hoofd. 'Ik weet nog niet of ik nog een lunch doe.'

'Maar het ging zo goed!'

'Afgezien van de vernedering door Douglas McKean, bedoel je?'

'Je laat het toch niet door één chagrijnige oude zak bederven?'

'Zoiets zei Robert ook al.'

'Zie je nou wel? Slimme vent. En denk eens aan alles wat je voor die eerste lunch hebt aangeschaft. De borden, bijvoorbeeld. Het zou zonde zijn die niet nog een keer te gebruiken.'

'Ik weet het, ik weet het. Maar het gaat niet alleen om één oude man. Hij heeft niet naar de voedsel- en warenautoriteit gebeld. Er is hier nog iemand die me niet mag.'

Cathy maakte een smalend geluid in haar keel. 'Wat kan jou het schelen? Er zijn duidelijk meer mensen voor dan tegen je. Doe binnenkort nog een lunch. Ik zal een poster voor je maken. En weet je wat een goed idee zou zijn? Een Tripadvisor-vermelding voor de Fishergirl's Luck.'

'Nou, nee,' zei Anna, die hoorde dat Cathy aan de andere kant van de lijn met van alles bezig was. 'Het is alleen maar voor deze zomer.'

'Dat maakt toch niet uit?' zei Cathy, die ondertussen op een toetsenbord zat te tikken. 'Dat is goede publiciteit. Het is vast niet moeilijk om dat te regelen. Wacht even, ik zit net te lezen hoe dat moet...'

Het bleef even stil. Toen zei Cathy: 'Krijg nou wat.'

'Wat is er?' vroeg Anna.

'Er is al een vermelding. Met een beoordeling van vijf sterren.'

Anna ging rechtop zitten. 'Wat?'

'Iemand heeft al een pagina aangemaakt voor de Fishergirl's Luck. Er staat een foto bij van de picknickbank. "Een unieke eetervaring. Dichter bij de zee kan niet"', las Cathy voor. Anna

pakte haar iPad en zette hem aan. '"Het eten was zo vers dat de vis bijna nog met zijn staart zwiepte... We hebben zelden zo lekker gegeten in een vijfsterrenrestaurant... Couleur locale..."'
Cathy lachte. '"Couleur locale"! Zo kun je het ook noemen! "Couleur locale en het gezelschap maakten het tot een onvergetelijke lunch. We wensen de Fishergirl's Luck veel succes en hopen er binnenkort nog eens te eten".'

Anna keek naar de beoordeling op haar scherm.

'Heb je het gevonden?' vroeg Cathy.

'Ja,' zei Anna zacht.

'Het is er gisteren opgezet door Nathan en Kate Archer.'

'Dat is dat stel dat hier tegelijk met Robert en Fraser was.'

'Ze moeten die pagina zelf hebben aangemaakt,' zei Cathy. 'Geweldig toch, zo'n eerste recensie?'

Anna zweeg en keek naar het scherm.

'Anna? Gaat het?'

'Ja,' zei ze. 'Ik moet het even verwerken, meer niet.'

'Weet je, nu moet je wel meer lunches gaan organiseren bij de Fishergirl's Luck,' zei Cathy.

Rhona dacht er net zo over. Ze kwam de volgende avond. De twee vrouwen dronken een glas wijn en aten risotto met citroen en doperwten.

'Ja, je moet er meer doen,' zei Rhona, toen ze na het avondeten ontspannen zaten te kletsen. Ze had haar lange gestalte opgekruld in een van de fauteuils. 'Het zou heel jammer zijn als je dat niet deed. En ik zal je één ding zeggen: als je de gedachtekronkels van een oude man probeert te begrijpen, word je gek. Je kunt je tijd wel beter besteden. Niet doen dus, is mijn advies. Het is jouw huis, Anna. Je moet ophouden met doen alsof je toestemming nodig hebt om hier te zijn, want dat is onzin. En het blijft geen mooi weer. In de zomer stormt het hier geregeld,' zei Rhona tegen haar. 'Als ik jou was, zou ik van het mooie weer profiteren.'

'Goed, goed,' zei Anna lachend. 'Je hebt me overtuigd. Er komt een volgende lunch bij de Fishergirl's Luck.'

'Mooi,' zei Rhona. 'Wanneer?'

Anna trok een gezicht. 'Wat ben jij streng, zeg. Later deze week, als ik een beetje bijgekomen ben. Laten we het op vrijdag houden.'

Haar vriendin hief haar glas als toost. 'Daar drink ik op.'

De twee vrouwen glimlachten naar elkaar en klonken. Anna bedacht dat het een volmaakte avond zou zijn als ze niet weer zo moe was. Als ze de volgende keer boodschappen ging doen, moest ze ook multivitaminen kopen.

Toen Anna de volgende ochtend wakker werd, was ze zo misselijk dat ze maar net op tijd in de badkamer was. Nadat ze had overgegeven, voelde ze zich wat beter. Ze had geen idee waar ze iets kon hebben opgelopen. Even vroeg ze zich af of het door het eten van gisteravond kwam, maar dat was onmogelijk. Zelfs slapend zou ze nog een volmaakte risotto kunnen maken. Toch zat ze er wel mee, want als ze buikgriep had, kon ze de lunchclub niet doen. Ze had dan wel geen koorts, maar ze moest achtenveertig uur klachtenvrij zijn, anders mocht ze geen eten serveren. Later die dag knapte ze tot haar opluchting een beetje op. Wat ze ook onder de leden had, het leek over te gaan.

Pas toen Anna voor de derde ochtend op rij misselijk was, drong het idee dat in haar achterhoofd had gezeten, zich in volle omvang aan haar op. Ze keek op de kalender die naast de deur van de Fishergirl's Luck hing, en telde de dagen. Dat maakte het alleen maar erger. Haar menstruatie was onregelmatig, kwam nu eens te vroeg, dan weer te laat en bleef soms helemaal weg. Daar had ze als tiener vaak over gepiekerd. Ze was zich er altijd van bewust dat ze geen moeder meer had en toen werd het helemaal onmogelijk dat te negeren. Haar vader deed zijn best, maar Anna zag het helemaal niet zitten om met hem over zulke zaken te praten. Op haar zestiende was ze nog steeds niet ongesteld geworden en heimelijk dacht ze dat er iets vreselijk mis met haar was. En toen op een dag, na een flauwe steek, zag ze op een ochtend een lichtrode vlek. Naarmate de dag vorderde, verloor ze nog wat bloed maar de volgende dag was het alweer over. Ze had de datum zorgvuldig genoteerd en wachtte een maand later in spanning af, maar er gebeurde niets. Pas drie maanden later werd ze weer ongesteld, al stelde het ook toen niet veel voor.

Pas nadat een van haar moeders oudste vriendinnen haar naar de huisarts had gestuurd, was ze er eindelijk gerust op. Ze sprak geregeld af met een jongen die Nick heette en in het eindexamenjaar zat. Haar vader was daar zo van geschrokken dat hij 'tante' Violet erbij had gehaald om met Anna te praten. Violet had haar drie adviezen gegeven. 'Gebruik altijd een condoom. Laat je nooit overhalen iets te doen wat je niet wilt. Ga aan de pil.'

Ze ging naar de huisarts en al haar zorgen waren eruit gekomen. Dokter Jeffries, die ze haar hele leven al kende, had geluisterd en had af en toe met haar keurige grijze kapsel geknikt.

'Je maakt je hier al langer zorgen over, is het niet?' had ze gevraagd toen Anna haar verhaal had gedaan. 'Je moeder had dat ook. Ze was zo onregelmatig dat ze al twee maanden zwanger was voordat ze doorhad dat jij op komst was.'

Anna had al jaren niet meer aan dat gesprek gedacht. Ze was niet aan de pil. Toen ze nog met Geoff was, had ze de pil geslikt omdat hij dat per se wilde, hoewel Anna altijd te horen had gekregen dat de kans dat ze per ongeluk zwanger zou raken heel klein was, doordat haar menstruatie zo onregelmatig was. Geoff geloofde dat niet en had er geen boodschap aan dat ze door de anticonceptiehormonen last had van huidproblemen en stemmingswisselingen. 'Condooms zijn niet honderd procent veilig.

Het gaat weleens mis en daar heb ik geen zin in. Je hoeft alleen maar een pilletje te slikken. Wat is het probleem?'

De pil slikken was een van de eerste dingen waar ze na de breuk met Geoff mee was gestopt. Los van alle andere afwegingen had ze niet verwacht zo snel weer een relatie te hebben.

Maar Liam en ik hebben een condoom gebruikt, dacht ze. Altijd. Ja, toch? Behalve... Helemaal in het begin hadden we een keer te veel gedronken. Misschien dat we toen...

Anna's hart klopte onregelmatig. Het zou toch niet? Ze kon niet zwanger zijn, of wel? *Ik heb jaren de pil geslikt. Iedereen zegt dat het heel lang duurt voordat al die hormonen uit je lijf zijn. Mijn menstruatiecyclus is heel onregelmatig en op mijn leeftijd is het sowieso lastig om zwanger te worden. En het was maar één keer, alleen die ene keer...*

Ze ging op de bank zitten. Alle puzzelstukjes vielen opeens op hun plaats. De onverklaarbare uitputting, de misselijkheid, het overgeven 's ochtends...

O mijn god.

Anna dwong zichzelf rustig adem te halen. Of ze nu wel of niet zwanger was, ze moest het zo gauw mogelijk weten. Uitstellen had geen zin. Er waren maar twee mogelijkheden. De test was negatief en dan kon ze erom lachen, of de test was positief en dan moest ze bedenken wat ze ging doen. Ze vermande zich, stond op, pakte haar autosleutels en ging op pad.

Binnen een uur was ze terug. Ze leunde tegen de kleine wastafel in de badkamer. De ochtendmisselijkheid had plaatsgemaakt voor een knoop van spanning en nog iets anders, een zekere verwachting die haar hart sneller deed slaan en kriebels in haar buik veroorzaakte.

Doordat ze met koken gewend was op de tijd te letten, kon ze vrij goed inschatten hoeveel minuten er verstreken waren. Ze dwong zichzelf vier minuten te wachten en keek toen naar het witte staafje. Ze hoefde het niet eens te pakken, ze zag het zo al.

Twee blauwe streepjes. Twee.

Anna's benen werden slap en ze liet zich op de vloer zakken, leunde tegen de muur tussen de wastafel en de deur. Even was haar hoofd helemaal leeg. Ze legde een hand op haar buik en voelde zich dom. Alsof er iets te voelen zou zijn. Het wezentje was hooguit zes weken oud, dit heimelijke klompje cellen dat haar hele leven op zijn kop zette.

De koude vloertegels dwongen Anna om overeind te komen. Ze ging naar de woonkamer en was nog steeds versuft. Ze ging op de bank zitten, zette haar ellebogen op haar knieën en sloeg haar handen voor haar gezicht.

Zwanger.

Selkie lass,

We moeten echt goed op onze zoon letten. Ik heb hem vandaag betrapt toen hij in zijn eentje met de jol weg wilde. Net toen we op dolfijnenpatrouille zouden gaan, werd ik opgeroepen. Ik zei tegen hem dat hij moest wachten tot Barbara kwam en dat we die dolfijnenpatrouille later zouden doen. Maar toen ik de auto keerde, zag ik hem – met zijn rugzak om – wegglippen. Hij zei dat hij moest controleren hoe het met de babydolfijn ging. Er zat niets anders op dan hem bij Barbara af te leveren, gewoon voor de zekerheid.

We hebben een kind met meer verantwoordelijkheidsbesef dan goed voor hem is. Dat is het hele punt

Kun je hem in de gaten houden? Dat lukt me niet in mijn eentje.

21

'Waar zit je? Je mijdt me toch niet? Ik zou niet weten waarom je dat zou doen.'

Zondagochtend. Cathy's stem op het antwoordapparaat van haar vaste lijn.

'Ik heb je al zo lang niet gesproken,' ging Cathy verder. 'Alleen mailtjes en appjes. Kom op, mens, bel even terug. Ik wil weten hoe het gegaan is met de lunches.'

Anna wachtte op de piep, verwijderde het bericht en liep doodmoe naar de keuken. Ze hoefde vanochtend niet over te geven, was alleen een beetje misselijk. Terwijl ze de ketel vulde, keek ze door het kleine raam boven de gootsteen. De zee was vandaag onstuimig. Azuurblauwe en turkooizen strepen in een branding die, opgestuwd door de wind, eindeloos naar haar toe rolde. Ze stond te kijken naar de vormen die de golven maakten, gebogen en hoekig tegelijk. Dat was rustgevend voor een hoofd dat uitgeput was door fysieke vermoeidheid en in een kringetje redeneren.

Het antwoord op Cathy's vraag was dat het heel goed was gegaan. Zowel vrijdag als zaterdag waren alle plekken bezet. En ditmaal waren er geen gênante onderbrekingen door Douglas McKean. Anna had de lunches ervaren als een aangename bubbel van activiteit en geklets. Ze was erdoorheen gezweefd, was zelfverzekerd met honderd dingen tegelijk bezig in de keuken. En ze vond het prettig dat ze door de lichamelijke inspanning minder tijd had om na te denken.

Nu was het zondag en had ze niets omhanden. Haar gedachten wervelden, net als de golven voor haar huisje. Ze zette thee en ging op de bank zitten, luisterde naar de gierende wind rondom de Fishergirl's Luck. Ze stelde zich Bren voor en vroeg zich af of die ooit ook zo had gezeten, piekerend over een moeilijke situatie, een uitweg zoekend uit de onzekerheid, om na veel wikken en wegen een moeilijke beslissing te nemen. Anna betwijfelde het. Als ze aan Bren MacKenzie dacht, zag ze een capabele, beheerste vrouw voor zich die altijd haar eigen zin had gedaan, een vrouw die haar eigen levenspad had uitgestippeld en dat vastberaden had bewandeld. Wie anders zou bij het zien van deze oude stenen schuur gedacht hebben dat je erin kon wonen, waarna ze er een toevluchtsoord van had gemaakt? En dan te bedenken in welke tijd Bren dat had gedaan, toen er van vrouwen, zeker hier aan de rafelige rand van een wrede kust, verwacht werd dat ze een heel ander levenspad zouden volgen. Iets in Anna wilde dat Bren nu hier was. Ze stelde zich voor dat Bren goed kon luisteren, dat ze met een dampende kop thee en een geduldige blik in haar ogen tegenover haar zou zitten terwijl Anna over haar problemen vertelde. Wat zou Bren haar adviseren? Ze was nooit getrouwd, had geen kinderen. Was dat een bewuste keuze geweest, vroeg Anna zich nu af, of was het er eenvoudigweg nooit van gekomen?

Bren was hier niet en kon haar niet helpen, zeker niet met de lastige vraag die Anna moest beantwoorden. Ze bracht haar mok naar haar lippen en besefte dat ze haar thee al ophad. Ze liep naar de keuken, zette de ketel op en keek op de klok. Het was bijna tien uur. Gewoonlijk klopten Glynn en David rond dit tijdstip op haar deur, maar die zaten een week in Portugal, waar de kans op zon veel groter was. Anna wachtte tot haar tweede mok thee van die dag klaar was. Haar hart klopte wat sneller toen ze melk door haar thee roerde. Toen liep ze naar de telefoon en toetste ze Cathy's nummer in.

Het is zover, dacht ze toen de telefoon overging. Als ik het tegen iemand zeg, is het echt en moet ik een oplossing vinden.

'Eindelijk!' riep Cathy, nadat Anna hallo had gezegd. 'Ik begon al te denken dat die lekkere Kiwi terug was gekomen en je naar Nieuw-Zeeland had meegenomen.'

Anna kon er niet eens om lachen. 'Nee, dat niet.'

'Wat is er?' vroeg haar vriendin meteen. 'Heeft die oude man weer moeilijk lopen doen?'

'Nee, nee. De lunches zijn goed gegaan, heel goed zelfs.'

'Oké. Dat is mooi, maar wat is er dan?'

Anna slikte, maar de woorden bleven in haar keel steken.

'Anna?'

'Ik ben zwanger,' zei ze. 'Daar ben ik woensdag achter gekomen.'

Het was even stil en toen: 'O.'

'Zo te horen ben je opgelucht.'

'Dat ben ik ook. Ik dacht even dat je zou gaan zeggen dat die extreme vermoeidheid een andere oorzaak had. Iets veel ergers.'

'Nee, dat is het niet,' zei Anna. Ze liet haar vingers over haar buik glijden, keek naar een nog niet aanwezige bobbel. 'Het komt door een baby. Door iets wat een baby kan worden.'

'Oké,' zei haar vriendin voorzichtig. 'Gaat het goed met je?'

'Dat weet ik niet. Lichamelijk gezien wel, maar verder...'

'Ja, ik snap het.'

Anna sloot haar ogen. 'Ik weet niet wat ik moet doen.'

'Dat geeft niet. Je kunt de beslissing nog even uitstellen. Niet al te lang natuurlijk, maar zo ver kun je nog niet zijn. En je kunt me alles vertellen.'

'Ik ben zo'n sukkel.'

'Zulke dingen gebeuren. Het heeft geen zin om daarbij stil te staan, of wel soms?' zei Cathy vriendelijk. 'Het belangrijkste is wat je nu gaat doen. Ik ga je iets vragen. Verkeerde antwoorden bestaan niet en je mag zelf weten of je het antwoord hardop zegt of niet. Het punt is dat je erover nadenkt. Oké?'

Anna werd nerveus. 'Oké.'

'Toen je erachter kwam, wat was toen je eerste reactie? Het kan zijn dat er meerdere reacties waren. Wat zei je gevoel?'

'Dat ochtendmisselijkheid geen pretje is?' zei Anna in een poging tot een grapje.

'Een bepaald gevoel zal overheerst hebben,' zei Cathy. 'Zo is het toch?'

Anna dacht aan wat er de afgelopen dagen door haar hoofd had gespookt.

'Ik denk dat ik het wil houden,' zei ze. Toen ratelde ze aan één stuk door. 'Dat was mijn eerste reactie. Volgend jaar word ik veertig. Ik heb geen relatie. Dat zie ik in de nabije toekomst ook niet gebeuren. Het kan zijn dat dit mijn enige kans is om een kind te krijgen. Als ik het niet doe, denk ik dat ik daar spijt van zal krijgen. Maar de vader gaat terug naar de andere kant van de wereld, ik heb geen werk en ik woon in een schuur die bij de volgende stevige storm tegen de kade geblazen kan worden.'

Cathy slaakte een zucht waar een lach in doorklonk. 'Oké.'

Anna haalde diep adem en fronste haar wenkbrauwen. 'Ik weet niet waar dat allemaal vandaan kwam. Ik kan het niet houden. Dat is een belachelijk idee. Er zijn zoveel redenen waarom...'

'Hé,' onderbrak haar vriendin haar. 'Als iedereen logisch zou nadenken over het besluit om kinderen te nemen, werden er bijna geen baby's meer geboren. Dan werden er alleen nog kinderen met een zilveren lepel in de mond geboren. Een kind hebben is lastig en als je het niet wilt, is dat ook goed. Maar als je het wel wilt, is er heus wel een oplossing voor die andere problemen te vinden.'

'Denk je?'

'Het zal niet gemakkelijk zijn. Sterker nog, het zal best zwaar worden. Maar er zijn vrouwen die in moeilijkere omstandigheden een kind hebben gekregen en dat was niet het einde van de wereld.'

Anna boog zich naar voren en legde haar hoofd op haar knieen. 'Dit is echt waanzin. Wat dacht ik eigenlijk?'

'Je zult op dat moment wel niet veel nagedacht hebben...'

'Als ik het houd, moet ik het aan Liam vertellen. Hoe moet ik dat in vredesnaam doen? "Hoi, ik weet dat we hadden afgesproken dat het vrijblijvend was, dat het niet meer was dan samen plezier hebben, en dat we allebei al zijn doorgegaan met ons leven. Ik weet ook dat je terug naar huis gaat en dat ik je ermee overval, maar je wordt vader." O, dat wordt een vreselijk gesprek.'

'Weet je,' zei Cathy, die advocaat van de duivel speelde, 'hij vertrekt binnenkort. Waarschijnlijk is er dan nog niets van te zien en als hij toch nooit meer terugkomt...'

'Nee, dat kan echt niet.'

'Je weet niet hoe hij erin staat. Misschien is hij meer van "wat niet weet, wat niet deert". Het moet jouw beslissing zijn, Anna. Als je naar hem toe gaat en tegen hem zegt dat je het wilt houden en hij zegt nee – of andersom, dat kan ook – dan weet ik zeker dat je hem zijn zin geeft. Dat komt doordat Geoff je jarenlang heeft wijsgemaakt dat het zo werkt in een relatie. En in dit geval kan dat niet. Jij zit straks met de gevolgen. Of je het nu wel of niet zegt, hij zit dan aan de andere kant van de wereld en hoeft zijn plannen niet om te gooien.'

Anna kreunde. 'Ik moet nadenken. Ik moet een paar dagen wennen aan het idee dat ik een kind zou kunnen hebben. En dan kijk ik wel of ik van gedachten verander.'

'Doe dat. Als je erover wilt praten, mag je me altijd bellen. En bedenk dat het niet om goed of fout gaat. Het zou alleen een verkeerde beslissing zijn als je iets zou doen waar je zelf niet achter staat. Steve en ik zullen je steunen, wat je ook besluit. Oké?'

Anna slaakte een diepe zucht. 'Bedankt.'

'Kop op, lassie,' zei Cathy in een absurd noordelijk accent.

Anna lachte. 'Ik mis je.'

'Ik mis jou ook. Bedankt dat je het me verteld hebt. En moet je horen, wat er ook gebeurt, het komt allemaal goed. Oké?'

Ze kletsen nog een tijdje. Anna vertelde tot in detail hoe het beide keren met de lunchclub was gegaan. Het was duidelijk dat ze het belangrijkste gespreksonderwerp even moesten laten rusten.

'Het waait hier trouwens behoorlijk,' zei Anna tegen Cathy. 'Ik denk dat ik straks naar buiten ga. Een frisse neus halen. Even lekker uitwaaien.'

Ze namen afscheid en Anna kleedde zich op een frisse wandeling over de klif. Ze droeg een spijkerbroek en een fleecetrui, en daaroverheen een waterdicht jack. Ze draaide net de deur van de Fishergirl's Luck op slot toen ze ondanks de gierende wind stemmen bij de kade hoorde.

'Zo te zien zijn we net op tijd!'

Ze draaide zich om en zag Ouwe en Jonge Robert MacKenzie haar kant op komen. Ze lachten. De wind blies hun haar alle kanten op. Ze droegen allebei een geel jack.

'We gaan op dolfijnenpatrouille!' riep Jonge Robbie. 'Ga je mee?'

Even vergat Anna het geheim dat ze met zich meedroeg, vergat hoeveel impact dat zou hebben op alles en iedereen om haar heen als het eenmaal bekend was. De aanblik van het tweetal – hun enthousiasme, hun rode wangen van de wind – maakte haar aan het lachen alsof dit een gewone zondagmiddag was.

'We zijn maar met z'n tweeën,' zei Ouwe Robbie toen hij voor haar bleef staan. Er lag een twinkeling in zijn ogen. 'Fraser en Jamie zijn met Emma naar Inverness voor een high tea. Ze is vandaag jarig.'

'O, als ik dat had geweten, had ik iets voor haar gekocht,' zei Anna. 'Ik ga het opschrijven zodat ik het volgend jaar niet vergeet.'

Roberts lach verbreedde zich. 'Blij toe,' zei hij.

'Hoezo?'

'Dat betekent dat je hier volgend jaar nog bent.'

Anna knipperde met haar ogen. De verspreking was haar niet eens opgevallen.

'Een paar weken geleden zei je nog dat je niet wist of je zou blijven of zelfs ooit zou terugkomen.' Robert stootte de arm van zijn zoon aan en Anna besefte dat Jonge Robbie zelfs in die korte tijd dat ze hem kende, gegroeid was. 'Dan hebben we toch iets goed gedaan, jongen.'

Jonge Robbie keek haar met een stralende glimlach aan en schoof zijn bril omhoog op zijn neus. 'Je moet leren zeilen en een boot kopen,' zei hij. 'Dan kun je echt meedoen met de dolfijnenpatrouille.'

'Ze doet al echt mee,' zei Robert zogenaamd berispend tegen Jonge Robbie. 'Ze gaat met ons mee in deze storm terwijl ze ook lekker een hele zondag thuis op de bank had kunnen zitten. Niet dan?'

Anna keek naar hen en voelde een vreemde steek, een vaag verlangen dat zich bij gebrek aan een betere plek in haar hart nestelde. Er moest iets aan haar gezicht te zien zijn, want Roberts glimlach verdween.

'Je hoeft niet mee,' zei hij.

'Nee,' zei Anna vlug, 'dat is het niet. Ik ga graag mee. Laten we gauw vertrekken voordat het gaat regenen.'

Hij keek nog steeds bedenkelijk toen ze achter de jongen aan naar de boot toe liepen, die in het haventje van Crovie op de golven dobberde.

'Sorry,' zei hij zacht. 'Robbie slaat soms een beetje door, maar ik wil er niets van zeggen omdat ik hem niet wil ontmoedigen. Dat zou ik misschien wel moeten doen.'

'Doe niet zo gek,' zei Anna. 'Robbie is een geweldige jongen. Jij bent een geweldige vader. Ik weet niet hoe je dat doet. Ik zou het niet kunnen.'

'Dat kun je wel,' zei hij tegen haar. Hij sprak nog steeds zacht. 'Als jij iets in je hoofd hebt, lukt dat. En je zou een geweldige moeder zijn. Moet je kijken hoe dol mijn zoon al op je is.'

Anna zei niets toen hij haar in de boot hielp. Ze deed alsof het door de wind kwam dat ze tranen in haar ogen had toen ze Crovie verlieten en de golven van de Noordzee trotseerden.

22

'Dankzij jou hebben we een nieuwe boeking,' zei Pat, toen ze een paar dagen later een mok thee voor Anna neerzette.

Anna keek haar aan. 'Hoe bedoel je?'

'Er belde een vrouw en die vroeg of onze B&B dicht bij de Fishergirl's Luck lag. Ze had namelijk gelezen dat het de beste nieuwe eetgelegenheid aan de kust was en wilde zeker weten dat ze een goede kans maakte om er samen met haar partner te kunnen eten.'

'Echt waar?'

'Ja, echt!' Pat ging ook aan de keukentafel zitten en zette een schaal koekjes neer. 'Zo te horen kwam ze niet hier uit de buurt.'

'Wij ook niet...'

Pat lachte. 'Dat is waar. Leuk toch? Je hebt de aandacht van fijnproevers getrokken.'

'Maar hoe dan? Ik heb nog geen tien lunches gedaan.'

'Hmm. Onderschat de macht van het internet niet,' zei Pat. 'Heb je gekeken of je nog meer recensies hebt gekregen? Na die laatste twee keer zijn er vast nieuwe beoordelingen bij gekomen. En je valt in deze regio algauw op. Zoveel keuze is er niet.'

Anna keek naar haar thee. 'Dan moet ik er voorlopig maar mee doorgaan.'

'Gaat het wel goed met je?' vroeg Pat, die angstvallig naar haar keek. 'Je lijkt de laatste tijd wat afwezig. We zien je amper. Ik weet dat het uit is met Liam. Ben je daarom zo somber?'

Anna glimlachte. 'Misschien een beetje. Maar het gaat goed

met me, heus. Sorry dat ik zo weinig langs ben geweest. Zullen we anders dit weekend weer eens met de vaste kliek afspreken? Dan kunnen we bijkletsen.'

'Goed idee.' Pat keek over haar mok thee naar Anna, nam een slok en zei: 'Ik zag je zondag met de MacKenzies.'

Anna lachte. 'Dat klopt. Ik schijn ongewild erelid geworden te zijn van de dolfijnenpatrouille. Jonge Robbie is dolenthousiast en dat werkt aanstekelijk. En Robert is prettig gezelschap.'

Pat glimlachte. 'Het is fijn om te zien dat jullie goed met elkaar kunnen opschieten. Alle drie.'

'Pat, niet doen,' waarschuwde Anna.

Haar vriendin stak haar hand op. 'Ik loop niet te stoken, echt niet. Maar het was zo'n leuk gezicht, jullie met z'n drieën. Jullie liepen te lachen en te kletsen. Het is lang geleden dat ik Ouwe Robbie zo vaak heb zien lachen. Jullie kunnen het duidelijk goed met elkaar vinden. En nu Liam van het toneel is verdwenen… Ik denk…'

Anna legde haar hand op die van Pat. 'Ik weet dat je het goed bedoelt, maar houd er alsjeblieft over op. Het gaat niets worden tussen Robert MacKenzie en mij. We zijn vrienden, meer niet, en dat willen we allebei zo houden. Het zou fijn zijn als je dat duidelijk maakt als je mensen over ons hoort praten. Je wilt toch niet dat we door geroddel niet meer met elkaar kunnen omgaan?'

Pat zuchtte. 'Natuurlijk niet, maar het is zo zonde.'

Anna negeerde de lichte steek in haar hart, een teken dat ze het met Pat eens was. Het was nog steeds een belachelijk idee, om alle redenen die ze weken geleden al aan Rhona had opgesomd. Om nog maar te zwijgen van het nog veel groter struikelblok waar ze vrijwel continu aan dacht sinds ze het aan Cathy had verteld. Ze hadden elkaar sindsdien vaak gebeld.

Anna dacht dat ze eigenlijk al een besluit genomen had voordat ze aan Cathy had verteld dat ze zwanger was. Ze zou een kind krijgen. Een kind. Het was absurd, onwerkelijk, angstaanjagend en geweldig. Doordat ze vaker dat laatste dacht dan die andere woorden, wist Anna dat de baby niet houden geen optie was. Hoe lastig het ook zou zijn, ze kreeg een kind. Een kind dat uiteindelijk net zo'n heerlijke, vermoeiende, luidruchtige wervelwind van activiteit zou worden als Jonge Robbie. Ze wist nog niet waar ze ten tijde van de bevalling zou wonen, maar haar besluit stond vast: Anna Campbell ging een kind op de wereld zetten. Absurd. Onwerkelijk. Angstaanjagend. Geweldig.

Hoelang kan ik doorgaan met de lunches? Als er schaaldieren op het menu staan, moet ik iemand anders laten proeven. Ik heb een echt huis nodig en het geld groeit me niet op de rug. Ik moet een echte baan zien te vinden om in mijn levensonderhoud en dat van het kind te voorzien. Misschien kan ik er beter nu mee ophouden en al mijn energie daarin steken. Maar dan moet ik die gekke vrouw teleurstellen die weet ik veel waarvandaan komt om aan Liams picknickbank te eten en Pat en Frank zal betalen zodat ze...

'Hallo, waar zit je met je gedachten?' vroeg Pat, en ze schoof de schaal met koekjes over de tafel.

'O,' zei Anna, terwijl ze een koekje pakte. 'Ik zat te denken aan de menu's voor volgende week.'

Pat keek haar stralend aan. 'Zo mag ik het horen. Die gast van ons zal vast niet de laatste zijn. De Fishergirl's Luck gaat Crovie op de kaart zetten. Let op mijn woorden.'

Anna lachte. 'Dat moet ik nog zien. Er kunnen hooguit twaalf gasten per week komen eten en je hebt geen garantie dat er plek is.'

'Maar dat vinden mensen toch juist leuk?' zei Pat. 'Exclusiviteit en zo.'

De volgende grote kwestie die Anna moest oplossen was wanneer en hoe ze het aan Liam moest vertellen. Eigenlijk wilde ze het liever nog een tijdje voor zichzelf houden. Cathy wist het uiteraard, maar die zou haar mond wel houden, en bovendien woonde die zo ver bij Crovie vandaan dat dat eigenlijk niet telde.

Maar een geheim bewaren in Crovie was haast onmogelijk, en Anna was bang dat iemand erachter zou komen. Als dat gebeurde, wist binnen een mum van tijd het hele dorp het. En ze zou het vervelend vinden als Liam het van een ander zou horen. Ze deed haar best om alles hetzelfde te doen als anders. Tot ze op een zonnige dinsdagmiddag een belletje van Rhona kreeg.

'Ik kom naar je toe met een fles gin. Is dat goed?' zei Rhona. 'Ik heb echt een rotdag gehad. Ik ben er over twintig minuten.'

'Dan zet ik de glazen alvast neer,' zei Anna. Ze had al opgehangen toen pas tot haar doordrong dat ze niet mocht drinken en daarmee zou ze haar geheim zeker verraden. In paniek belde ze Cathy.

'Zeg dat je antibiotica slikt,' zei Cathy tegen haar. 'Dan mag je geen alcohol. Noem een onzichtbare, onschuldige kwaal. Een oorinfectie of zo, dat werkt altijd.'

'Wat slim van je,' zei Anna.

'Het resultaat van jarenlang niet dronken worden op bedrijfsfeestjes met enge blanke ouwe lullen die het stiekem altijd al eens met een zwarte jonge vrouw hebben willen doen,' zei Cathy. 'Ik heb trouwens een nieuwe poster gemaakt voor de Fishergirl's Luck, met vermelding van de vijf sterren op Tripadvisor. Goed gedaan, meid. Ik zal je het bestand mailen.'

Cathy's smoes werkte. Rhona vond het even jammer dat Anna niet mocht drinken, maar ze zocht er verder niets achter.

'Des te meer voor mij,' zei ze gevat. Anna hield een glas limoensap vast toen Rhona een flinke scheut Hendricks in haar hoge glas schonk.

Het was iets over vijven en de zon stond nog hoog aan de hemel. Het waaide een beetje, wat op dit tijdstip van de dag vaak het geval was. Rhona had bij aankomst zorgelijk gekeken.

'Wat is er gebeurd?' vroeg Anna, toen ze aan de picknickbank gingen zitten, nadat ze een schaal chips en artisjokdip op de tafel tussen hen in had gezet. 'Je ziet er moe uit.'

Rhona nam een grote slok en hief een vinger op ten teken dat Anna even geduld moest hebben. Daarna zette ze haar glas neer en slaakte een diepe zucht.

'Stomme bank,' foeterde ze. 'Stomme economie, stomme vent, stom geld. Toen ik met het atelier begon, heb ik een lening afgesloten om de oven aan te schaffen en het kost me de grootste moeite om die in maandelijkse termijnen af te lossen. Toen ik die lening afsloot, dacht ik dat het wel zou lukken. Stuart – mijn ex – en ik hadden een klushuis in Aberdeen gekocht. Bij de echtscheiding spraken we af dat hij zou doorgaan met het opknappen en dat we het na de renovatie zouden verkopen. Daarbij zouden we de opbrengst delen, want hij had dan wel al het werk gedaan, maar het huis was volledig van mijn geld gekocht. De renovatie is eindelijk klaar – hij heeft er jaren over gedaan – en nu zegt hij dat ik niets krijg, omdat hij al het materiaal heeft betaald. En doordat de huizenmarkt is ingestort, wordt het sowieso lastig het huis te verkopen.'

'Wat?' zei Anna. 'Maar hij heeft toch geen poot om op te staan?'

Rhona dronk haar glas leeg en schonk het meteen weer vol. 'Waarschijnlijk niet, maar ik heb geen geld voor een advocaat. Hij – of beter gezegd, zijn nieuwe vrouw – kennelijk wel.' Ze kreunde. 'Ik kan er beter mee ophouden. Het liep al niet goed. Ik kan net rondkomen en met die maandelijkse aflossingen...' Rhona schudde haar hoofd. 'Ik ben bang dat ik alles kwijtraak. Dat mag niet, Anna. Ik ben al een keer helemaal opnieuw begonnen. Ik ben te oud om dat nog eens te doen.'

Anna legde haar hand op die van Rhona en gaf er een kneepje in. 'Zover zal het niet komen. Dat sta ik niet toe. Je maakt zulke mooie dingen, Rhona. Ze hoeven alleen onder de aandacht van de juiste mensen gebracht te worden en dan vliegen ze de deur uit.'

Rhona schonk haar een waterig lachje. 'Ja, schat. Neem de Crovie Inn over, gebruik mijn servies, word beroemd en begin een restaurantketen,' zei ze. 'Dan zijn al mijn problemen opgelost!'

Anna keek peinzend naar de baai. 'Toprestaurants als afzetmarkt. Dat is best een goed idee. Wie weet kan ik je daarbij helpen.'

Rhona keek haar hoopvol aan. 'Denk je dat Geoff Rowcliffe geïnteresseerd zou zijn?'

Anna huiverde bij het idee dat ze contact met haar ex zou moeten opnemen, zeker nu. Wat zou hij zich verkneukelen als hij het wist. Ze hoorde het hem al zeggen: ze was naar een uithoek verhuisd en was meteen zwanger geraakt. Echt iets voor haar. Ze was altijd al dom geweest.

'Ik zal kijken wat ik kan doen,' zei ze. 'Ik zal er eens een belletje aan wagen.'

Rhona pakte haar hand stevig vast. 'Bedankt. Enorm bedankt. We boffen maar dat je hier bent, Anna.'

Anna keek naar haar glas. 'Dat hoor ik steeds.'

'Dat komt doordat het zo is! Moet je kijken wat je allemaal al hebt bereikt!'

Anna lachte. 'Je bedoelt dat het me gelukt is een paar keer per week een lunch te serveren aan een handjevol mensen?'

Rhona schudde haar hoofd. 'Je zult het nu wel een stuk drukker krijgen, meid.'

'Hoe bedoel je?'

Rhona haalde een krantenknipsel uit haar zak en gaf het aan Anna. Anna vouwde het open. Het kwam uit de *Banffshire Jour-*

nal. De koptekst luidde: LEUKSTE NIEUWE EETGELEGENHEID AAN DE KUST. En daaronder: *Michelinsterrenkok begint lunchclub in Crovie*. Daarna volgden een paar alinea's met informatie die min of meer klopte plus een standaardfoto van het dorp met de Fishergirl's Luck, zoals altijd, op de voorgrond.

Anna werd opeens duizelig. 'O mijn god.'

'Gaat het?' vroeg Rhona.

Anna sloeg een hand voor haar ogen. 'Ja, ik ben een beetje overdonderd. Meer niet.'

'Rustig aan,' zei haar vriendin, en ze gaf een kneepje in Anna's schouder. 'Je kunt trots op jezelf zijn. Het dorp is in elk geval trots op je, en Gamrie ook. Het gebeurt niet vaak dat wij iets hebben wat grotere plaatsen niet hebben. Dit krantenartikel komt geheid in het welkomstpakket van elk vakantiehuisje binnen een straal van tachtig kilometer! En daarom denk ik dat je het behoorlijk druk zult krijgen. Als je dat zou willen, is deze picknickbank van nu af aan elke dag van de week bezet.'

'Je kunt bij mij niet reserveren en het is een flink eind lopen vanaf de parkeerplaats op de klif,' zei Anna. 'Wie komt er nu helemaal hiernaartoe zonder te weten of er nog plek is?'

Rhona tikte tegen de zijkant van haar neus en trok haar wenkbrauwen op. 'Misschien zet dit Crovie en Gardenstown weer op de kaart. Wat dacht je daarvan? En misschien wordt dat wel de redding van mijn atelier.'

O, mijn Selkie lass,

Robbie was te laat thuis door die stomme dolfijnenpatrouille, maar ik was weggeroepen, dus ik wist van niets. Barbara had me niet gewaarschuwd. Ze wilde me niet ongerust maken, omdat ze wist dat ik toch niet terug kon komen. Er had van alles kunnen gebeuren. Van alles. Kun je je dat voorstellen? Nee, natuurlijk niet.

Waarom wordt het niet makkelijker? Iedereen zegt dat het makkelijker wordt. Dat is niet zo. De tijd verstrijkt, dat is alles.

Ik hou van je. Ik ben net een plaat die blijft hangen. Tik, tik, tik.

PS Bietjes. Sorry dat ik de laatste tijd geen bietjes heb gekocht. Ik weet niet waarom.

23

'Scheepvaart is heel slecht voor walvisachtigen in de Noordzee,' zei Jonge Robbie alsof hij er verstand van had. 'We weten niet hoeveel dolfijnen en walvissen er jaarlijks het slachtoffer worden van een aanvaring, want als ze overvaren worden door zo'n enorm containerschip, merken de mensen aan boord dat niet eens. Het lichaam zakt dan naar de bodem van de zee.'

'Wat vreselijk,' zei Anna, die naar hem keek terwijl hij met ontroerende ijver deeg stond te rollen. 'Arme beesten.'

'Ja,' beaamde Robbie. 'En dan zijn er nog alle invasieve soorten die meekomen met het ballastwater. Een containerschip heeft compartimenten in de romp waar water in zit als tegengewicht. Dat gaat echt om duizenden liters. Als zo'n schip een lading zeewater opneemt in de buurt van, zeg maar, Japan en dat schip vaart helemaal naar de noordelijke hemisfeer en gaat daar lossen, dan moet de bemanning al dat water – plus wat erin zit – hier in zee laten stromen. Door de klimaatverandering is het water hier warmer geworden en soorten die hier vroeger niet konden overleven, kunnen dat nu wel. Ze krijgen jongen en dat is slecht voor het lokale ecosysteem, omdat het de voedselketen verstoort. Zo zitten we nu dus met exoten als het harige spookkreeftje en de knotszakpijp.'

'De wat?' vroeg Anna lachend.

'De knotszakpijp.'

'Dat verzin je!'

'Niet!' zei Robbie, die ook moest lachen. 'Zo heet dat beest echt! Hij komt uit Azië en leeft nu ook hier. Zoek maar op.'

'Dat ga ik zeker doen,' verzekerde ze hem. Ze gaf hem het uitsteekvormpje. Hij boog zich over de tafel heen en er lag een rimpel van concentratie op zijn voorhoofd toen hij de gekartelde rondjes uitstak. Hij is pas tien, dacht ze. Elf jaar geleden bestond hij nog niet en nu staat hij me hier te helpen met het deeg en vertelt me dingen die ik niet wist.

'Ook de visserij kan problemen opleveren,' zei de jongen. 'Als een boot een net verliest, duurt het vijf jaar voordat dat helemaal in zee is afgebroken. In de tussentijd kunnen er vissen in vast komen te zitten. Dolfijnen komen op die vissen af en raken dan ook verstrikt. Dan stikken ze. Dat is vreselijk.' Hij hield op met vormen uitsteken en keek haar ernstig aan. 'Daarom moet je alleen duurzame vis serveren bij de Fishergirl's Luck. Duurzame vis kun je herkennen aan het logo.'

'Genoteerd,' zei Anna. 'De eerste keer dat ik je zag, had je het ook over netten. Dat was die keer dat ik je zeepostelein heb laten proeven. Weet je nog?'

'O ja,' zei de jongen. 'Daar liggen vaak losgeraakte netten. Zeker na een storm.' Hij drukte het uitsteekvormpje in het laatste stuk deeg en leunde achterover. 'Is het goed zo?'

'Prima. Dan mag je ze nu in de holletjes leggen.' Ze gaf hem het bakblik voor minitaartjes.

Robbie knikte, zijn gezicht een en al concentratie, en Anna voelde een vlaag van genegenheid voor de jongen. Ze was blij dat ze ja had gezegd. Toen Robert haar belde met de vraag of ze vanavond op Robbie kon passen, had ze bijna nee gezegd.

'Ik?'

'Ik weet dat het veel gevraagd is,' zei Robert. 'Normaal zou ik het ook niet vragen, maar ik ben opgeroepen voor de reddingsboot en Barbara is vanavond in Inverness. Ik stond niet ingeroosterd, maar Mikey heeft buikgriep en Robbie heeft me gesmeekt om jou te vragen. Morgen gaan ze op school taarten en koekjes verkopen voor een goed doel en hij wil graag dat jij hem helpt met bakken. Als je er geen zin in hebt, vraag ik gewoon iemand anders, hoor. Geen punt. Hij kan gerust een uurtje alleen blijven tot ik iemand anders heb gevonden. Ik wil hem alleen niet de hele avond alleen laten.'

'Nee,' zei Anna. 'Ik kom wel. Dan ben ik er over een halfuur.'

'Bedankt, Anna,' zei hij. Ze hoorde de opluchting in zijn stem. 'Doe of je thuis bent. Ik kom zo gauw mogelijk terug.'

Zo kwam het dat Anna in het huis van de MacKenzies was, een twee verdiepingen tellend stenen huis in een rustige hellende straat in het hoger gelegen gedeelte van Gardenstown. Robert was al weg toen ze aankwam. Jonge Robbie keek haar stralend aan toen hij de voordeur opendeed. De oprechte blijdschap waarmee hij haar begroette, zorgde ervoor dat het knagende gevoel in Anna's maag afnam. De jongen bood haar thee en koekjes aan in de grote, gezellige keuken. Toen ze even later een mok tussen haar handen hield, was al haar eerdere ongemakkelijkheid verdwenen. Misschien kwam dat doordat dit een huis was waar duidelijk in geleefd werd. Op de koelkastdeur hingen foto's en briefjes. In de hoek bij het raam hing een spinnenweb. Op de tafel lag een rommelige stapel post naast half afgemaakt huiswerk. Anna kon zich niet herinneren wanneer ze voor het laatst ergens was geweest wat zo duidelijk een gezinshuis was.

'Wat voor vulling doen we?' vroeg de jongen, terwijl hij netjes het laatste gekartelde rondje in een holletje van het bakblik legde.

'Heb je jam?' vroeg ze, terwijl ze naar de oven liep om die aan te zetten. 'Taartjes met jam vindt iedereen lekker.'

Jonge Robbie trok zijn neus op. 'Kunnen we iets specialers maken? Anders wint koningin Victoria weer en dat wil niemand.'

'Koningin Victoria?'

'Een meisje uit mijn klas. Ze is overal goed in. En dat zegt ze ook tegen iedereen. Ik wil graag een keer van haar winnen.'

'Het is toch geen wedstrijd?'

Robbie schoof zijn bril omhoog op zijn neus. 'Voor haar is alles een wedstrijd.'

Anna lachte. 'Oké. Eens kijken wat we nog meer kunnen doen. Zet het bakblik maar in de koelkast, dan kan het deeg koelen. Zal je vader het erg vinden als ik in de keukenkastjes kijk of ik iets kan vinden om te gebruiken? Ik kan ook iets kopen, hoor. De supermarkt is nog open.'

'Dat vindt hij niet erg. Eten staat in die kastjes.' Robbie knikte naar de vier kastjes boven het werkblad, terwijl hij met het bakblik naar de koelkast liep.

In het eerste kastje zag Anna redelijk rechte rijen blikken en pakken staan. Er stond alleen niets zoets tussen. Ze deed vlug het volgende kastje open. Ze dacht dat het meer van hetzelfde was en wilde het kastje al dichtdoen toen haar opeens iets opviel. Het kastje stond helemaal vol met potten bietjes. Er stonden zeker vijftig potten.

'O,' zei Jonge Robbie achter haar. 'Die kast daar heb je niets aan.'

'Jullie eten zeker graag bietjes?'

'Nee,' zei de jongen met een zucht. 'Mijn vader lust ze niet eens. Hij zegt dat ze een uitvinding van de duivel zijn. Hij vindt ze stinken, weigert een pot open te maken.' Anna keek achterom naar Robbie en hij haalde zijn schouders op. 'Ik heb ze een paar keer gegeten. Ze zijn wel oké.'

'Maar waarom...'

'Mijn moeder was er dol op. Mijn oma zegt dat ze zoveel bietjes gegeten heeft toen ze van mij in verwachting was, dat ze grapten dat de baby vast paars zou zijn. En papa... Als hij boodschappen gaat doen, koopt hij altijd een pot bietjes. Hij zegt dat hij dat niet eens in de gaten heeft als hij in de winkel is. Maar als hij dan thuiskomt en de tassen uitpakt, zit er weer een pot bietjes bij. Hij wil die potten niet weggooien. En dus blijven ze. Je zou de trapkast eens moeten zien. Die staat zo vol dat mijn skateboard er niet eens meer bij past. Dat ligt nu in mijn kamer.'

Anna keek weer naar de potten bietjes. Ze had een droge mond gekregen.

'Hij is niet gek, hoor,' zei Robbie. 'Echt niet.'

Ze slikte, draaide zich om en schonk hem een waterige glimlach. 'Ik vind hem niet gek.'

Robbie trommelde met zijn vingers op de tafel en beet op zijn onderlip. Hij was net een miniatuurversie van zijn vader. 'Oma zegt dat het komt doordat hij nog steeds rouwt.'

'Dat weet ik. Hij hield heel veel van je moeder.'

Robbie knikte afwezig. 'Heb je weleens een foto van mijn moeder gezien?

'Nee, nooit. Ik zou er graag een zien.'

De jongen pakte een foto die tussen allerlei briefjes aan de koelkast hing. Hij keek er even naar en kwam toen met een plechtig gezicht en uitgestrekte arm naar haar toe lopen. Anna pakte de foto aan en bekeek hem. De Cassie's Joy lag voor anker in de haven van Gardenstown. In de verte, aan de overkant van het water was de rij huizen van Crovie net te zien. Een kleine vrouw met kort donker haar stond met een peuter op haar heup op het dek. Naast haar stond Robert MacKenzie, met zijn armen om hen heen, zijn gezicht half verborgen achter haar haar doordat hij haar op het hoofd kuste. Cassie en kleine Robbie lachten naar de camera. Haar vrije hand lag op de arm van haar man, die over haar borst lag. Anna werd scherp herinnerd aan die lachende foto van haar en haar ouders, de foto die ze in de Fishergirl's Luck bij haar bed had gezet. Ze haalde diep adem en voelde het zware, pijnlijke kloppen van haar hart en ze probeerde de dreigende tranen weg te slikken.

'Dat is mijn lievelingsfoto,' zei Robbie rustig. 'Ook al weet ik er zelf niets meer van.'

Anna glimlachte. 'Het is een prachtige foto.'

Ze zwegen even. Toen pakte de jongen de foto en hing hem terug op de koelkast.

'Deze keer had hij geen bietjes gekocht,' zei Robbie met zijn rug naar haar toe. 'Hij had boodschappen gehaald maar er zat geen pot bietjes bij. Ik denk...'

Hij maakte de zin niet af. Anna veegde haastig de tranen uit haar ogen, voordat hij zich weer zou omdraaien.

'Wat denk je?' vroeg ze om hem af te leiden.

Hij haalde zijn schouders op. 'Doet er niet toe.'

Ze wilde hem omhelzen, maar kon het niet. Anna liep naar het volgende kastje, trok het open en ontdekte een pot jam en een zakje gemalen amandelen.

'Frambozen frangipane taartjes,' zei ze. 'Dan kan koningin Victoria het wel schudden, denk je ook niet?'

Twee uur later stonden de taartjes af te koelen op een rooster. Anna zat naast Robbie aan tafel en hielp hem met het afmaken van zijn huiswerk. De voordeur ging open, het geluid van een windvlaag en toen verscheen Robert MacKenzie, nat van de regen, in de deuropening. Hij zag er moe uit, maar hij glimlachte toen hij hen aan tafel zag zitten.

'Hoi,' zei hij. 'Jullie zijn druk bezig geweest.'

'Je hebt een toekomstige bakker in huis,' zei Anna, terwijl ze zonder hem aan te kijken opstond. 'Robbie heeft het meeste zelf gedaan. Ik moet gaan.' Ze legde een hand op de schouder van Jonge Robbie en gaf er zacht een kneepje in. 'Laat je me weten hoe het afloopt met de verkoop morgen?'

'Wil je niet blijven voor een drankje?' vroeg Robert, die zijn natte jas uitdeed en aan een haakje hing, waarna hij een hand door zijn haar haalde.

'Nee, dank je. Ik kan beter gaan.'

'Waar staat je auto? Ik zag hem nergens staan.'

'Ik ben niet met de auto. Ik ben komen lopen.'

Hij liet zijn hand zakken. 'Dan breng ik je naar huis. Je kunt niet terug gaan lopen. De storm komt zo aan land.'

'Niets aan de hand. Ik ga liever lopen.' Ze kon het niet aan, het idee met hem in de beperkte ruimte van een auto te zitten en over koetjes en kalfjes te praten. Zijn vrouw was vijf jaar geleden overleden, en toch kocht hij nog bietjes voor haar en kon hij zich er niet toe zetten de potten weg te doen. De tragiek daarvan was te erg. 'En je moet Robbie naar bed brengen.'

Hij keek haar aan, probeerde hoogte van haar te krijgen. Er lag een sprankje bezorgdheid diep in zijn ogen. Robert wierp een blik op zijn zoon, die nog aan tafel zat, en keek toen weer naar haar.

'Ik kan voor mezelf zorgen,' bracht ze hem in herinnering.

'Als je bij de haven bent en je bedenkt, bel me dan. En laat het even weten als je thuis bent, anders kan ik niet slapen.'

Anna schonk hem een flauw lachje. 'Doe ik.'

Hij fronste zijn wenkbrauwen. 'Robbie, zeg eens even netjes gedag en dank je wel.'

De jongen overviel haar door van zijn stoel te springen, zijn armen om haar middel te slaan en haar stevig vast te houden. 'Dank je wel,' zei hij.

Ze omhelsde hem kort, trok hem tegen haar buik, tegen het wezentje binnen. Even voelde ze tranen branden. Stomme hormonen, dacht ze. Ze hoopte maar dat ze het geen van beiden merkten.

Robert liep met haar mee naar de voordeur en keek zwijgend toe hoe ze haar jas aantrok.

'Anna,' zei hij toen ze haar hand op de deurknop had. 'Is alles in orde?'

'Ik ben een beetje moe, meer niet,' zei ze. Ze glimlachte even naar hem en draaide zich om. 'Tot gauw.'

Er viel een korte stilte. 'Ja,' zei hij rustig. 'Dank je wel. Je was mijn redder in nood. En geen zorgen. Ik zal je niet meer vragen.'

Ze wist niet wat ze moest zeggen. Ze knikte en deed de deur open. 'Welterusten, Robert.'

'Welterusten.'

De stevige wind blies de eerste druppels koude regen in bijtende vlagen tegen haar wangen. Anna liep de kant van de oceaan op en bleef even staan, ademde de komende storm in. Tegen de tijd dat ze bij de haven kwam, regende het hard, maar ze was niet van plan om terug te gaan naar het huis van de MacKenzies. Ze zag de vissersboot waar Liam op voer stevig aangemeerd liggen in het deinende water. De boot lag in de haven vanwege de storm, wat ook de reden was dat de reddingsboot had moeten uitvaren. Ze keek naar de boot. De regen striemde in haar gezicht en de wind rukte aan haar haar. Aan de overkant van de baai zag ze vaag de lichten van Crovie. De klif lag er als een grote donkere brok tussenin.

Anna pakte haar telefoon.

'Liam,' zei ze met bijna verdoofde lippen toen hij opnam. 'Ben je in Gamrie? Ik moet met je praten.'

'Tja,' zei Cathy. 'Je moet maar zo denken, je hebt het hem nu in elk geval verteld.'

Buiten deed de noordenwind zijn best om de Fishergirl's Luck de zee in te blazen. Binnen lag Anna opgekruld in bed met de telefoon bij haar oor terwijl de regen zo hard tegen het raam kletterde dat ze haar vriendin amper kon verstaan.

'Ja,' zei ze. 'Dat wel.'

Ze had in Liams kleine kamer in het huis bij de haven gestaan, waar hij logeerde. De storm nam met de minuut in kracht toe. Ze had het zo eenvoudig mogelijk verteld, hoewel het over iets ging wat beslist niet eenvoudig was. Liam had geluisterd zonder haar aan te kijken, zijn hoofd gebogen van concentratie.

'Ik weet dat het niet ideaal is, maar ik ga het houden,' zei ze tegen hem.

Toen keek hij haar aan. De gebruikelijke twinkeling in zijn ogen ontbrak en er lag een frons op zijn voorhoofd. 'Maar ik moet terug naar Nieuw-Zeeland. Binnenkort al.'

'Dat weet ik.'

Hij had zijn hoofd geschud als om aan te geven dat die twee factoren onverenigbaar waren.

'Misschien had ik het je niet moeten vertellen,' had Anna gezegd. 'Het was misschien beter geweest als je het niet wist.'

Hij had haar met een sombere blik aangekeken. 'Misschien.'

'Ik ga nu,' zei ze. 'Als je me wilt spreken, weet je me te vinden.'

Ze was bijna beneden toen hij bovenaan de trap verscheen. 'Je kunt niet gaan lopen in dit hondenweer,' zei hij. 'Ik breng je wel.'

'Dat hoeft niet. Ik...'

Hij was al halverwege de trap. 'Ik breng je met de auto.'

Eenmaal terug in de Fishergirl's Luck keek ze naar de foto van haar en haar ouders van zoveel jaar geleden en ze probeerde niet te denken aan de kast met meer potten bietjes dan een gezin redelijkerwijs ooit kon opeten. Hoe zou het zijn als er zoveel van je gehouden werd? Ze zag het plechtige gezicht van Jonge Robbie voor zich. Ze had haar telefoon gepakt en had Cathy een berichtje gestuurd. *Ben je nog wakker?*

Ze was verdoofd en leeg, op dat kleine deel van haar na dat op een dag, sneller dan ze kon bevatten, een zelfstandige persoon zou zijn.

'En nu?' vroeg Cathy.

'Dat laat ik aan hem over. Als hij met me wil praten merk ik het wel. In de tussentijd...'

'In de tussentijd?'

Anna ging op haar rug liggen en keek naar het plafond. Ze vroeg zich af hoeveel dakpannen er morgen nog op de Fishergirl's Luck zouden liggen. 'In de tussentijd ga ik werken.'

Hoewel het flink stormde, had Anna goed geslapen. Tegen de tijd dat ze de volgende ochtend wakker werd, was het ergste voorbij. Wat restte was een lading troep en een stevig briesje. Toen Anna haar voordeur opendeed, was Pat het pad voor de Weaver's Nook aan het vegen. De lucht was zwaar en grijs.

Pat keek op toen Anna naar buiten stapte. Het viel haar op dat haar vriendin er moe uitzag.

'Goedemorgen,' zei ze. 'Het ging flink tekeer.'

'Zeg dat wel,' zei Pat lusteloos. 'Heb je nog geslapen?'

'Ik heb heel goed geslapen,' zei Anna. 'Ik voel me altijd veilig in de Fishergirl's Luck, wat er buiten ook gebeurt.' Of binnen, dacht ze.

Pat glimlachte, maar er lag een sombere blik in haar ogen die Anna niet eerder had gezien. 'Hopelijk zijn we er weer voor een tijdje van af.'

'Pat? Gaat het wel goed met je?'

'Er is weer een aardverschuiving boven het vakantiehuisje geweest. Geen grote en er is weinig schade, maar het drukt je wel met je neus op de feiten. Bovendien gebruikt Frank het als smoes om te vergeten dat hij geen twintig meer is. Hij is nu boven druk in de weer alsof hij nog een jonge vent is, ondanks wat hij van de arts te horen heeft gekregen.'

'Ik ga helpen,' zei Anna meteen. Opeens drong het tot haar door dat dat niet ging en ze moest snel schakelen. 'Het punt is alleen dat ik mijn rug verdraaid heb. Ik weet niet of ik zwaar kan tillen.'

'Maak je geen zorgen, meid. Glynn en David kunnen helpen als dat nodig is. Het lukt wel.'

Anna keek naar de zee. Het water was woelig, opgestuwd door de storm, en had blauw- en groentinten die ze niet eerder had gezien.

'Toen ik hiernaartoe verhuisde, hield ik geen rekening met zomerstormen,' zei ze. 'Dat het leven hier zwaar zou zijn in de winter, dat had ik verwacht, maar verder had ik er niet over nagedacht. Komen er nog meer stormen?'

'Waarschijnlijk wel,' zei Pat tegen haar. 'Het wordt elk jaar erger, al is het dit seizoen wel vaker raak dan anders. Laten we hopen dat het verder rustig blijft. Het zou slecht uitkomen als je lunches niet kunnen doorgaan, want we zijn weer gebeld door mensen die naar jou vroegen.'

Anna draaide zich om. 'Echt waar?'

'Jazeker. Van de vijf boekingen die we deze week hebben aangenomen – dat is inclusief de boekingen voor het vakantiehuisje – waren er vier die specifiek naar de Fishergirl's Luck vroegen.'

'Tjonge, dan kan ik beter voorbereidingen treffen.'

Pat was klaar met vegen en Anna zag dat ze bekaf was. Dat vervulde haar met vage angst. Ze was zich er opeens sterk van bewust hoe belangrijk de mensen hier voor haar waren geworden.

Maar je blijft niet, zei een stemmetje in haar hoofd. Zeker niet nu er een baby op komst was. Dat gaat toch niet in de Fishergirl's Luck?

'Hebben jullie zin om vanavond bij me te komen eten?' vroeg ze. 'Dan hoef jij je niet druk te maken over het eten als jullie de hele dag aan het opruimen zijn bij het vakantiehuisje.'

Later gebruikte Anna opnieuw antibiotica als smoes om geen glas rode wijn bij de spaghetti bolognese te nemen. Haar vrienden geloofden haar meteen, evenals ze ervan overtuigd waren dat ze last had van haar rug. Daar was ze blij om, maar ze voelde zich er ook schuldig over. Ze vond het vervelend om tegen Pat en Frank te liegen, zoals ze het ook vervelend had gevonden om tegen Rhona te liegen. Ze vroeg zich af hoelang het zou duren voordat ze haar vrienden de ware reden van haar alcoholonthouding wel móést vertellen.

De twee weken daarop zag ze Liam Harper en de MacKenzies niet. Deels was dat opzet, maar het kwam ook doordat ze het druk had. Anna ging helemaal op in haar werk. Er was zoveel vraag naar lunchen bij de Fishergirl's Luck dat ze de eerste week op donderdag, vrijdag en zaterdag open was, en de tweede week ook nog op woensdag.

'Ik heb het nog nooit zo druk gezien in het dorp,' zei Frank tegen haar. 'Dat kan geen toeval zijn. Je zou denken dat we in Pennan zitten, zoveel toeristen lopen er hier met camera's rond!'

De tweede week gingen mensen al om halftwaalf in de rij staan en om tien voor twaalf waren alle plekken bezet.

'Zet dan nog een picknickbank neer,' zei een teleurgestelde klant. 'Dit is nu al de derde dag dat we een plekje proberen te krijgen.'

'De Crovie Inn staat leeg,' zei Phil als geheugensteuntje tegen haar toen hij op zaterdagmiddag langsliep en zag dat ze bezig was het hoofdgerecht te serveren. 'Het is toch duidelijk dat je zo'n uitdaging aankan en er een succes van zal weten te maken?'

Dat was een prettige gedachte. Anna besefte dat voor de Fishergirl's Luck koken haar zelfvertrouwen een oppepper had gegeven. Ze vroeg zich af wat ze had kunnen bereiken als ze niet zo lang bij Geoff onder de duim had gezeten.

'Weet je wie de eigenaar van de Crovie Inn is?' vroeg ze een paar dagen later aan Frank. 'Bij wie moet ik zijn om over de Crovie Inn te praten, denk je?'

Franks gezicht, dat Anna sinds de laatste storm een grijzige tint vond hebben, klaarde op. 'Dat klinkt alsof je overweegt om toch hier te blijven!'

'Ik dacht gewoon even hardop. Het is niet serieus,' zei ze, in een poging roddels in de kiem te smoren. 'Zeg het alsjeblieft tegen niemand.'

Frank achterhaalde de naam en het telefoonnummer van de eigenaar, maar het gesprek was weinig hoopgevend. Het pand was te koop, niet te huur, en het bedrag dat genoemd werd, was op zich redelijk maar ver buiten Anna's budget.

Als ze niet aan het werk was, sliep ze als een os. Ze ruimde op en waste af, kroop daarna bijna de trap op en sliep al voordat haar hoofd het kussen raakte. Tot haar opluchting was ze minder misselijk dan in de beginweken van haar zwangerschap, maar de vermoeidheid leek een blijvertje. Ze kon zich niet voorstellen dat ze in deze conditie een volledige dienst in een drukke keuken kon draaien.

Het ging goed met de beoordelingen op Tripadvisor. Ze kreeg nooit minder dan vier sterren en meestal kreeg ze er vijf. Vaak stonden er ook andere opmerkingen bij, bijvoorbeeld over leuke plaatsen in de omgeving en andere eetgelegenheden langs de kust.

'Je kunt trots op jezelf zijn,' zei Cathy aan de telefoon. 'Ik kom bijna in de verleiding om alle beoordelingen af te drukken en naar Geoff op te sturen. Stel je de blik op zijn zelfvoldane gezicht eens voor!'

'Maak daar alsjeblieft geen grapjes over,' zei Anna huiverend. Ze kon zich die blik maar al te goed voorstellen, en ook de woede die daar algauw voor in de plaats zou komen. 'Hij zou iets doen om me te dwarsbomen, echt.'

'Je hebt een piepklein restaurant aan de andere kant van het land,' zei Cathy. 'Hij zal toch niet zo onzeker zijn dat hij je dat beetje succes niet gunt?' Het bleef even stil en toen zei haar vriendin: 'Je hoeft geen antwoord te geven. Hij is een klootzak. Gelukkig kunnen we ons troosten met de dalende kijkcijfers van zijn nieuwe tv-programma.'

'Is dat zo?' vroeg Anna oprecht verbaasd.

'Ja. Misschien hebben de kijkers eindelijk door hoe arrogant Geoff Rowcliffe is, zien ze dat hij echt zo is en beseffen ze dat dit nergens op slaat.'

Anna trok haar onderlip in en zoog lucht naar binnen. 'Ik hoop dat hij er nooit achter komt dat ik hier een restaurantje ben begonnen,' zei ze. 'Anders zou hij me te grazen nemen.'

24

De julidagen regen zich aaneen en dat gold ook voor de stormen. Elke week was er minstens één nacht dat Anna wakker werd doordat de wind als een oude dronkaard tegen haar raam beukte. Na de zoveelste onstuimige nacht met wind en regen dook Douglas McKean weer op in Anna's leven. Toen Anna op zaterdagochtend haar deur opendeed om te kijken of haar bloembakken het hadden overleefd, zag ze Frank met een met aluminiumfolie afgedekte schaal uit de Weaver's Nook komen.

'Hé, Frank,' zei ze. 'Waar ga jij naartoe?'

Hij draaide zich naar haar om. Het viel haar op dat hij er oud uitzag. Wie weet had hij wakker gelegen van de storm, dacht ze. Frank en Pat hadden het druk, want de B&B was al weken helemaal volgeboekt en dat eiste duidelijk zijn tol.

'Goedemorgen, schat. Ik ga Dougie zijn ontbijt brengen. Zijn keuken – nou ja, wat hij een keuken noemt – is nog steeds buiten gebruik.'

'Sinds wanneer?'

'Sinds die aardverschuiving een paar weken geleden,' zei haar buurman. 'Niemand mag aan zijn keuken komen, behalve Ouwe Robbie, en die heeft al genoeg te doen. Pat en ik hebben gezegd dat we ervoor zullen zorgen dat hij te eten krijgt tot het probleem is opgelost.'

Anna fronste haar wenkbrauwen. 'Maar, Frank, jullie hebben het al zo druk.'

Frank haalde zijn schouders op en glimlachte. 'Dat doen mensen hier voor elkaar, schat. Anders moet Ouwe Robbie tig keer per week naar hem toe. We kunnen een oude man toch niet laten verhongeren?'

Het gesprek met Frank spookte nog door haar hoofd toen Anna voorbereidingen trof voor de lunch. Vandaag zou ze zandvis serveren op een bedje van kleefrijst en zeekraal, met een saus die geïnspireerd was door Japanse smaken. Als nagerecht was er een sorbet met een vleugje zeepostelein en appel, waar ze een karamelkrokantje en een bros zandkoekje naast zou leggen. Dat idee zat al in haar hoofd sinds de avond dat ze op Jonge Robbie had gepast. Ze probeerde niet aan hen te denken terwijl ze het recept maakte.

'Dit is echt verrassend,' zei een van haar gasten. Hoewel het gezicht Anna vaag bekend voorkwam, kon ze de vrouw niet plaatsen. 'Het was heerlijk. Veel chef-koks roepen dat ze voedsel naar een ander niveau tillen, maar vandaag dacht ik voor het eerst dat dit ook echt gelukt was. Dat is best ironisch, want dat heb ik jou dus niet horen beweren.'

Anna bedankte de vrouw voor het compliment toen ze haar lege bordje weghaalde. 'Ik gebruik wat er voorhanden is, meer niet,' zei ze. 'Mijn gerechten zijn eigenlijk vrij eenvoudig. Het zal vooral met de locatie te maken hebben.'

'Dat doen alle goede chef-koks,' antwoordde de vrouw. 'En dat geldt voor alle voortreffelijke maaltijden.'

De opbrengst, die altijd redelijk was, was vandaag veel hoger dan anders.

Toen Anna later aan het opruimen was, keek ze naar alle ingrediënten die nog over waren. Het was beslist genoeg voor nog een kleine maaltijd. Ze liep naar de overkant en klopte op de deur. Pat deed open en ze liep achter Pat aan naar de keuken.

'Ik kan vanavond wel het eten van Douglas McKean doen,' zei Anna. 'Zullen we anders afspreken dat ik dat standaard ga doen op dagen dat de lunchclub open is? Dat geeft jullie wat lucht.'

Pat keek verbaasd. 'O, dat hoeft niet.'

'Dat weet ik, maar ik wil het. Ik doe het voor jou en Frank, niet voor die oude onruststoker. En iemand anders moet het gaan brengen, want dat doe ik echt niet.'

Pat glimlachte vermoeid. 'Dat kan Frank doen. Dank je wel. Als je het zeker weet... We zouden er enorm mee geholpen zijn.'

Anna boog zich naar voren en omhelsde de oudere vrouw. 'Natuurlijk weet ik het zeker. Ik kan niet garanderen dat hij het zonder morren opeet. Het is waarschijnlijk beter als je niet tegen hem zegt dat ik het gekookt heb.'

Later die avond ging haar telefoon. Anna verwachtte dat het Cathy zou zijn, maar ze had het mis.

'Met Robert. Robert MacKenzie. Hoi.'

'Hoi.' Om de een of andere reden voelde het alsof haar keel werd dichtgeknepen. 'Ik... Hoe gaat het met je?'

'Goed. Ik sprak Frank en die vertelde me wat je voor Dougie doet. Daar wil ik je voor bedanken, Anna. Dat is heel aardig van je, zeker als je bedenkt hoe hij je heeft behandeld.'

Anna krabde met haar duimnagel over een niet-bestaand vuiltje op haar werkblad. 'Het stelt niets voor.'

'Het stelt wel iets voor,' zei hij zacht.

Anna schraapte haar keel. Ze wilde dat ze er minder van genoot zijn stem te horen. 'Hoe gaat het met Robbie? Ik heb niet meer gehoord hoe het is afgelopen met de verkoop op school.'

'Dat komt door mij. Sorry. Dat je dat niet gehoord hebt, bedoel ik.'

'O?'

Het bleef even stil. 'Hij wilde de dag erna naar je toe om het te vertellen, maar ik kreeg de indruk dat ik te ver was gegaan door je als oppas te vragen. Het leek me beter wat afstand te nemen.'

'Nee,' zei Anna, 'Nee, ik...' Ze wist niet hoe ze verder moest. 'Dat was het niet.'

'Het komt zeker door de bietjes?' vroeg Robert op dezelfde toon. 'Hij heeft me verteld dat je de potten hebt gezien.'

'Nee... Ja.' Ze zuchtte. 'Het kwam niet alleen door de potten bietjes. Het was... allemaal wat overweldigend. Dat klinkt vast raar, want ik was alleen maar samen met je zoon aan het bakken, maar er spelen wat zaken...' Ze maakte de zin niet af en vroeg zich af waarom ze niet duidelijker kon zijn, waarom ze er zo'n punt van maakte.

'Ik snap het,' zei Robert. 'Sorry. Het spijt me echt.'

'Je hoeft je niet te verontschuldigen,' zei ze. 'Het ligt niet aan jou, het ligt aan mij.'

'Nee, dat is niet zo,' zei hij. 'Ik heb toch al eerder tegen je gezegd dat het lastig is om met het verdriet van een ander om te gaan?'

'Het kwam niet...' Anna slikte de rest van de zin in. Het kwam niet door het verdriet, het kwam door de liefde.

'Ik koop ze niet meer,' zei hij. 'Potten bietjes, bedoel ik.'

'Ja,' zei ze. 'Ja, dat zei Robbie.'

Er viel weer een stilte. 'Ik ga ophangen,' zei hij. 'Nogmaals bedankt. We zien elkaar wel weer.'

'Ja,' zei Anna.

Nadat Robert had opgehangen, hield ze de telefoon nog lang vast. Buiten was de wind afgezwakt tot een zwak briesje.

Anna had woord gehouden en had geprobeerd bevriende restaurateurs voor Rhona's serviesgoed te interesseren. Dat was lastig. Chef-koks stonden erom bekend dat ze kieskeurig waren bij het kiezen van servies om hun gerechten op te presenteren, zeker als ze een nieuw restaurant openden. Anna's ervaring was dat het een lang proces was met uitgebreid testen, meestal in het betreffende restaurant, waarbij ter vergelijking ook ander servies getest werd. Rhona's stijl paste slechts bij een bepaald type restaurant. Anna geloofde echter in het werk van haar vriendin en ze kende enkele chef-koks die in de nabije of verre toekomst een restaurant gingen openen of verbouwen. Het kon geen kwaad hen aan te sporen ook Rhona's werk in overweging te nemen.

Op de zondag na haar besluit om voor Douglas McKean te koken, zat Anna aan het eind van de ochtend met een mok thee en een broodje bacon op de bank. Ze vroeg zich net af of Glynn en David nog langs zouden komen toen haar telefoon ging. Ze ging ervan uit dat het Cathy was – ze belden elkaar meestal een keer op zondag – maar tot haar verbazing hoorde ze een stem die slechts vaag een belletje deed rinkelen.

'Anna?'

'Ja?'

'Hallo, met Brigitte March. Je hebt me een paar weken geleden gemaild over handgemaakte serviezen van een vriendin van je?'

Anna ging rechter zitten, legde het broodje op de tafel en likte het vet van haar vingers. Ze had Brigitte een paar jaar geleden leren kennen tijdens de tv-opnamen van 'A Chef's Table' voor *MasterChef.* Geoff was uiteraard een van de chef-koks en Anna was ook uitgenodigd omdat de producers er meer vrouwen bij wilden hebben. Anna en Brigitte March – toen een aanstormend chef-kok – hadden naast elkaar gezeten en ze hadden gezellig zitten kletsen. Toen Anna chef-koks ging benaderen voor Rhona's servies, was Brigitte een van de eersten die ze gemaild had. Destijds had Brigitte geen eigen restaurant, maar Anna had doorgehad dat dit in de toekomst zeker ging gebeuren.

'Brigitte! Sorry, ik herkende je stem niet.'

Brigitte lachte. 'Dat is niet zo gek. Zeg, ik wil je niet te lang ophouden. Sorry dat het zo lang heeft geduurd voordat ik reageerde. Het punt is dat toen ik vanochtend de recensie las – gefeliciteerd trouwens – ik er opeens weer aan dacht. En toen ik

Rhona's borden op de foto zag, besefte ik dat dit precies is wat ik zoek voor mijn nieuwe restaurant.'

'Recensie?' zei Anna. 'Bedoel je op Tripadvisor? Heeft iemand daar een foto bij gezet?'

Het was even stil. 'Bedoel je dat je het niet gezien hebt? Er staat een lovende recensie over de Fishergirl's Luck in *The Observer* van vandaag. Vijf sterren en een leuk verhaaltje.'

Anna snapte er niets van. Toen viel ineens het kwartje. 'Adrienne Gail.'

'Ja, dat is de recensent. Ze is echt dol op je.' Brigitte lachte weer. 'Als ze net zo enthousiast over mijn tent is als we eindelijk opengaan, dan ben ik in de zevende hemel.'

Anna herinnerde zich de vrouw die gisteren was komen eten en kon zichzelf wel voor de kop slaan dat ze een van de belangrijkste culinair recensenten van het Verenigd Koninkrijk niet had herkend.

'Ik heb haar niet herkend,' zei Anna. 'Ik had haar nooit persoonlijk ontmoet, ze kwam altijd voor Geoff. Ik ken haar alleen van foto's en van tv. Lieve help.'

'Daar zou ik me niet druk om maken. Ze heeft waarschijnlijk liever dat een restauranteigenaar geen idee heeft wie ze is,' zei Brigitte.

'Ik heb alleen maar een picknickbank in mijn tuin staan! Het is geen echt restaurant. Ik ben niet eens van plan er na de zomer mee door te gaan!'

'Wat je ook doet, je doet het goed. Leuk voor je. Ik kom graag een keer bij je eten, maar het zal nog maanden duren voordat ik een keer tijd heb. Zeg, zou je me in contact kunnen brengen met die vriendin van je? Ik wil graag eens met haar praten over uniek servies voor mijn restaurant.'

Anna en Brigitte kletsten nog een paar minuten, maar Anna kon zich niet goed meer concentreren. Een recensie in *The Ob-*

server. Ze moest weten wat erin stond. Zodra ze had opgehangen, pakte ze haar iPad om het artikel online te lezen.

DE FISHERGIRL'S LUCK, stond er in grote vetgedrukte letters boven. En daaronder: *een verborgen pareltje aan de wilde Schotse kust.*

Het klopte wat Brigitte had gezegd, het was een lovende recensie. Adrienne Gail had blijkbaar alles geweldig gevonden aan haar eetervaring bij de Fishergirl's Luck. Van de ongebruikelijke toegang tot het dorp, wat ze kennelijk als een ideale overgang had ervaren – *ik heb nog nooit van mijn leven van een klif af moeten lopen om bij een eetgelegenheid te komen en pas nu weet ik hoe jammer dat is* – tot in de rij staan met de vijf andere gasten. Bij de meeslepende omschrijvingen van het eten stond onder andere: *een inspirerende versmelting van ideeën en uitvoerbaarheid, van vaardigheden en passie, en dat op een ideale locatie als enige restaurant aan de oceaan.*

Anna las het artikel twee keer, maar kon het nog steeds niet bevatten. Er waren chef-koks met veel meer ervaring die nooit zo'n recensie van zo'n gerespecteerd recensent hadden gekregen. Zulke aandacht kon je carrière een impuls geven. Invloedrijke mensen lazen zulke recensies. En nieuwe restaurants die een recensie in de krant kregen, daar werd door andere chef-koks onderling over gesproken. Bovendien zou dit rijke fijnproevers aantrekken, die gelijkgestemden maar wat graag voor wilden zijn. Ze vroeg zich af hoe dit zou uitpakken. Een stukje in het lokale krantje had tot gevolg gehad dat haar tafel elke keer vol zat. Nu kende het hele land haar dankzij Adrienne Gail.

Anna zat nog met haar hoofd bij de recensie en wat dat voor gevolgen kon hebben, toen er op haar deur werd geklopt. Anna deed open. Liam Harper stond in elkaar gedoken tegen de frisse wind. Zijn ogen waren donker onder zijn dikke wollen muts.

'Hoi,' zei hij. 'Ik had eerst moeten bellen. Sorry.'

'Kom verder,' zei Anna, terwijl ze de deur wijd voor hem openhield. 'Ik ga theezetten.'

Liam was stil terwijl het water opstond. Hij zat op de bank en staarde in de verte. Anna keek vanuit de keuken naar hem, herinnerde zich de eerst avond dat hij hier was. Dat leek gisteren en tegelijk jaren geleden. Als ze toen had geweten wat ze nu wist, zou ze het dan goedgevonden hebben dat hij die nacht, of die andere nachten, bleef slapen? Anna wist het niet.

'Hier,' zei ze, toen ze hem een mok thee toestak. Liam pakte de mok met een flauw lachje aan. Anna ging tegenover hem zitten en nam kleine slokjes, wachtte tot hij zou beginnen met praten.

'Sorry dat ik niets meer van me heb laten horen,' zei hij. 'En sorry dat ik niet gecontroleerd heb of het wel goed met je ging sinds die avond dat je het kwam vertellen. Ik... moest het eerst verwerken.'

'Dat snap ik. Dat geeft niet.'

Liam haalde zijn schouders op. 'Dat geeft wel. Jij moet het zware werk doen. Ik ben maar een toeschouwer.'

Anna glimlachte.

'Gaat het goed?' vroeg hij. 'Met jou en...' Hij knikte naar haar, waarbij hij naar haar buik keek.'Voor zover ik weet wel,' zei ze. 'Ik voel me goed. Over drie weken heb ik de eerste echo.'

Hij keek ontdaan. 'Dat is vlak voordat ik naar huis ga.'

'Ik weet het,' zei ze zacht.

'Daar wil ik het met je over hebben.'

'Over de echo?'

'Nee.' Hij ging ongemakkelijk verzitten. 'Over naar huis gaan.'

'Wat is daarmee?' vroeg Anna.

'Ik wil dat je met me meegaat.'

Dat had ze niet verwacht. Van verbazing liet Anna de mok bijna uit haar handen vallen. 'Wat?'

Liam boog zich naar voren. 'Ik wil dat je met me meegaat naar

Nieuw-Zeeland. Nee, luister,' zei hij toen ze haar mond opendeed om iets te zeggen. 'Laat me alsjeblieft uitpraten.'

Anna knikte. Hij haalde diep adem en stak van wal. 'Ik weet dat we dit geen van beiden gepland hadden. Maar ik zal mijn verantwoordelijkheid nemen. Dat doe ik altijd. Zo ben ik opgevoed. Anders zou ik ook niet teruggaan om de boerderij over te nemen. Ik laat je niet in de steek, maar ik moet echt terug. En daarom vraag ik je of je erover wilt nadenken om met me mee te gaan. Er is ruimte genoeg op de boerderij. Er zit een leegstaand huisje bij. Ik was van plan het op te knappen en er dan te gaan wonen. Nu kan dat ons huis worden.'

'Tjonge,' zei Anna. Ze zette haar mok op de vloer en hief haar handen op. 'Liam, stop. We zijn niet eens een stel! Als ik niet tegen je gezegd had dat ik zwanger was, zou je nooit meer aan me gedacht hebben. En nu wil je aan de andere kant van de wereld met mij gaan samenwonen?'

'Voor mij is het niet de andere kant van de wereld,' zei Liam. 'Het is mijn thuis.'

'Maar...'

Liam zette zijn mok neer en pakte haar handen vast. 'We hadden het toch leuk samen? We genoten van elkaars gezelschap. Waarom zou dat niet zo kunnen blijven? Het is het proberen waard toch?'

'Ik kan toch niet zo ver weg gaan wonen!'

'Waarom niet?' vroeg hij. 'Dat heb ik ook gedaan. Je bent toch niet van plan hier te blijven? Dus waarom zou je niet met me meegaan naar Nieuw-Zeeland? Ook voor jou geldt dat dit niet je thuis is. Je hebt hier geen familie, zit nergens aan vast. In Nieuw-Zeeland zou je wel familie hebben. Je zou mij hebben, en mijn vader en moeder. En dat geldt ook voor onze baby, Anna.'

'Maar ik hou niet van je, Liam, niet genoeg om zo'n verhuizing te rechtvaardigen. En jij houdt ook niet van mij. Dat weet je zelf ook.'

'Misschien worden we verliefd,' zei hij koppig. 'We vinden elkaar aardig. We vinden elkaar aantrekkelijk. Ik ken relaties die een slechtere start hadden. We kunnen het toch proberen?'

Anna trok haar handen los en stond op. Ze wendde zich van hem af, sloeg haar handen even voor haar gezicht en liet ze toen naast haar lichaam zakken. 'Dat wordt niets. Al na twee maanden liet je je oog op een ander vallen. En dat is prima. Maar om van mij te verlangen dat ik mijn hele leven opgeef, naar een land verhuis dat ik niet ken, met mensen die ik niet ken...'

'Je hebt hier vrienden gemaakt, je zult daar vrienden maken. Zelfs als we niet bij elkaar blijven, kun je het zien als een nieuwe start. Je kunt er iets geweldigs van maken. Je zou je eigen restaurant kunnen beginnen. Dan zou je een grote vis in een kleine kom zijn.'

'Dan heb ik een kind. Hoeveel tijd en energie denk je dat ik zal hebben om in een heel nieuw land een nieuw bedrijf op te zetten? En waar haal ik het geld vandaan?'

'Mijn ouders en ik kunnen je helpen,' zei hij. 'En onze baby zou een vader hebben. Dat is toch iets om over na te denken?'

'Dat is niet eerlijk.'

'Nee, dat is het niet,' zei hij met een vlammende blik in zijn ogen. 'Maar ik vind deze situatie ook niet bepaald eerlijk tegenover mij.'

'Liam...'

Hij stond op. 'Ik vraag je alleen om erover na te denken. Alsjeblieft? Beloof me dat je erover na zult denken.'

Anna stak haar handen op ten teken van radeloosheid. 'Oké, ik zal erover nadenken.'

'O,' zei Cathy. 'Die zag ik niet aankomen.'

Anna wreef in haar ogen. 'Het is allemaal zo'n puinhoop. Ik kan niet naar Nieuw-Zeeland. Dat gaat gewoon niet. Het is belachelijk dat hij dat zelfs maar voorstelt. Waarom voel ik me dan schuldig dat ik dat idee onmiddellijk afwijs?'

'Dat komt door het patriarchaat,' zei Cathy. 'Iedere vrouw denkt dat ze het zonder een man niet zal redden.'

'Maar als dat nu eens zo is?'

'Onzin,' zei haar vriendin. 'Je hebt heus nog wel mannen om je heen als hij weg is. Als hij zo graag zijn verantwoordelijkheid wil nemen, als hij een actieve rol in het leven van het kind wil hebben, dan is hij degene die een moeilijke beslissing moet nemen, niet jij. Jij bent niet verantwoordelijk voor zijn ouders, Anna, dat is hij. En als hij moet kiezen tussen hier blijven en een goede vader zijn of naar huis gaan en een goede zoon zijn, dan is dat zijn probleem, niet het jouwe.'

'Dat is hard.'

'Dat klopt. Ook niet jouw probleem. Laat je niet aanpraten dat dat wel jouw probleem is. Als hij er zo mee zit, had hij voorzichtiger moeten zijn en niet met jou het bed in moeten duiken. Zo is het toch?'

'Ik had hier nooit naartoe moeten komen,' mompelde Anna. 'Ik had naar jou moeten luisteren en een maand naar Spanje moeten gaan.'

'Nou,' zei Cathy, 'dat denk ik eigenlijk niet.' Anna hoorde papier ritselen en wist dat haar vriendin met *The Observer* op haar schoot zat. 'Anna, dit is een geweldige recensie. Je ster zal tot ongekende hoogte rijzen. Ik ben heel benieuwd hoe dit verdergaat.'

Anna zuchtte. 'Ik weet hoe dit verdergaat, ik ga een dutje doen. Ik ben tegenwoordig zo snel moe. Dit is veel te veel opwinding voor één dag.'

Dat dutje zat er echter niet in, want Anna had nog maar net opgehangen toen er hard op de deur werd geklopt. Het was Rhona, met rode wangen en buiten adem alsof ze het hele eind van Gardenstown hiernaartoe had gerend.

'Je bent een engel,' riep Rhona, en ze sloeg een arm om Anna heen zodra die de deur opendeed.

Anna lachte en beantwoordde de omhelzing. 'Hoezo? Wat is er gebeurd?'

Rhona maakte zich los. Er lag een brede grijns op haar gezicht. 'Brigitte March!'

Door alle tumult rond de recensie en Liams bezoek was Anna het telefoontje helemaal vergeten. 'O! Heeft ze je gebeld?'

'Nou en of,' zei Rhona, toen Anna haar binnen wenkte en de deur achter hen dichtdeed. 'Ik zei toch dat jij en je restaurant mijn redding zouden worden? Hier, maak eens gauw open!' Ze stak een fles op. 'Het is prosecco, geen champagne, maar alles op zijn tijd. Nietwaar?'

Anna pakte de fles lachend aan en ging glazen halen. 'En wat zei ze? Het moet een goed gesprek geweest zijn!'

'Goed is nog zacht uitgedrukt, meid. Ze zei dat ze de recensie en bijhorende foto's had gezien – gefeliciteerd trouwens – en dat ze op zoek was naar het juiste servies voor haar nieuwe restaurant. Mijn werk is precies wat ze in gedachten had. Ze wil dat ik al haar serviesgoed maak!'

Anna kwam terug met twee volle glazen bubbels en stak Rhona een glas toe. Ze toosten en namen een slokje.

'Gefeliciteerd,' zei Anna uit de grond van haar hart. 'Ik ben zo blij voor je, Rhona.'

'De enige aan wie ik dat te danken heb, ben jij,' zei Rhona, en ze nam een grote slok. 'Jij en die picknickbank daarbuiten. Je bent een genie.'

Anna kwam in de verleiding om meer wijn te drinken om het te vieren, maar besloot geen risico te nemen. Bij haar eerste bezoek aan de huisarts, een vormelijke man die Anna aan haar eerste hoofdmeester deed denken, had hij botweg gezegd dat de meesten van zijn patiënten bij een eerste zwangerschap aanmerkelijk jonger waren. Ze hoopte dat Rhona te uitgelaten was om te merken dat Anna niet dronk, maar ze had beter moeten weten.

'Zeg, slik je nog steeds die antibiotica?' vroeg Rhona. 'Er zit trouwens amper alcohol in. Het is zondag. Je kunt je roes uitslapen! Drink, we hebben wat te vieren!'

Anna glimlachte. 'Beter van niet.'

Anna zag de radertjes in het hoofd van haar vriendin bijna draaien. Opeens zette Rhona grote ogen op. 'O mijn god.'

'Wat?'

Haar vriendin boog zich naar voren. 'Ben je... zwanger?'

Anna werd boos op zichzelf toen ze merkte dat ze bloosde. 'Wat?'

'Ik was pasgeleden bij Frank en Pat. Ik vroeg hoe het met je ging en ze zeiden dat je doodmoe was door de lunchclub. Ze dachten dat je zodra het kon je bed in dook. Dat vond ik raar. Je bent heel fit, struint over de kliffen en je hebt me verteld dat je in Londen gebroken diensten draaide. Ze vertelden ook dat je had gehuild toen je zei dat je niet kon helpen bij het opruimen na de aardverschuiving en dat is niets voor jou...'

'Ik heb een slechte rug,' zei Anna zacht.

'En je had ook al een oorontsteking?'

'Nee, ik...'

Anna keek haar vriendin aan. Ze wist dat ze bloosde. Rhona's wenkbrauwen waren omhooggeschoten.

'Het is zo,' fluisterde Rhona. 'Je bent zwanger, hè.'

In een vlaag van opluchting die aan euforie grensde, gaf Anna zich gewonnen en ze knikte. 'Ja,' zei ze. 'Sorry dat ik het niet eerder heb verteld, dat ik gelogen heb, maar de eerste echo is pas over drie weken en...'

Rhona zette haar glas neer, pakte Anna's glas en zette dat neer, en omhelsde haar stevig. 'Ben je er blij mee?' vroeg ze met haar kin op Anna's schouder.

Anna haalde rillend adem. 'Ja,' zei ze. 'Nu ik van de eerste schrik bekomen ben, ben ik blij. Heel blij, ondanks alles.'

Rhona maakte zich los. Anna was geraakt toen ze tranen in de ogen van haar vriendin zag. 'Dan ben ik ook blij. Ik ben er voor je. Als ik je kan helpen, laat het dan weten. Met wat dan ook. Oké?'

Anna lachte en trok Rhona weer tegen zich aan. Ze voelde opnieuw grote opluchting. Ze kende deze vrouw pas een paar maanden, maar ze was opeens zo blij dat ze haar kende dat ze amper lucht kreeg. 'Dank je wel. Enorm bedankt.'

25

De recensie in *The Observer* had tot gevolg dat Anna's inbox ontplofte. Er zaten berichten tussen van verbaasde oude kennissen en ze kreeg felicitaties van mensen die ze na de breuk met Geoff niet meer had gezien. Er zaten ook berichten bij van kranten en tijdschriften die het verhaal achter 'het kleinste restaurant in het Verenigd Koninkrijk' wilden weten. Het was haar een raadsel hoe ze aan haar e-mailadres waren gekomen. Gelukkig had Anna voor haar vaste telefoonlijn een geheim nummer en was haar mobiele nummer niet openbaar. Toch werd ze een paar dagen later op haar mobiele telefoon gebeld. Anna keek op het scherm en zag een naam staan van iemand aan wie ze al jaren niet meer had gedacht.

'Hallo, Anna,' zei de stem toen ze opnam. 'Je spreekt met Melissa Stark. Je weet waarschijnlijk niet meer wie ik ben, maar...'

'Hé, Melissa,' zei Anna. 'Natuurlijk weet ik nog wie je bent. Je bent toch de redacteur van Geoffs kookboeken? Hoe gaat het met je? Dat is lang geleden.'

Melissa lachte. 'Ik had het kunnen weten,' zei ze. 'Je had altijd oog voor details. Het gaat goed, dank je. Ik ben nu uitgever. Ik zou kunnen vragen hoe het met jou gaat, maar dat is overbodig. Ik heb het artikel van Adrienne Gail over je restaurant gelezen. Je hebt het goed voor elkaar.'

'O,' zei Anna verlegen. Deze vrouw werkte geregeld aan kookboeken van populaire chef-koks. 'Aardig dat je dat zegt.'

'Daar bel ik dus voor,' ging Melissa verder. 'Ik zal eerlijk tegen je zijn. Ik heb je telefoonnummer altijd bewaard, omdat ik het gevoel had dat je iemand was die het nog ver kon gaan schoppen. We weten allebei dat Geoffs eerste kookboek grotendeels jouw werk was. Toen zag ik al dat je er gevoel voor had hoe een recept gepresenteerd moest worden. We zijn op zoek naar nieuwe kookboekenschrijvers en Anna, ik denk dat jij een aanwinst voor ons zou zijn.'

Anna keek uit het raam naar het gevarieerde zeezicht achter de Fishergirl's Luck. 'Sorry,' zei ze perplex. 'Ik snap niet wat je bedoelt.'

'Ik wil dat je voor ons een kookboek gaat schrijven,' zei de vrouw. '*Lunch bij de Fishergirl's Luck: recepten uit het huis onderaan de klif*. Dat is uiteraard een voorlopige titel en daar valt over te praten, maar ik zie het omslag al voor me. Het persbericht is zo geschreven.'

'Ik...' Anna wilde iets zeggen, maar wist niet wat.

'Sorry,' zei Melissa, en ze lachte weer. 'Ik overval je ermee. Je was vast druk bezig. Zal ik later terugbellen? Op een moment dat beter schikt?'

'Nee, dat hoeft niet,' zei Anna. 'Ik ben alleen een beetje overdonderd. Dank voor je belangstelling. Weet je, ik heb altijd al een kookboek willen schrijven. Sterker nog, ik heb de recepten opgeschreven die ik hier voor de lunchclub heb gemaakt.'

'Kijk eens aan. Ik wist dat het prettig samenwerken zou zijn,' zei Melissa. 'Zullen we volgende week een keer een Zoom-meeting houden?'

Niet alle publiciteit was echter zo positief. Anna raakte overstuur toen in dezelfde lokale krant die als eerste had gemeld dat de lunchclub was geopend, een brief bleek te staan van iemand die duidelijk niet onder de indruk was van haar onderneming. De brief was ingestuurd door een zekere Jean Padgett uit Macduff, een vrouw die zichzelf beschreef als iemand die 'zich zorgen maakte dat de traditionele intrinsieke samenstelling van deze dorpen verloren zou gaan'. Ze beschuldigde Anna ervan dat die de essentie van wat Crovie bijzonder maakte voor de 'echte bewoners' verpestte.

'Ik snap niet wat ze daarmee bedoelt,' zei Anna tegen Frank, toen ze het erover hadden. 'Hoe richt ik dan schade aan? Doordat er nu meer dagjesmensen komen? Doordat er meer toeristen hier logeren? Dat is toch juist goed? Als die vakantiehuisjes niet verhuurd werden, waar zouden de eigenaars dan het onderhoud van kunnen betalen?'

'Negeer het, schat,' raadde Frank haar aan. 'Padgett is zo iemand die zich altijd wel ergens boos over maakt. Ze heeft vaak het idee dat haar enorm onrecht wordt aangedaan. Dougie en zij kennen elkaar al heel lang.'

'O, zit het zo,' zei Anna. Ze had gedacht dat ze eindelijk van de toorn van McKean verlost was. Hij hield zich gelukkig al wekenlang gedeisd. Ze vroeg zich af of Jean Padgett ook genoemd werd in Brens kookboek.

'Trek het je niet aan,' zei Pat tegen haar. 'Hoe haalt ze het in haar hoofd om namens ons te klagen? Frank en ik zullen een brief naar de krant sturen dat we blij zijn dat je dit doet. En we zullen de anderen van de vaste kliek vragen dat ook te doen. We zullen haar eens op haar nummer zetten.'

'Nee, doe dat alsjeblieft niet,' zei Anna.

'Dan is het raadsel opgelost wie er naar de gemeente heeft gebeld,' zei Frank. 'Ze haalt ook uit naar de voedsel- en warenautoriteit omdat die hun werk niet goed hebben gedaan en je restaurant niet hebben gesloten. Ze beschuldigt ze nog net niet van corruptie dat je vijf sterren hebt gekregen!'

Anna besloot Franks raad op te volgen en niet meer aan de brief te denken, maar dat bleek onmogelijk toen de BBC een cameraploeg stuurde om opnamen te maken voor het regionieuws. Ze probeerde behulpzaam te zijn, liet hen zelfs filmen terwijl ze bezig was met de voorbereidingen voor de lunch op vrijdag. Ondertussen beantwoordde ze hun vragen. Toen ze vertelde dat de lokale gemeenschap haar initiatief steunde, onderbrak de verslaggever haar echter.

'Niet iedereen is enthousiast over de lunchclub. Dat weet u toch ook?' zei hij. 'We hebben Jean Padgett gesproken, die niet blij is met wat u hier doet en een brief naar de krant heeft gestuurd.'

'Ik vind het vervelend dat mevrouw Padgett ontstemd is,' zei Anna voorzichtig, 'maar ze woont hier niet, ze kent me niet en ze kent ook de lokale bewoners niet die wel blij zijn met de lunchclub. Als ze hier woonde, zou ze zien dat het tot nu toe positief heeft uitgepakt voor het dorp.'

'Ik weet dat uw vrienden u steunen, maar dat is niet het hele verhaal. Of wel soms?' drong de verslaggever aan.

'Hoe bedoelt u?' vroeg Anna, hoewel ze een bang vermoeden had wat er zou komen.

'Mevrouw Padgett heeft ons in contact gebracht met een oude kennis van haar die wel hier woont. Douglas McKean. Voordat we hiernaartoe kwamen, zijn we bij meneer McKean langs geweest. Is het u bekend dat hij verbolgen is over de situatie?'

Anna haalde diep adem. 'Ja, dat weet ik. Ik heb geprobeerd met hem te praten. Ik heb hem zelfs uitgenodigd hier te komen eten, maar hij heeft mijn pogingen tot vriendelijkheid afgeslagen.'

'Meneer McKean is de laatste oorspronkelijke bewoner van Crovie. Vindt u dat nieuwkomers de verantwoordelijkheid hebben om respectvol met zulke bewoners om te gaan?'

'Uiteraard,' zei Anna. 'Maar ik heb niet het idee dat ik respectloos omga met Crovie of met meneer McKean. Ik heb mijn uiterste best gedaan om respect te tonen. Dat kan ik van hem niet zeggen. Ik kan u precies vertellen waar de afkeer van meneer McKean op gebaseerd is,' zei ze. 'Al jaren loopt hij rond te bazuinen dat de Fishergirl's Luck eigenlijk van hem is.'

'Dat heeft hij ons ook verteld,' zei de verslaggever. 'Het lijkt erop dat de vorige eigenaar onrechtmatig geprofiteerd heeft van een slecht geformuleerd eigendomsbewijs. We zijn van plan dat verder uit te zoeken.'

Anna haalde diep adem. Ze had gehoopt dat het onderwerp niet meer ter sprake zou komen. Desondanks had het haar beter geleken om goed voorbereid te zijn. Ze draaide zich om en pakte een dossiermap die ze een paar dagen daarvoor via de post van de notaris had gekregen. Ze schoof de papieren eruit en spreidde ze over de tafel.

'Dit is de oorspronkelijke eigendomsakte,' zei Anna, en ze wees naar de datum. 'Brenda MacKenzie heeft deze schuur – want dat was het toen – in 1938 van haar vader, de toenmalige eigenaar, gekocht. Als u het gaat uitzoeken, zult u zien dat het huis, het land en de vissersboot van de familie MacKenzie in zijn geheel in 1943 zijn overgegaan op Douglas McKean. Dat is dus jaren nadat Bren de schuur had gekocht. Het kan zijn dat meneer McKean niet op de hoogte was van de formele afspraak waardoor Bren eigenaar van de schuur was geworden, maar zoals u ziet bestaat daar juridisch gezien geen enkele twijfel over. Dit huis is nooit van de familie McKean geweest, en zeker niet van Douglas.'

Vlak daarna werd het interview afgerond. De verslaggever nam vriendelijk afscheid van haar, maar Anna liep de rest van de dag te piekeren over hoe ze op tv zou overkomen. Niet kijken was geen optie, want als er meer lokale bewoners bezwaar hadden tegen de lunchclub moest ze dat weten.

Algauw verdween Anna's ongerustheid. Van het drietal – Jean Padgett, Douglas McKean en zijzelf – klonk alleen Anna redelijk. Anna keek goed naar de vrouw die haar ervan beschuldigde ongevoelig te zijn, maar ze herkende haar niet. Tot haar opluchting zag Anna dat de journalist ook met mensen had gesproken die Anna niet kende maar die allemaal enthousiast waren over een restaurant in Crovie, ook al was het nog zo klein.

'Er zouden meer van zulke plekken langs de kust moeten zijn,' zei een man. 'Elk jaar sluiten er te veel restaurants. Het is juist goed wat ze doet. Ik snap niet dat iemand daar bezwaar tegen kan hebben.'

Douglas McKean was boos, zoals gewoonlijk. Hij spuwde de woorden uit. 'Ons bezit afpakken. Ze moest zich schamen.' Het verslag eindigde met de onthulling dat Anna – en Bren voor haar – het huisje op rechtmatige wijze had gekocht en dat ze de boze oude man niets verschuldigd was.

'Je kwam heel goed over, meid,' zei Rhona tegen haar toen ze later die avond belde. Dat deed ze elke dag sinds ze wist van de zwangerschap, wat Anna ontroerend vond. 'Je hoeft je geen zorgen te maken.'

'Dat doe ik ook niet meer,' zei Anna. 'Het was fijn om te horen dat een paar dorpsbewoners die ik niet ken het voor me opnamen. Misschien zijn er meer mensen die zo denken.'

'Zeker weten,' verzekerde Rhona haar. 'Luister naar die stemmen, niet naar dat negatieve commentaar.'

'Heb je gehoord wat Douglas McKean zei?' vroeg Anna.

'Ach, die oude dwaas kletst uit zijn nek. Dat heeft hij altijd al gedaan,' zei Rhona. 'Je hebt wel iets beters om over na te denken. Negeer hem. Een paar dagen geleden kwam ik trouwens Phil en Marie tegen in de supermarkt. Phil begon er weer over dat je de Crovie Inn zou moeten overnemen.'

'Daar begint hij tegen mij ook telkens over,' zei Anna. 'Als hij zou weten dat de chef-kok een paar maanden met zwangerschapsverlof gaat, zou hij wel anders piepen.'

'Dat denk ik niet,' zei Rhona. 'Er moet zoveel aan gedaan

worden voordat je open zou kunnen. Tegen de tijd dat alles af is, kruipt het kind al.'

Anna boog zich over de gootsteen om naar buiten te kijken. Aan de horizon was een donkere veeg te zien, die laag boven de woelige zee hing. Er was weer storm op komst.

'En ik zou geld bij elkaar moeten zien te krijgen,' zei ze. 'De komende maanden zal mijn spaargeld er snel doorheen gaan.'

'Heb je al babyspullen gekocht?'

'Nee, dat ga ik pas doen na de echo van volgende week. En ik heb er ook geen tijd voor gehad.' Wat ze er niet bij zei, was dat het ook geen zin had. Ze moest eerst een plek zien te vinden waar ze permanent zou gaan wonen. Een huis dat praktisch was met een kind. Een huis dat niet in Crovie stond. Anna vermoedde dat Rhona het vervelend zou vinden dat te horen. Net als alle anderen leek Rhona vergeten te zijn dat Anna over niet al te lange tijd van plan was hier weg te gaan. 'Bovendien wil ik niet dat Pat en Frank iets doorhebben voordat ik het ze verteld heb.'

'Ach, dat snappen ze wel. Wil je dat ik met je meega voor de echo?' vroeg Rhona. 'Ik doe het graag, hoor.'

Anna draaide zich om bij het raam. 'Dat is heel lief van je, maar Liam gaat mee. Hij belde pasgeleden om te zeggen dat hij mee wilde.' Dat gesprek was stroef verlopen. Anna had het gevoel dat ze geen nee kon zeggen. Wat er ook gebeurde, hoe het ook verder zou gaan met Liam en haar, hij was wel de vader van de baby. Ze moesten een manier zien te vinden om daarmee om te gaan.

'Prima,' zei Rhona. 'Zeg, ik ga ophangen. Er moet vanavond nog een nieuwe lading de oven in. Ik heb het er maar druk mee!'

Anna ging naar buiten om de bloembakken dichter bij het huis te zetten, zodat ze minder wind zouden vangen. De wind trok al aan.

In de nacht kwam de storm aan land. De ramen van de Fishergirl's Luck klapperden zo hard dat Anna er wakker van werd.

Met één hand op haar buik lag ze te luisteren hoe de wind tegen het zolderraam beukte. Op een bepaald moment viel ze weer in slaap. Ze droomde over onduidelijke vormen die waarschijnlijk vage angsten symboliseerden. Omdat een ongeluk nooit alleen komt, was ze bang dat er meer ellende zou volgen en ze hoopte maar dat het niets met de echo te maken had.

De volgende ochtend waaide en regende het hard. Anna besefte dat de lunchclub niet door kon gaan. Ze had een Facebookpagina aangemaakt, zodat ze gasten kon waarschuwen als ze de lunchclub om de een of andere reden moest afzeggen en om tien uur had ze een bericht geplaatst dat ze door de weersomstandigheden gedwongen was de lunchclub die dag te annuleren. Ze kreeg direct een paar reacties. Sommige mensen hadden begrip, anderen lieten weten dat ze teleurgesteld waren. Meerdere mensen, waarschijnlijk mensen die nog nooit in Crovie waren geweest, hadden geen idee hoe het dorp of de Fishergirl's Luck er in het echt uitzag en stelden voor dat ze de lunch binnen zou serveren.

Anna zette haar iPad uit en luisterde naar de gierende wind. Ze vroeg zich af wat ze zou gaan doen nu ze niet zes driegangenmaaltijden hoefde te bereiden. Tegenwoordig draaide haar week om de lunchclub: wat ze zou maken, welke ingrediënten ze lokaal kon inslaan, of ze zich zou laten inspireren door recepten van Bren of van haar eigen grootmoeder. Soms herkende ze zichzelf niet eens, want ze was veranderd in de paar maanden dat ze nu in Crovie woonde. Toen ze hier aankwam, wilde Anna het koken voorgoed opgeven. Ze kon zich nu niet meer voorstellen hoe ze dat ooit had kunnen denken.

Ze besloot die ochtend lui onder een dekentje op de bank te kruipen. Ze zette thee en pakte Brens receptenboek. Ook al zou ze vandaag niet koken, ze kon wel recepten voor een andere keer uitzoeken. Ze bladerde langzaam door het notitieboek en las de opmerkingen die haar voorganger bij de recepten had geschreven. Het had iets weg van tijdreizen, al die opmerkingen over lang of korter geleden met soms cryptische omschrijvingen. Zo had Bren bij een recept voor warme gemberpudding geschreven dat ze dat in december 1996 met gemberpoeder in plaats van stemgember uit een potje had moeten maken. Dat ging op zich prima, maar een volgende keer zou ze er een theelepel gemengde kruiden aan toevoegen om de smaak op te halen. In januari 1979 noteerde Bren een heel nieuw recept, citroenbiscuit met zelfgemaakte frambozenjam en stukjes marsepein. Ze schreef erbij dat het recept uit nood geboren was, doordat het dorp door sneeuwval een week van de buitenwereld was afgesloten. Ze had gebruikt wat ze nog in de kast had staan.

Ik heb overal een stuk taart gebracht, had ze erbij geschreven. *Zelfs bij DM, maar die nam het niet aan. Die dwaas zou zijn eigen glazen nog ingooien.*

Anna schudde haar hoofd om de koppigheid van Douglas McKean. Ze vroeg zich af of Bren aantekeningen had gemaakt over barre weersomstandigheden, vooral over de storm van 1953 die het dorp voorgoed had veranderd. Ze las de aantekeningen, die allemaal te fascinerend waren om over te slaan, en vond uiteindelijk een aantekening over de storm van 1953 bij een recept voor Dundee cake. Het handschrift was minder netjes dan ze van Bren gewend was en Anna kon de schrik van jaren geleden bijna voelen.

Vreselijke nacht, vreselijke dag. Ik heb de hele nacht gebakken, als afleiding van het geweld van de zee. Ik hoorde boten losslaan. Een klapte tegen de zijkant van mijn huis, waarna die onder de golven verdween. Ik dacht dat mijn laatste uur geslagen had, dat mijn huisje en ik door de storm opgeslokt zouden worden. Nu is het ochtend. Ik leef nog en het huis staat er nog, maar heel veel andere dingen in het dorp zijn weg. Alle boten van Douglas McKean, ook die van mijn vader, zijn spoorloos verdwenen. Hij heeft geen geld om ze te vervangen. Dit is het einde van zijn onderneming. Mijn huisje heeft weinig schade. Er moeten een paar dakpannen vervangen worden, meer niet. Op deze plek heb ik het geluk gevonden. Dit huisje heeft me veel goeds gebracht. Het hoort een naam te hebben, want het is meer dan een schuur. Van nu af aan is dit de Fishergirl's Luck.

Anna leunde achterover, probeerde zich voor te stellen dat Bren door deze kleine ruimte liep terwijl die enorme storm wreed om haar heen tekeerging. Dat moest beangstigend geweest zijn, en toch bleken deze muren veilig te zijn. Onwrikbaar, net als de eerste eigenaar van het huis. Anna vond het geweldig dat ze nu wist hoe het huis aan zijn ongebruikelijke naam was gekomen. Ze had het uit eerste hand van de vrouw die de naam had bedacht.

Dat moet ik aan Robert vertellen, dacht ze, en voordat Anna er erg in had, had ze de telefoon al gepakt en zijn nummer ingetoetst.

Er werd direct opgenomen en een gespannen stem aan de andere kant van de lijn blafte: 'Ja?'

Anna was onaangenaam verrast door de toon en de klankkleur. Het was een vrouwenstem. 'Sorry, ik denk dat ik het verkeerde nummer heb. Ik wilde de familie MacKenzie bellen.'

'Dit is het huis van de familie MacKenzie. U spreekt met Barbara,' zei de stem nog steeds kribbig. 'Gaat dit over Jonge Robbie? Zo niet dan moet ik de lijn vrijhouden.'

De angst sloeg Anna om het hart. 'Wat? Wat is er gebeurd?'

'Met wie spreek ik?' vroeg Barbara.

'O ja, sorry,' zei Anna. 'Ik ben een vriendin. Mijn naam is Anna Campbell. Ik heb de Fishergirl's Luck van Robert gekocht en...'

'O,' zei de vrouw. 'Ja. Jonge Robbie vond het heel leuk dat jullie samen gebakken hadden.'

'Gaat het goed met hem?' vroeg Anna. 'Is er iets gebeurd?'

'Hij is niet teruggekomen van dolfijnenpatrouille,' zei Barbara met een snik. 'Ik was vannacht hier gebleven omdat Ouwe Robbie met de reddingsboot weg was. Toen ik vanochtend opstond, was Jonge Robbie weg. Hij had een briefje achtergelaten dat ik me geen zorgen hoefde te maken. Maar de jol ligt er niet! Ik heb de mannen op pad gestuurd om hem te zoeken. Ik moet nu echt ophangen, voor het geval Robbie of een van de mannen belt.'

'Natuurlijk,' zei Anna met bonzend hart. 'Bel me als ik iets kan doen.'

Nadat Anna had opgehangen, zat ze naar de telefoon te staren. Het was een eng idee dat Jonge Robbie bij stormvloed op zee was. Ook al was het ergste nu voorbij, de golfslag was nog steeds ruig. Hoe kon een jongen van tien bij zulke deining een jol besturen? De kou die Anna voelde, ging over in transpireren. Ze ging op de bank zitten en sloeg haar handen voor haar gezicht. Wist Robert dat zijn zoon vermist werd? Ze had er niet aan gedacht dat aan Barbara te vragen. Hij was niet thuis, dus waarschijnlijk niet. Of hij wist het wel, maar kon om de een of andere reden niet terugkomen. Omdat hij ergens met de reddingsboot was en daar niet weg kon, bijvoorbeeld. Dat moest vreselijk voor hem zijn, niet weten waar Robbie was en zelf niet kunnen zoeken. Hij was gebroken door de dood van zijn vrouw. Als hij zijn zoon nu ook...

'O, Robbie,' fluisterde Anna bijna in tranen.

Ze dacht aan de laatste keer dat ze de jongen had gezien. Dat was een paar weken geleden. Ze liep over de kliffen, was op weg naar Troup Head om te zien of daar nog de wilde kruisbessen groeiden die Bren in een van haar aantekeningen had genoemd. Anna was voorbij de inham waar ze zeepostelein had geplukt, de dag dat ze de twee MacKenzies voor het eerst samen had gezien.

Jonge Robbie was zo ver weg dat hij haar niet zag, maar zijn felgele windjack viel op te midden van de grijsgroene zee, als een signaalvlag die haar aandacht trok. Hij was bezig de jol op het strand te trekken. Dit was duidelijk een van zijn lievelingsplekken, dacht ze, al was dat niet verrassend gezien wat hij haar de eerste dag had verteld toen hij en zijn vader haar van de klif gered hadden en naar Crovie hadden teruggebracht. Wat zei Robbie ook alweer? Dat de inham op de route van de dolfijnen lag. Anna nam aan dat hij er om die reden weer naartoe was gegaan, omdat de kans groot was dat hij de groep dolfijnen zou zien.

Anna ging rechter zitten. Haar hart bonsde. Wat deed de jongen daar? Ze herinnerde zich dat hij over de rand van de kleine boot had gehangen en ergens aan trok.

Een net. Hij trok een net uit het water.

Anna pakte Brens notitieboek en bladerde er als een dolle doorheen tot ze de aantekening vond die de aanleiding was geweest om kruisbessen te gaan zoeken. Bren had er kruisbessenmousse van gemaakt. Anna was van plan dat als basis te gebruiken voor een semifreddo met kruisbessen en amaretto. Dat leek haar een passend nagerecht na een rijkgevulde soep van gerookte vis. Maar er stond nog iets bij.

De struiken zaten goed vol, stond er. *Ik keek naar het strand beneden en zag een dolfijn met zijn buik omhoog op het strand liggen. Arm beest. Hij zat vast in een net en was verdronken. Augustus 1976.*

Anna drukte de vingers van één hand tegen haar lippen en haar hart klopte snel. Wat had Robbie haar nog meer verteld toen ze aan het bakken waren? Hij had gezegd dat losgeraakte visnetten vreselijk voor dolfijnen waren en dat die altijd in die inham aanspoelden, zeker na een storm.

Anna slaakte een kreet, schoot van de bank en naar de deur, bleef alleen even staan om haar wandelschoenen aan te doen en haar jas te pakken. Te midden van windvlagen en regen stak ze over naar de Weaver's Nook en ze klopte verwoed op de deur.

'Anna! Wat is er?' vroeg Frank Thorpe, toen hij de deur van de dienstingang opendeed.

Selkie lass,

Het spijt me, het spijt me vreselijk. Als je ergens daarbuiten bent, bescherm hem dan. Ik zal hem vinden. Ik beloof je dat ik hem nooit meer alleen zal laten.

Breng hem bij me terug.

Alsjeblieft.

Ik moet er niet aan denken hem ook te verliezen.

Dat kan ik niet aan.

26

Frank stond erop met haar mee te gaan, ondanks de wind en regen.

'Ik weet niet eens of het zo is,' riep Anna tegen de wind in toen ze over de trap naar het klifpad klommen.

'We kunnen beter gaan kijken, schat,' riep Frank terug, terwijl hij het touw meezeulde dat ze op haar aandringen hadden meegenomen. Hij hield vol dat hij het zou dragen. Pat had tegen Anna gezegd dat ze het beter aan David en Glynn kon vragen. Zodra Pat dat zei, wilde Anna dat ze daar zelf aan had gedacht. Maar toen Frank eenmaal wist wat er aan de hand was, was hij onvermurwbaar. Hij ging met haar mee, hij droeg het touw, einde discussie.

Ze zeiden weinig terwijl ze zich over het pad haastten, zich concentreerden op overeind blijven op de natte ondergrond. De regen striemde in haar gezicht toen Anna rondkeek of ze de plek zag waar ze die eerste keer in haar eentje van het pad af was geraakt. Ze kwamen bij de gaspeldoorn die dwars over het pad groeide.

'Voorzichtig,' waarschuwde ze Frank. 'Zo te zien is er weer een aardverschuiving geweest.'

'Dat is waarschijnlijk vannacht gebeurd,' zei hij tegen haar. 'Er was ook een aardverschuiving boven het dorp. Er is weer aarde op het dak van het vakantiehuisje terechtgekomen. En ook op Dougies huis. Het is een puinhoop.'

De zee beukte nog steeds op de kust, viel in grauwe blauwgroene krullende golven uiteen. Het regende inmiddels minder hard, maar Anna moest haar ogen afschermen. Ze tuurde om de lagergelegen klif te kunnen zien.

'Ik zie niets,' riep ze. 'Ik denk niet dat hij...'

Haar woorden bleven in haar keel steken toen ze iets tussen de golven zag. Het lag ondersteboven, verdween uit het zicht en kwam weer boven.

'O mijn god! Is dat de jol?'

De turkooisblauwe en witte brokstukken van de Silver Darling dansten op de golven, waren zo klein dat ze moeilijk te zien waren in het woelige water van de Moray Firth.

Franks gezicht weerspiegelde Anna's afschuw. 'O nee,' mompelde hij lijkbleek.

Anna strompelde naar voren, probeerde het stuk strand te zien waarvan ze wist dat het onder hen lag. Stenen en grond verschoven onder haar voeten. Ze zag nu meer brokstukken van de jol. De restanten van Brens trouwe bootje waren niet steviger dan aanmaakhout. Het bootje moest door de golven tegen de rotsen zijn gesmeten.

Dat overleeft niemand, dacht Anna. Ze was verdoofd en had het ijskoud. Toch ging ze stapje voor stapje verder naar beneden. Ze gleed telkens weg en greep struiken vast om steun te zoeken.

'Anna,' riep Frank. 'Het is niet veilig. Kom terug! Hier...'

Ze keek om en zag Frank het touw om de gaspeldoorn binden. Toen het vastzat, gooide hij de tros naar haar toe.

'Kom terug, schat,' zei hij nadrukkelijk. 'We kunnen nu niets doen.'

Anna pakte het touw vast. Haar voeten gleden weg. Frank had gelijk. Ze konden niets doen. Opeens zag ze Robert MacKenzie voor zich. Het verdriet dat ze over zijn gezicht had zien trekken die avond dat ze elkaar voor het eerst ontmoetten. Ze kreeg geen lucht meer. Het was alsof iemand haar borst indrukte. Hoe kwam hij hier overheen? Hoe kon een mens dat verwerken?

'Anna,' riep Frank weer.

Toen ze zich omdraaide om terug te gaan, zag ze opeens iets. Heel even maar, vlak onder haar. Anna draaide zich weer om, maar zag het niet meer.

'Anna,' riep Frank dringend. 'Deze struik zal het niet lang meer houden. Je moet terugkomen.'

'Wacht even,' zei ze, meer tegen zichzelf dan tegen hem. 'Nog één minuutje.'

Ze hield het touw stevig vast terwijl ze verder afdaalde, zo ver naar achteren hing als ze durfde. Ze hoopte maar dat de struik haar gewicht zou houden. Ze zag het weer, zo dicht bij de klif dat het uitsteeksel waar ze op stond het bijna aan het zicht onttrok.

Iets geels.

Anna schreeuwde. Geen woorden, slechts een onsamenhangende kreet.

'Wat is er?' riep Frank, toen ze verder de klif af ging.

'Ik zie hem!' riep Anna terug. 'Robbie is hier!'

'Anna, wacht!'

Ze keek omhoog naar Frank. 'Ik kan hem daar niet in zijn eentje achterlaten! Misschien is hij ernstig gewond. Bel de hulpdiensten of wie dan ook! Ik ga naar beneden.'

'Anna!'

Frank zei nog meer, maar dat verstond ze niet. Anna daalde voorzichtig de klif af. Hoe verder ze omlaagging, hoe beter ze de kustlijn kon zien. Robbie was een piepkleine gestalte in een gele waterdichte jas, die met zijn rug tegen de klif aan zat.

'Robbie,' riep ze. 'Robbie!'

De jongen keek op en schoof zijn capuchon naar achteren. Anna snikte bijna van opluchting toen hij ging staan. Hij kan bewegen, zei ze tegen zichzelf. De opluchting was immens. Ze zag zelfs geen schrammen op zijn gezicht.

'Anna!'

Ze stak haar arm uit en hij stak zijn arm uit, maar de afstand was te groot. Het touw kwam niet ver genoeg. De grond begon te schuiven en ze moest moeite doen om houvast te vinden.

'Blijf daar!' riep Anna naar de jongen.

Ze bereikte de voet van de klif en Robbie stortte zich in haar armen. Anna omhelsde hem stevig en ze hielden elkaar huilend vast.

'Ik dacht dat het wel zou gaan met de golven, maar dat was niet zo. En het lukte niet om de boot te keren en naar huis te gaan,' zei Robbie snikkend. 'Ik heb de Silver Darling hiernaartoe gestuurd en voor anker gelegd, maar toen heeft een golf de boot tegen de rotsen gesmeten en nu zit ik hier vast. Ik heb mijn telefoon laten vallen! Papa heeft altijd een handfakkel in de boot liggen, maar die is weggespoeld. Telkens als ik de klif op wilde klimmen, gleed ik weg en ik was bang. Ik dacht dat niemand me ooit zou vinden. Ik... Ik wist niet wat ik moest doen.'

'Het is in orde,' zei Anna, die hem nog steeds dicht tegen zich aan hield. 'Frank zal iemand bellen. Ze komen ons halen. Het komt goed. Ben je gewond? Heb je je hoofd gestoten?'

'Nee,' zei Robbie huilend, 'maar ik heb het zo koud!'

Anna keek om zich heen en zag dat Robbie in het beschutste deel van de inham had gezeten. 'Kom,' zei ze.

Anna deed haar jas uit en ging tussen een grote steen en de klif in zitten. Ze trok de jongen op schoot. Robbie nestelde zich tegen haar aan, zijn hoofd onder haar kin, zijn natte capuchon tegen haar keel. Anna stak de zoom van haar jas onder haar voeten en trok de jas tot aan Robbies kin over hem heen. Ze sloeg haar armen om hem heen en voelde hem rillen.

'Rustig maar,' zei ze. 'Er komt zo iemand. Het komt goed.'

Haar rug en benen waren koud, maar na een tijdje hield de jongen op met bibberen. Om te voorkomen dat hij in slaap viel, stelde Anna hem steeds vragen.

'Vertel eens over de verkoop van de koekjes en taarten op school. Ik heb je niet meer gezien sinds we die taartjes hebben gebakken.'

'Ik heb ze allemaal verkocht!' zei Robbie duidelijk trots. 'Alle taartjes! Dat heeft 9,50 pond opgebracht!'

'Wow!' zei Anna. 'Goed gedaan. Het verbaast me niets, want ze waren heerlijk.'

'En weet je wat het mooiste was?' zei Robbie op samenzweerderige toon. 'Aan het eind van de dag had koningin Victoria nog twee cakejes over. En er zat nog wel glazuur op!'

'Zo te horen heeft ze voor deze ene keer niet gewonnen,' zei Anna glimlachend, ondanks het ongemak.

'Nee, zeker niet,' zei de jongen met klem. 'Daar was ze niet blij mee. Ze zal de volgende keer nog beter haar best doen, dus dan moet je me weer helpen.'

'Ik zal je altijd helpen,' zei Anna. Ze omhelsde hem stevig en bedacht dat ze dat meende.

Daarna stelde Anna alle vragen over dolfijnen die ze maar kon bedenken. Dat was niet alleen om Robbie wakker te houden, maar ook om zichzelf af te leiden. Ze had Robbie hier niet in zijn eentje kunnen achterlaten, en Frank van de klif af sturen was ook geen optie, maar nu was ze bang. En de baby dan? Gaat het wel goed met de baby? Wat heb ik gedaan?

Hoewel Anna door haar werk als kok altijd aardig wist hoeveel tijd er verstreken was, had ze geen idee hoelang ze daar zaten. De wind ging liggen, maar de regen hield aan, ook toen de bewolking openbrak. Het eerste teken was dat ze getoeter hoorden, een laag gebrom dat tegen de rots boven hun hoofden weerkaatste. Robbie bewoog en duwde zichzelf overeind.

'Het is de reddingsboot!' riep de jongen toen ze het geluid weer hoorden. 'Dat is mijn vader!'

De reddingsboot kwam in zicht, voer door de golfslag toen de boot de draai naar de inham maakte. Robert MacKenzie stond op de boeg. Zodra de boot dicht genoeg bij de kust was, sprong hij in het water en waadde naar hen toe alsof hij een wedstrijdje met de golven hield wie het eerst bij het strand was. Robbie rende naar zijn vader toe. Toen Robert bij zijn zoon kwam, liet hij zich op zijn knieën in het natte zand vallen en drukte hij de jongen tegen zich aan.

Jonge Robbie hing tegen zijn vaders schouder. 'Het spijt me, papa,' hoorde Anna hem zeggen. 'Ik wilde controleren of de dolfijnen veilig waren. Het spijt me.'

'Het is al goed,' zei Robert tegen hem, met zijn wang tegen het haar van zijn zoon, zijn gezicht nat van regen en tranen. 'Wat moet ik zonder jou?'

Er waren inmiddels meer bemanningsleden van de reddingsboot aan land. Een van hen sloeg een deken om Robbies schouders, een ander stak Anna een deken toe. Toen ze bij de MacKenzies kwam, pakte Robert haar hand. Hij trok haar omlaag, naar zich toe, en sloeg een arm om haar heen, zodat hij haar net zo stevig vasthield als zijn zoon. Na een tijdje liet hij haar los en hij legde zijn hand tegen Anna's wang.

'Is alles goed met je?' vroeg hij. 'Zeg alsjeblieft dat je niet gewond bent.'

Anna glimlachte door haar tranen heen. 'Het gaat goed met me,' zei ze. 'Ik mankeer niets.'

Robert keek aandachtig naar haar gezicht, waarna hij met zijn duim over haar onderlip streek. Toen trok hij haar weer tegen zich aan, drukte zijn gezicht in haar natte haar. Anna voelde dat Jonge Robbie een arm om haar middel sloeg. Zo hielden ze elkaar vast op dat natte, koude strand.

'Dank je wel,' zei Robert MacKenzie in haar oor. 'Dank je wel.'

In het ziekenhuis moesten ze uitleggen dat Anna niet Robbies moeder was. En nee, ze was ook niet zijn stiefmoeder. Misschien was dat het moment geweest om Robert over de baby te vertellen, maar hij was zo opgelucht dat Robbie ongedeerd terug was, dat ze hem niet met haar zorgen wilde belasten.

'Ik ben zwanger,' zei ze tegen de arts die het kamertje binnen kwam om haar na te kijken. 'Volgende week krijg ik de eerste echo. Ik ben bang...' Anna kreeg de woorden niet uit haar mond, durfde haar angst niet hardop uit te spreken.

De arts knikte begripvol en schonk haar een standaardlachje. 'Zullen we de echo anders nu doen? Wilt u iemand bellen?'

Even dacht Anna aan Robert MacKenzie. Ze voelde zijn duim nog over haar lip strijken.

'Ja,' zei ze. 'Ik moet de vader bellen.'

Anna vroeg aan een van de verpleegkundigen om tegen de MacKenzies te zeggen dat ze naar huis was gegaan. Ze wachtte op de kraamafdeling op Liam en luisterde naar het gehuil van pasgeboren baby's. Wat raar, dacht ze, om zo te verlangen naar iets wat ze drie maanden geleden niet voor mogelijk had gehouden.

'Zo te zien is alles in orde met de baby,' zei de echografist toen Anna en Liam naar het kloppende zwart-witbeeld op het scherm keken. 'Goede hartslag, geen teken dat er iets mis is. Willen jullie een afdruk?'

Anna probeerde ja te zeggen, maar door de brok in haar keel lukte dat niet. Naar het wezentje op het scherm kijken vervulde haar met ongekende nederigheid. Hallo, baby, dacht ze, duizelig van opluchting. Hallo daar, ik ben je mama. We gaan het zo leuk krijgen samen. Ik beloof dat ik je nooit meer in gevaar zal brengen.

Liam pakte haar hand en Anna keek naar hem op.

'Ik word vader,' zei Liam met overslaande stem. 'Moet je onze kleine toch eens zien!'

Anna lachte en gaf een kneepje in zijn hand. Ze was blij dat hij erbij was.

Na afloop gingen ze in een eettentje lunchen, verwerkten rustig de gebeurtenissen van die ochtend. De zon was door de wolken gebroken en scheen op de plassen buiten.

'Ga je het nu aan je familie vertellen?' vroeg Anna.

Liam haalde zijn schouders op. 'Ik twijfel of ik dat nu zal doen of als ik thuis ben,' zei hij. 'Ik vertrek al bijna.'

Anna knikte, nam een slokje thee en vroeg zich af of hij weer over meegaan naar Nieuw-Zeeland zou beginnen. Aan zijn gezicht te zien wilde hij dat wel, maar durfde hij niet.

'Ga jij het nu aan anderen vertellen?' vroeg hij in plaats daarvan.

'Een paar mensen weten het al,' zei Anna. 'Als je dat liever hebt, kan ik wachten tot jij weg bent voordat ik het aan de rest vertel.'

Hij keek uit het raam. De lucht haalde weer aan, een straffe wind gierde door de straat. 'Dat zal ik niet van je vragen. De mensen staan toch wel met een oordeel klaar, wanneer je het ook vertelt.' Liam keek haar aan en lachte even. 'Hoewel... Als iemand jou op andere gedachten kan brengen over met mij meegaan...'

Anna verschoof ongemakkelijk. 'Liam...'

'Ik weet het, ik weet het.' Hij hield zijn hoofd schuin naar één kant. 'De lunchclub loopt heel goed. Iedereen heeft het erover. Ik denk dat je het ver kunt schoppen, maar hoe valt dat te combineren met in je eentje een kind opvoeden?'

Anna haalde haar schouders op. 'Er zijn vrouwen die dat eerder hebben gedaan. Ik bedenk er wel iets op.'

Hij nam een grote slok koffie. 'Misschien dat ik af en toe eens op bezoek kom.'

Ze legde een hand op zijn arm. 'Doe dat.'

'Ik kan je nu al vertellen dat mijn moeder op bezoek wil komen.'

Anna glimlachte. 'Dat is prima.'

'En als de baby oud genoeg is, kunnen jullie naar Nieuw-Zeeland komen.'

'En er is internet. Zo kunnen we elkaar toch ook zien?'

Liam knikte.

'Ik zal niet doen alsof je geen deel uitmaakt van het leven van onze baby, Liam,' zei Anna. 'We moeten een manier zien te vinden die voor ons werkt. Voor ons alle drie.'

'Kon ik maar langer blijven, al was het maar om ervoor te zorgen dat jij jezelf in acht neemt,' zei Liam. 'Ik maakte me al zorgen dat je te hard werkte. En, Anna, van een klif af gaan?'

Ze nam een slokje thee. 'Ik kon Robbie daar niet in zijn eentje achterlaten. Dat kon gewoon niet. En alles is toch in orde? Ik zal zoiets nooit meer doen. Eén gewaagde reddingspoging in een leven is wel genoeg. Maak je geen zorgen, Liam. En als ik het eenmaal aan Pat en Frank verteld heb, vermoed ik dat twee paar ogen me scherp in de gaten zullen houden.'

Liam reed haar terug naar Crovie en stak de haard voor haar aan, waarna hij haar opgekruld onder een dekentje op de bank achterliet. Anna lag in de warmte, met één hand op haar buik, en dacht na over alles wat er was gebeurd. Het vaakst dacht ze aan Robert MacKenzie. Na die avond dat ze op Jonge Robbie had gepast, had ze afstand genomen, en Robert had hetzelfde gedaan. Er waren geen uitnodigingen meer geweest om mee te gaan op dolfijnenpatrouille. Ze vroeg zich af of dat kwam doordat ze door de vele stormen minder vaak waren uitgevaren, of dat ze bewust niet meer door Ouwe Robert mee werd gevraagd nadat ze zich die bewuste avond duidelijk ongemakkelijk had gevoeld. Hij moest geweten hebben hoe druk ze het had. Iedereen aan deze kust wist van de bedrijvigheid waar het slaperige dorpje Crovie dankzij haar aan ten prooi was gevallen. Maar hij had niet gebeld, op die ene keer na om haar te bedanken voor de maaltijden die ze voor Douglas McKean klaarmaakte. Zij had hem uiteraard ook niet gebeld. Waarom zou ze?

Anna vroeg zich af wat hij zou denken als hij erachter kwam dat ze in verwachting was. Ze werd zenuwachtig bij de gedachte hoe dat gesprek zou verlopen. Zou hij zich ongemakkelijk voelen? Zou zij zich ongemakkelijk voelen? Ze dacht aan die middag dat ze scheermessen hadden gevangen, aan die zorgeloze dag op de boot van Fraser en Emma. Ze besefte, niet voor het eerst, dat ze hem miste. Dat ze hen miste. Ze was zich er nu alleen sterker van bewust hoe belangrijk ze voor haar waren.

Er werd op de deur geklopt.

'Binnen,' riep Anna, terwijl ze onder de dekens vandaan kwam. Ze verwachtte dat het Pat of Frank zou zijn die kwam kijken hoe het met haar ging, maar toen ze opstond, zag ze dat het Robert MacKenzie was. Ze hapte naar adem en haar hart sloeg een tel over.

In zijn handen had hij de borden die ze de dag ervoor voor het avondeten van Douglas McKean had gebruikt. Dat leek maanden geleden, in plaats van vierentwintig uur. Robert glimlachte toen hij haar zag.

'Hoi,' zei hij zacht. 'Lang niet gezien.'

'Hoe gaat het met Robbie?'

'Goed,' zei hij. 'Dankzij jou. Ik heb hem bij Barbara achtergelaten. Ik denk niet dat ze hem ooit nog uit het oog zal verliezen. Ik wil hem zelf ook beter in de gaten gaan houden, maar ik moest kijken hoe het met Douglas ging en hoe groot de nieuwe schade aan zijn huis is. De storm van gisteravond heeft weer een aardverschuiving veroorzaakt.' Robert schudde zijn hoofd. 'Anna, toen ik dat zag en bedacht wat je gedaan hebt, voor Robbie, voor mij... Wat voor risico je genomen hebt door van die klif af te gaan. Ik kan je niet...'

'Echt, het stelde niets voor,' onderbrak ze hem. 'Dat zou iedereen gedaan hebben. Ik ben alleen maar blij dat hij in veiligheid is.'

Het was even stil. Ze keken elkaar alleen maar aan en Anna voelde de enormiteit van iets aan de rand van haar blikveld, als een klif die achter haar oprees.

'Ik moet je iets...'

'Ik zat te denken...'

Ze zwegen allebei. Anna met een nerveus lachje en Robert met een glimlach. 'Sorry,' zei hij, 'ga door.'

Anna schudde haar hoofd. De opwelling om hem over de baby te vertellen was verdwenen. 'Nee, ga jij maar. Wat wilde je zeggen?'

'Ik zat te denken dat ik scheermessen voor je ga vangen,' zei hij. 'Rhona heeft het nog steeds over dat gerecht dat je voor haar gemaakt hebt van de vorige lading. En het is gratis eten, niet dan? Nu de lunchclub zo goed loopt, moet je toch ergens je winst vandaan halen. Of niet soms?'

Ze glimlachte. 'Dat is heel aardig van je, maar het hoeft niet. Ik heb geen tijd om met je mee te gaan en...'

'Zie het als een minieme vergoeding,' zei hij, zonder haar te laten uitpraten. 'Voor het feit dat ik je ongewild bij mijn gekke gezinnetje heb betrokken.'

Ik ben graag bij je gekke gezinnetje.

Ze kon de woorden net op tijd inslikken. Anna besefte dat hij nog steeds met de borden in zijn handen stond en pakte ze van hem aan in een poging haar verwarring te verbergen. Hun vingers raakten elkaar. Anna bedacht dat ze het fijn vond zijn vingers te voelen: de grove huid van zijn vingertoppen, die ruw was van het werk.

'Ik hoop dat Douglas het lekker vond,' zei ze, waarbij ze angstvallig zijn gezicht meed.

'Ja, hij vond het lekker. Hij moet weten waar het eten vandaan komt. Ik had het vandaag steeds over jou. Ik dwong hem om te luisteren hoe je mijn zoon hebt gered.' Hij keek haar ernstig aan. 'Hoe je mij hebt gered.'

Ze namen afscheid en Robert beloofde dat hij haar een emmer scheermessen zou brengen. Anna stond op het trapje van de Fishergirl's Luck en keek hem na, vroeg zich af of haar huidige emoties aan hormonen toe te schrijven waren. Toen ze zich omdraaide om naar binnen te gaan, zag ze aan het eind van het dorp een gestalte. Hij stond in de schaduw van de klif naar haar te kijken.

Douglas McKean.

De moed zonk Anna in de schoenen. Niet nu, dacht ze. Alsjeblieft niet nu.

De oude man keek nog even naar haar. Toen bracht hij langzaam zijn stok omhoog en tikte ermee tegen zijn voorhoofd als een soort lompe groet.

Daarna schuifelde hij weg.

'Nee maar,' zei Pat. 'De wonderen zijn de wereld nog niet uit.'

'Douglas McKean die jou bedankt?' zei Frank. 'Dat mag in de krant.'

'Ik ga hem nog steeds niet zelf zijn eten brengen,' waarschuwde Anna hen.

Frank gaf een klopje op haar hand. 'Begrepen.'

Het was avond, het daglicht was opgeslokt door de klif. Ze zaten in de Weaver's Nook aan de keukentafel. Het was een tijd geleden dat ze dat hadden gedaan en Anna miste het. Pat had erop gestaan dat Frank zich ook liet nakijken na zijn avontuur op de klif. Het resultaat was dat hij een officiële waarschuwing van de arts had gekregen dat hij het rustiger aan moest doen.

'Hoe gaat het met jullie?' vroeg Anna.

'Nou, die stormen kunnen ons gestolen worden. Zo erg als dit jaar hebben we het nog nooit meegemaakt. Zo is het toch, Frank?'

Frank knikte.

'Hebben jullie daardoor minder boekingen?'

Ze lachten. 'Dat is zeker een grapje?' zei Pat. 'We hadden onze kamers deze week wel drie keer kunnen verhuren! Anna, als je morgen de Crovie Inn zou openen, heb je reserveringen voor het komende halfjaar zonder dat je hoeft te adverteren.'

'Sorry dat ik jullie zoveel extra werk bezorg.'

'Doe niet zo mal, meid,' zei Frank. 'Wat werk betreft is dit de beste zomer sinds jaren. Het is niet jouw schuld dat we een dagje ouder worden. Daar is niets aan te doen. Maak jij je nou maar druk om je eigen bedrijf.'

'Eerlijk gezegd weet ik niet wat ik moet doen,' bekende Anna. 'Ik heb al meer gasten dan ik aankan en mensen worden boos dat er per keer maar zes plekken zijn. Ik zie alleen niet hoe ik kan uitbreiden. De Crovie Inn is de enige plek waar dat mogelijk zou zijn, maar dat krijg ik financieel niet rond. Of ik moet de loterij winnen. En...' Ze haalde diep adem. 'Er is nog een reden, een belangrijkere reden, dat ik loop te dubben wat ik met de lunchclub ga doen.'

Pat keek haar aan. 'O? Heeft dit met Liam Harper te maken?'

'Hè? Hoe weet je dat?'

'Susan vertelde dat ze je eerder vandaag met hem had zien lunchen in Fraserburgh. Ze vermoedde dat hij je uit het ziekenhuis had opgehaald. We dachten dat jullie misschien weer bij elkaar waren en hij gaat terug naar huis dus...' Pat zuchtte somber. 'Je zegt steeds dat je hier niet blijft.'

Anna beet op haar lip. Nu het zover was, was ze misselijk van de zenuwen.

'Dat is niet de reden dat hij naar het ziekenhuis kwam.' Ze stak haar hand in haar zak, haalde er de envelop met de uitdraai van de echo uit, en schoof die over de tafel naar haar vrienden toe. 'Dit is de reden.'

Pat wierp haar een vragende blik toe, waarna ze de envelop

pakte. Toen ze zag wat erin zat, zette ze grote ogen op. Pat en Frank keken Anna verbijsterd aan.

'Het was een ongelukje,' zei Anna tegen hen. 'Maar ik ben er blij mee. De baby komt in januari. Alles is in orde, het gaat goed met ons.'

'O!' Pat sprong van haar stoel en omhelsde Anna. Anna lachte toen Frank er ook bij kwam en even hielden ze elkaar alle drie vast. Anna's gezicht was nat van tranen. Ze was enorm opgelucht omdat ze het nu eindelijk wisten en omdat ze zo positief reageerden.

Uiteindelijk maakte Pat zich los. 'En...' zei ze, toen Frank naast Anna ging zitten. 'Blijft Liam nu hier? Bij jou?'

'Nee. Hij gaat naar huis. Hij heeft gevraagd of ik met hem meega, maar dat wil ik niet.'

Pat schudde haar hoofd, pakte Anna's hand en gaf er een kneepje in. 'Dapper,' zei ze met dikke stem.

'Nee, gewoon vastberaden,' zei Anna. 'En een beetje dom. Behoorlijk dom.'

'Ben je nog steeds van plan hier weg te gaan?' vroeg Pat. 'Blijf je niet hier?'

Anna schudde haar hoofd. 'Wil je een eerlijk antwoord? Het verstandigst is om te verhuizen voordat de baby er is, dat ik alvast ergens anders gewend ben. Maar...'

'Maar?' Er lag een hoopvolle uitdrukking op Pats gezicht.

Anna stak haar handen de lucht in, handpalmen omhoog, ten teken dat ze er nog niet uit was. 'Ik zou de baby heel graag hier krijgen. Ik weet echt niet hoe het dan moet, maar dit dorp... alle mensen hier...'

Pat glimlachte gelukzalig. 'We zijn onder je huid gekropen, niet dan?'

Anna lachte, al moest ze bijna huilen. 'Ik denk het. Je had het al voorspeld.'

‘Een wieg,’ zei Frank opeens. ‘De Fishergirl’s Luck heeft een wieg nodig. Op maat gemaakt zodat die precies past. Dat kan ik wel. Mag ik die voor je maken?’

De tranen bleven komen. ‘Natuurlijk mag dat,’ zei Anna. ‘Ik ben zo blij dat jullie enthousiast reageren. Ik zal jullie nodig hebben, jullie allebei.’

Pat omhelsde haar weer. ‘We zijn er voor je, schat.’

‘Je weet toch wat ze zeggen,’ zei Frank met een grijns. ‘Er is een dorp voor nodig om een kind groot te brengen.’

Anna lachte door haar tranen heen. ‘Ja! En weet je, dit is nu mijn thuis. Ik weet niet wanneer dat gebeurd is, maar ik kan me niet meer voorstellen dat ik ergens anders zou wonen. Dat wil ik ook niet. Ik mis de vaste kliek. Het is zo lang geleden dat we met z’n allen bij elkaar zijn geweest. Dat komt door mij, doordat ik het zo druk had.’

‘Maak je daar maar geen zorgen over, schat,’ zei Frank. ‘Niemand van ons gaat hier weg.’

Mijn eigen Selkie lass,

Als ik bloemen voor je zou kopen, gele, alle gele bloemen die ik tussen Inverness en Cromarty zou kunnen vinden en daar het huis mee vol zou zetten, allemaal voor jou, zou ik me dan beter voelen?

Ik heb bietjes gekocht. Bewust. Als boetedoening en het is niet genoeg.

Ik hou van je. Ik koester de herinnering aan jou, zoveel dat ik zou willen dat het meer was dan een herinnering. Maar dat is het niet.

Ik had haar nooit verwacht. Nooit.

27

Een ongeluk komt nooit alleen. Anna had gedacht dat haar avontuur met Jonge Robbie onderaan de klif het tweede ongeluk was, maar ze had het mis. Dat gebeurde een paar dagen later, op donderdag, toen Anna op het punt stond met de lunchclub te beginnen. Er was een last van haar schouders gevallen toen ze haar baby op de echo had gezien en het aan Pat en Frank had verteld. Anna had niet eens geweten dat ze die last met zich meedroeg. Het gevolg was dat ze door de week heen zweefde. Ze was nog steeds moe, maar een nieuw geluksgevoel maakte haar opgewekt.

'Geniet ervan,' zei Cathy tegen haar. 'Ik ben heel blij dat je van die lieve mensen om je heen hebt, Anna. Ik vind het vreselijk dat ik niet dichterbij woon.'

'Dat weet ik,' zei Anna. 'Ik ook. Maar ik weet dat je op bezoek zult komen als je tijd hebt. Het zou heel fijn zijn je weer te zien.'

Anna belde Cathy inmiddels minder vaak dan eerst. Dat was een teken dat haar nieuwe vriendschappen hechter werden. Mijn wortels liggen nu hier, dacht ze, toen ze vlug en bedreven met haar duim gnocchi vormde.

Ze was bezig met de voorbereidingen voor de lunchclub, met een zelfverzekerdheid die ze pas ontwikkeld had sinds ze in Crovie woonde. Dit was haar plek. Ze kende het dorp minder goed dan mensen zoals Douglas McKean en Robert MacKenzie, maar ze had de rest van haar leven om er meer over te weten te komen en dat was precies wat ze wilde.

De zes gasten die een plek hadden weten te bemachtigen zaten aan de picknickbank – er hingen nog steeds veel mensen rond alsof ze verwachtten dat Anna op de een of andere manier extra zitplaatsen tevoorschijn kon toveren – en Anna was binnen drankjes aan het inschenken toen ze buiten tumult hoorde. Het begon met luid gemompel, gevolgd door een daverend applaus en daarbovenuit hoorde ze iemand praten. Ze ging kijken wat er aan de hand was en bleef als versteend op het trapje staan.

'Kijk eens aan, daar is ze,' zei Geoff Rowcliffe met zijn nep televisielach. 'Anna Campbell, de ster van de dag.'

Anna voelde het bloed uit haar gezicht wegtrekken. 'Wat doe jij hier?'

Geoff draaide zich om naar de verzamelde menigte, spreidde zijn armen en glimlachte nog breder. Een paar mensen lachten. 'Ik wilde natuurlijk met eigen ogen zien hoe het met mijn protegé gaat!' zei hij.

Anna's keel werd dichtgeknepen. Ze kreeg het koud. 'Je protegé?'

De beroemde chef-kok draaide zich naar haar toe. Hij glimlachte nog steeds, maar ze kende hem goed genoeg om de vlijmscherpe blik in zijn ogen te doorgronden. 'Je hebt blijkbaar toch nog wat opgestoken in de twintig jaar dat je bij mij in de keuken hebt gestaan. Ik ben hier om je te steunen.'

Ze slikte. 'Ik zit vandaag helaas al helemaal vol,' zei Anna.

'O nee, kom er gerust bij zitten,' zei een van de vrouwen die wel een plek had. Ze leunde over het hek. Haar gezicht straalde van enthousiasme. 'We kunnen best een eindje opschuiven!'

Anna schudde haar hoofd. 'Nee, dat lijkt me geen…'

'We vinden het niet erg,' hield de vrouw vol. Ze draaide zich om naar de anderen aan de picknickbank. 'Zo is het toch?'

Geoff keek Anna nadrukkelijk aan. Even overwoog ze te liegen door te zeggen dat ze slechts voldoende ingrediënten had voor zes maaltijden, maar ze wist dat hij dat nooit zou geloven. Ze gaf zich gewonnen. 'Ik ga een extra stoel halen.'

Hij lachte zijn tanden bloot. 'Geweldig. Ik wil je eten graag proeven. Als ik de recensies mag geloven, zou je al een Michelinster moeten hebben.'

Daarna draaide hij haar zijn rug toe en hij liep naar de vrouw die opgewonden verkondigde dat het een eer was om met zo'n beroemde chef-kok aan tafel te zitten. Anna ging binnen een extra stoel pakken. Toen ze ermee naar buiten stapte, stond Geoff met zijn armen over elkaar geslagen bij de tafel. Hij keek amper naar haar toen ze de stoel aan de kop van de picknickbank neerzette.

Anna liep de Fishergirl's Luck weer in en deed de deur achter zich dicht. Ze stond te trillen en had geen gevoel in haar vingers. Al haar zelfverzekerdheid was verdwenen. Ze was niet meer dan een ondergeschikte in Geoffs keuken, wachtend op zijn commentaar over haar eten. Ze was misselijk.

Ze pakte haar telefoon en belde Cathy. Haar vriendin nam al op nadat de telefoon één keer was overgegaan.

'Hoi, wat ben je aan het doen? Je hebt nu toch de lunchclub? Is alles in orde?'

'Hij is hier. Geoff is hier.'

'Wat?'

'Hij stond opeens hier op het pad. De gasten hebben plek voor hem gemaakt. Hij zit aan de picknickbank op zijn eten te wachten. Ik kan zo geen borden opmaken, mijn handen trillen te erg.'

'Hé,' zei Cathy, waarbij haar stem van ontzetting naar vastberadenheid ging. 'Luister naar me, je kunt het. Ik weet dat je het kunt. Dat weet je zelf ook. Je staat niet meer in zijn keuken. Dit is jouw tafel, jouw eten. Gun jezelf even rust. Drink een glas water. Haal diep adem. En doe dan waar je goed in bent. Hij kan dit niet van je afpakken, want je hebt dit niet van hem gekregen. Snap je?'

Anna sloot haar ogen en haalde diep adem. 'Ja, ik kan dit. Ik kan het.'

'Zo mag ik het horen, meid. Ik hou van je. En nu, hup, aan de slag. Bel me na afloop.'

Anna hing op en liep naar de keuken. Ze liet een glas water vollopen en dronk het in één teug leeg, terwijl ze door het raam naar de zee keek. Ze zette het glas neer en haalde een paar keer diep adem. Terwijl ze dat deed, maakte haar paniek plaats voor woede.

Protegé? Alsof ze niet tegelijk dezelfde opleiding hadden gevolgd! Alsof ze alleen maar dankzij die stomme Geoff Rowcliffe kon koken!

Anna zuchtte nog eens diep. Dit zou de beste lunch worden die ze ooit geserveerd had. Ze kon beter koken dan Geoff. Dat wist ze en hij wist het ook. Waarom zou hij anders hier zijn? Waarom zou hij zich er anders druk om maken? Waarom had hij haar anders twintig jaar een minderwaardigheidscomplex aangepraat zodat ze dat zelf was gaan geloven?

Hij bevond zich nu op haar terrein.

Je kunt de pot op, Geoff Rowcliffe, dacht ze. Ik ben hier de baas.

Ze rechtte haar schouders en betrad het strijdtoneel.

'Ik moet toegeven dat het niet slecht was. Minder verfijnd dan ik gezien de recensies had verwacht, maar je hebt potentie.'

Anna was de laatste spullen aan het afruimen. De andere gasten waren eindelijk vertrokken, maar alleen omdat het harder was gaan waaien. Anders waren ze waarschijnlijk nog drie uur blijven zitten om naar Geoffs wijze raad te luisteren. Nu was Anna de enige die moest aanhoren hoe haar ex het succes van haar maaltijd bagatelliseerde terwijl hij toekeek hoe ze opruimde.

'Sympathiek dat je dat zegt,' zei Anna, toen ze hem passeerde op weg naar de deur van de Fishergirl's Luck.

'Je hoeft niet zo snibbig te doen. Ik geef gewoon mijn mening. Zonder feedback worden we niet beter, of wel soms?'

Ze nodigde hem niet uit om binnen te komen, maar dat weerhield hem er niet van achter haar aan te lopen. Anna liep naar de gootsteen en stapelde de kopjes op om ze af te wassen. Ze wist dat het eten voortreffelijk was geweest. Vandaar dat hij naar fouten in de presentatie zocht. Op het eten zelf was niets aan te merken. Dat was perfect en dat wist hij. En zij wist dat ook. Dat hoefde hij van haar niet per se te benoemen. Dat was maar goed ook, want dat zou hij nooit doen. Anna draaide zich om en keek hem aan.

'Wat wil je, Geoff?' vroeg ze. 'Waarom ben je hier?'

Hij antwoordde niet direct, maar keek in plaats daarvan met amper verhulde minachting haar huisje rond.

'Ik ben hier om je een baan aan te bieden. Een goede baan. Een kans om je hobbyprojectje hier te verruilen voor iets wat echt toekomst heeft.'

De woede die Anna daarstraks had gevoeld, laaide weer op. Ze sloeg haar armen over elkaar. 'O ja? En wat mag dat zijn dan?'

'Ik ga volgend jaar een nieuw restaurant openen in Manchester. Ik wil dat jij daar chef-kok wordt. Ik bied je een eigen keuken aan, Anna. Een echte keuken.'

Anna keek hem aan. 'Je... Wat?'

Geoff glimlachte en stak zijn handen in zijn zakken. 'Dat klopt. Ik ben bereid je een eigen keuken te geven. Met een stralende toekomst.'

Ze was zo verbijsterd dat ze amper kon praten. 'Waarom?'

Hij haalde zijn schouders op. 'Ik heb iemand nodig die het juiste niveau heeft. Er staat straks Rowcliffe boven de deur, dus mijn reputatie staat op het spel.'

'En je denkt dat ik het juiste niveau heb?'

Hij haalde een hand uit zijn zak en wees naar haar. 'Niet zo vrijpostig, Anna. Geloof niet in je eigen hype. Kijk dan waar we het over hebben. Denk je nou echt dat je een chef-kok bent met zes couverts per keer, een paar dagen per week, helemaal aan het eind van de beschaving? Dat is belachelijk. Kijk naar jezelf. Niemand die bij zijn volle verstand is zou je zo'n baan aanbieden.'

Anna draaide zich om. Hij had gelijk. Niemand kreeg zo'n kans in een nieuwe keuken, zeker niet in een keuken die Michelin-inspecteurs al in het vizier hadden voordat het restaurant echt openging.

'Wanneer wil je open?'

'Volgend jaar december. Het moet geen haastwerk worden. Ik weet zeker dat het een succes wordt en mijn investeerders zijn daar ook van overtuigd. We hebben nog ruim de tijd. Ik wil graag dat je er vanaf het begin bij betrokken bent. De keuken en de eetzaal worden naar jouw wensen ingericht, al zal ik uiteraard toezicht houden. We zullen het menu samen opstellen.'

December, dacht Anna. Ze had gedacht dat hij volgend jaar zomer open zou willen. In december zou de baby elf maanden zijn. Ook als ze na de bevalling een halfjaar verlof zou nemen, bleven er nog vijf maanden over tot de opening. In die periode kon ze er volledig bij betrokken zijn.

'Anna?' zei Geoff toen ze niets zei. 'Ik had een enthousiastere reactie verwacht.'

Anna slikte moeizaam, draaide zich om en keek hem aan. 'Tegen die tijd heb ik een kind. Ik ben zwanger.'

De verbijstering op zijn gezicht zou grappig geweest zijn als die niet zo snel in een boosaardige grijns was overgegaan. 'Tjonge, je laat er geen gras over groeien. Ik weet dat vrouwen op een bepaalde leeftijd alleen nog maar hun biologische klok horen tikken, maar dan nog...'

'Ik ben in januari uitgerekend,' zei Anna om hem de mond te snoeren.

Hij vernauwde zijn ogen tot spleetjes. 'Dan is al dat gedoe toch op tijd voorbij?' Geoff keek weer om zich heen in de Fishergirl's Luck. 'Hoe wil je dat gaan doen? De baby in een box onder de tafel? Wat afmetingen betreft is dit eerder een speelhuis voor in de tuin. Wie is de vader?'

'Dat gaat je niets aan.'

Hij keek haar opnieuw grijnzend aan. 'Hij heeft je met kind geschopt en is ervandoor gegaan? Slimme vent.'

Anna beet op haar lip en probeerde haar woede in toom te houden. 'En nu wegwezen,' zei ze. 'Ik moet opruimen en schoonmaken.'

'We moeten het over voorwaarden en bepalingen hebben,' zei Geoff. 'Je zult een contract en een geheimhoudingsverklaring moeten tekenen. Er staat ook een concurrentiebeding in, dus je zult hiermee moeten stoppen en...'

'Dat doe ik niet,' zei Anna.

Geoff sloeg zijn armen over elkaar. 'Je zult wel moeten anders gaat het feest niet door.'

'Geen punt. Het gaat niet door. Dag, Geoff.'

Hij gaapte haar aan. 'Wat?'

'Ik wil de baan niet,' zei Anna. 'Wegwezen.'

'Dat meen je niet,' zei Geoff. 'Zelfs jij zou niet...'

Opeens werd er op de deur geklopt. Geoff had de buitendeur open laten staan, had alleen de tussendeur een eindje dichtgedaan. Die deur ging nu open en Robert MacKenzie kwam achterwaarts naar binnen gelopen met twee zo te zien zware emmers waar water in klotste.

'Sorry dat ik zo kom binnenvallen,' zei hij, 'maar...' Hij keek op en zag Geoff. 'O, sorry. Ik kom alleen scheermessen voor morgen afgeven.'

Anna liep naar Robert toe en nam een van de emmers, vol scheermessen en zeewater, van hem over. 'Bedankt,' zei ze. 'Dat is heel aardig van je.'

Geoff sloeg zijn armen over elkaar en volgde het tafereel. 'Aan huis geleverd, dat noem ik nog eens service.'

Robert schonk hem een glimlach terwijl hij weer rechtop ging staan. 'O, Anna verdient het beste voor haar keuken. Heb je haar eten weleens geproefd? Dat is het lekkerste wat ik ooit gegeten heb.'

'Hmm,' zei Geoff. 'Daar hadden we het net over.' Hij aarzelde even en stak toen zijn hand uit naar Robert. 'Geoff Rowcliffe.'

'Robert MacKenzie,' Robert wierp een glimlachende blik op Anna. 'Ben je een vriend van Anna uit het zuiden? Leuk je te ontmoeten.'

Anna werd zenuwachtig. Robert had dus geen idee wie Geoff was, en uit ervaring wist ze dat haar ex dit als een grove belediging zou opvatten. Geoff glimlachte strak.

'Ik neem aan dat jij de vader bent,' zei hij gladjes. 'Gefeliciteerd. De baby komt in januari heb ik begrepen?'

De glimlach verdween van Roberts gezicht.

'O, heb ik voor mijn beurt gepraat?' vroeg Geoff met geveinsde onschuld. Anna trapte er niet in.

'Het geeft niet,' zei Anna, die weigerde hem te laten blijken hoe woedend hij haar maakte. 'Nee, Robert is niet de vader van mijn baby. Hij is gewoon een heel goede vriend. Ik heb dit huis van hem gekocht.'

Geoff knikte, verloor zijn belangstelling. 'Ik moet ervandoor.' Hij keek Anna doordringend aan. 'Ik heb nog hetzelfde telefoonnummer. Ik wacht op je belletje.'

Anna negeerde die opmerkingen. 'Dag, Geoff.'

Geoff wierp een blik op Robert. 'Aangenaam kennis te maken.'

Robert deed een stap opzij om Geoff door te laten. 'Insgelijks.'

Anna deed de deur achter Geoff dicht en draaide zich om naar Robert. Ze zwegen even.

'Sorry, dat ik het je nog niet had verteld,' zei Anna.

Hij stak een hand op. 'Je hoeft je niet te verontschuldigen, dat zijn...' Hij schudde zijn hoofd even en maakte de zin niet af. 'Is alles in orde met jou en de baby? Na alles wat er...'

'Ja, het gaat goed met ons. Dank je.'

'Mooi. Ben je blij?'

Anna glimlachte. 'Ja. Ik vind het een beetje eng, maar ik ben heel blij.'

Hij glimlachte terug. 'Dan ben ik ook blij.'

Er viel weer een stilte. 'Dan ga ik maar,' zei Robert na een tijdje. 'Fraser en Emma komen Robbie zo thuisbrengen.'

'Oké. Nogmaals bedankt voor de scheermessen.'

'Graag gedaan,' zei hij. 'Als je iets nodig hebt, laat het me dan weten. Maakt niet uit wat of hoe laat het is. Oké?'

Anna glimlachte weer. Iets in haar borst zwol op en trok samen, veroorzaakte een droefheid waar ze geen verklaring voor had. 'Bedankt. Dat betekent veel voor me.'

Robert MacKenzie knikte weer, fronste zijn wenkbrauwen en glimlachte even. Toen verdween hij in de schemering en de wind.

'Wat een schoft,' zei Cathy meteen nadat Anna haar over Geoffs aanbod had verteld. 'Hij zoekt een manier om te kunnen zeggen dat je je succes aan hem te danken hebt. Hij wil zeggenschap over je, Anna. Dat jullie samen het menu zouden opstellen... We weten allebei wat dat betekent. Jij bedenkt een gerecht en dan kookt hij dat op tv. Als jullie namen ergens samen vermeld staan, zal zijn naam drie keer zo groot zijn als die van jou. En dan nog alleen als hij het niet voor elkaar krijgt om jouw naam te schrappen.'

Anna frunnikte afwezig aan de zoom van haar blouse. Die zat strakker dan normaal. 'Dat weet ik en daarom heb ik ook tegen hem gezegd dat hij de pot op kon.'

'Mooi,' zei Cathy. Er klonk duidelijk opluchting door in haar stem. 'Ik vind het vreselijk zoals die waardeloze vent in jouw hoofd kruipt.'

'Dat zal niet meer gebeuren,' stelde Anna haar gerust. 'Maar ik denk wel...' Ze zuchtte. 'Cathy, nu er een baby op komst is, moet ik zo gauw mogelijk een echte baan vinden. Zo'n aanbod krijg ik niet nog een keer.'

'Dat weet je niet,' zei haar vriendin. 'Moet je kijken wat je in een paar maanden bereikt hebt!'

'Wat ik bereikt heb?' herhaalde Anna lacherig. 'Kom op! Wat dat betreft, zat hij er niet ver naast. Mijn prestaties: drie dagen per week zes couverts per keer serveren en zwanger geraakt.'

'Je praat zoals hij,' zei Cathy geïrriteerd. 'Hij is wel in je hoofd gekropen!'

'Nee, niet echt,' verzekerde Anna haar. 'Ik weet wat ik waard ben. Ik weet dat ik mijn eigen keuken kan runnen. Als dat hier in de Crovie Inn zou kunnen, deed ik het meteen. Maar dat gaat niet.'

'Het wil er bij mij niet in dat Geoff Rowcliffe de enige is die je een baan zou aanbieden als je op zoek zou gaan,' zei Cathy. 'Je hebt nu een goede reputatie. Je hebt een lading gerechten op tafel gezet waar hij niets mee te maken heeft gehad. Dat telt toch ook?'

'Dat hoop ik wel, ja. Ik kan altijd wat gaan rondvragen. Wie weet hebben ze hier in de regio ergens een chef-kok nodig.'

'Ja,' zei Cathy. 'Als je werk in de buurt vindt, wordt het gemakkelijker om in de Fishergirl's Luck te blijven wonen. Zo is het toch?'

Anna lag tussen de kussens en keek naar de vreemde boekenplanken boven haar hoofd, waar haar verzameling kleurrijke kookboeken op stond. 'Ja, dat is zo.'

'Beloof me dat je niet meer over Geoffs aanbod nadenkt.'

'Ik denk er nu al niet meer aan. Dat zweer ik.'

'Mooi,' zei Cathy met een zucht, waarna ze ergens anders over begon. 'En, hoe nam Robert MacKenzie het nieuws op?'

'Goed. Het is eerlijk gezegd een opluchting dat het op die manier bekend werd. Ik... wist niet hoe ik het zelf aan hem moest vertellen.'

'O? Hoezo?'

Anna haalde haar schouders op. 'Ik weet niet. Het voelde... ongemakkelijk.'

'Ben je verliefd op hem?'

Haar hart sprong in haar keel. Anna slikte moeizaam. 'Nee! Natuurlijk niet. Hij is gewoon een vriend. Een goede vriend.'

'Zou je hem missen als je uit Crovie wegging?' vroeg haar vriendin.

'Ik zou iedereen hier missen,' zei Anna tegen haar, denkend aan die keer dat Robert in de wind bij haar op de stoep stond. 'Iedereen.'

Selkie lass,

Soms vraag ik me af of je hier nog bent. Of je alleen maar terug bent gegaan naar waar je altijd al thuishoorde. Naar de zee, maar ook niet verder dan daar. Kijk je naar ons vanuit de golven, naar mij en onze zoon? Heb jij haar die klif op gestuurd? Heb jij ervoor gezorgd dat ze zichzelf in gevaar bracht door naar onze zoon af te dalen? Of is ze gewoon zo?

Lach je als je ziet hoe we onszelf in de nesten werken?

Hoe ik mezelf in de nesten werk?

Met onze zoon lijkt het goed te gaan. Hij is nog net zo gek op dolfijnen als eerst. Zijn enthousiasme is gelukkig niet bekoeld. Het ligt aan mij. Ik voel me… ik weet niet.

Ik weet niet wat ik voel.

28

De rest van juli verliep rustig voor Anna. Op dagen dat de lunchclub open was, waren alle plaatsen bezet. Begin augustus sloeg het weer echter om. De regen kletterde met zoveel kabaal tegen de Fishergirl's Luck dat het leek of er stenen tegen de muren gegooid werden in plaats van dat er water uit de lucht viel. De golven kolkten, de wervelende kleuren van de zee veranderden in een grijze deken, waardoor de horizon niet meer van de zee te onderscheiden was. Het weerbericht beloofde weinig goeds – dit ging lang duren – en dus maakte Anna via de socialmedia-accounts van de Fishergirl's Luck bekend dat de lunchclub de rest van de week niet doorging. Toen de regen drie dagen later nog steeds met bakken uit de hemel kwam en de weg naar het dorp inmiddels blank stond, was ze blij dat ze die beslissing genomen had.

Anna kookte voor de gasten van Pat en Frank die het niet zagen zitten de weg op te gaan en voor nog een paar vakantiegangers die in het dorp vastzaten. Ze rende met spullen en ingrediënten heen en weer tussen de Weaver's Nook en de Fishergirl's Luck en raakte doorweekt zodra ze een voet buiten zette. Toen vrijdag duidelijk werd dat het slechte weer nog wel een tijdje zou aanhouden, besloten de laatste gasten hun vakantie voortijdig te beëindigen.

'Dit is belachelijk,' zei Pat, toen ze met z'n drieën in de Weaver's Nook aan de keukentafel naar de regen zaten te luisteren. Het was al donker, hoewel het pas drie uur in de middag was. 'Dit heb ik nog nooit meegemaakt.'

'Ik maak me zorgen,' mompelde Frank boven zijn mok. 'Ik ben benieuwd hoelang de klif het nog houdt.'

'Zeg dat nou niet,' zei Pat, en ze huiverde.

'Ik meen het. Ik heb Douglas gevraagd hier te komen logeren, zodat hij daar weg is als er een aardverschuiving komt.'

'Wat zei hij?' vroeg Anna.

Frank snoof. 'Wat denk je? Oude dwaas.'

Op zondag zat Anna aan tafel aan het kookboekproject voor Melissa Stark te werken toen Robert MacKenzie opeens op de stoep stond. Er glinsterden regendruppels op zijn gele waterdichte vissersjas. Anna nodigde hem uit binnen te komen in de warmte van haar huisje.

'Ik kom kijken hoe het met je gaat,' zei hij, terwijl ze thee zette. 'Robbie wilde ook mee, maar dat vond ik met dit slechte weer geen goed idee.'

'Je bent toch niet met de boot?' vroeg Anna. Er liep een rilling over haar rug bij de gedachte dat hij de woeste golven tussen Gamrie en Crovie had getrotseerd.

'Nee, dat wil ik de Cassie's Joy niet aandoen,' zei hij. 'Ik ben met de auto. Hoe gaat het met je? Heb je iets nodig?'

'De melk is bijna op maar verder heb ik genoeg op voorraad.'

'Geef maar een lijstje mee,' zei hij toen hij de mok aanpakte. 'Ik ga boodschappen doen voor mensen die met dit weer de weg niet op durven. Als je een lijstje meegeeft, kom ik de spullen morgen brengen.'

'Dat hoeft niet,' zei Anna. 'Jij hebt al genoeg aan je hoofd.'

'Ik moet morgen toch naar Dougie. Het is geen enkele moeite.'

Hoewel Anna dacht dat dit een smoesje was, maakte ze toch een lijstje. Terwijl ze zaten te praten, hoorden ze op de achtergrond constant de kletterende regen.

'Moet je horen,' zei hij, toen Anna hem het briefje gaf. 'Je mag altijd bij ons logeren als je een tijdje weg wilt uit Crovie. En ik weet zeker dat je ook bij Rhona terecht zou kunnen. Je kunt nu met me mee.'

Anna keek hem over de rand van haar mok aan. 'Denk je dat het zo erg wordt?'

Robert haalde zijn schouders op. 'Dit heb ik nog nooit meegemaakt en de verwachting is dat er na deze storm direct nog een storm volgt.'

'Als het te gevaarlijk wordt, zullen we wel geëvacueerd worden. De gemeente zal het toch wel aan ons doorgeven als we hier weg moeten?'

'Waarschijnlijk wel.' Hij glimlachte ondanks de bezorgdheid in zijn ogen. 'Je wilt echt niet weg, hè?'

Anna glimlachte ook en keek om zich heen. 'Ik voel me hier veilig. De Fishergirl's Luck kan alles aan.'

'Dan moet je het zelf weten. Bren was net zo.' Hij nam een grote slok thee en nadat hij die had doorgeslikt, zei hij: 'Daar ben ik blij om. Ik vroeg me af of dit de spreekwoordelijke druppel zou zijn en je nu toch zou vertrekken.'

'Hoe bedoel je?'

Hij haalde zijn schouders op. 'Liam zegt dat hij je gevraagd heeft met hem mee te gaan naar Nieuw-Zeeland.'

'O, heeft hij dat gezegd?'

'Ik denk dat hij duidelijk wilde maken dat hij je in tijden van nood niet in de steek liet.'

Anna snoof. 'In tijden van nood?'

'Je weet best wat ik bedoel.'

'Ik ga niet naar Nieuw-Zeeland,' zei Anna tegen hem. 'Als het kan wil ik in Crovie blijven. Maar ik moet een baan vinden. Zeker nu.'

'Vanwege het weer?'

Anna lachte. 'Nee! Omdat ik snel door mijn spaargeld heen ben als ik voor een baby moet zorgen. Ik hoop dat ik iets in de buurt kan vinden, zodat ik heen en weer kan reizen. Maar als dat niet lukt...'

Hij knikte toen ze de zin niet afmaakte.

'Het zou handig zijn als ik de loterij win,' grapte ze. 'Of als ik een pot met goud aan het eind van de regenboog vind, zodat ik de Crovie Inn kan kopen.'

Robert sloeg zijn handen ineen tussen zijn knieën en glimlachte naar de vloer. 'Als ik het geld had, zou ik het je zo geven,' zei hij bedaard. 'Je hebt dit dorp veranderd door je aanwezigheid. Gewoon door te doen wat je doet. Het dorp zou je missen als je weggaat.' Hij zweeg even en zei toen heel bewust, alsof hij zich ertoe moest zetten dat te zeggen, ook al zei zijn gevoel dat hij dat niet moest doen: 'Ik zou je missen.'

Anna's hart maakte een sprongetje. Ze zette haar mok neer en wist niet wat ze moest zeggen. Ze keek naar zijn gebogen hoofd en even leek het erop dat Robert haar niet meer wilde aankijken. Toen hij dat toch deed, schonk hij haar een scheve grijns toen hun blikken elkaar kruisten.

'Ik zou jou ook missen,' zei Anna rustig. 'Jij bent een van de redenen dat ik hiernaartoe kwam. Jij, Bren en de Fishergirl's Luck. Zonder jou was ik hier misschien wel naartoe gekomen, maar had ik geen reden gehad om te blijven.'

Robert zweeg. Door hoe hij naar haar keek, had Anna het gevoel dat ze geen lucht meer kreeg. Hij knipperde met zijn ogen en stond op.

'Robbie, ik...' Zijn stem stokte en hij schraapte zijn keel. 'Ik moet controleren of hij thuis is. Hij heeft beloofd dat hij niet op pad zou gaan, maar...'

Anna's hart klopte in haar keel. Ze slikte. 'Dolfijnen?'

'Ja, dolfijnen.'

Robert liep naar de deur, aarzelde en draaide zich half naar haar om. 'Ik hoop dat dit oude huisje eeuwig overeind blijft staan,' zei hij.

Ze namen afscheid, al was er een moment dat Anna hem het liefst gevraagd zou hebben of hij kon blijven. Als hij niet over Jonge Robbie begonnen was, had ze dat misschien wel gedaan. Anna deed de deur dicht en stelde zich voor dat hij zich een weg uit het dorp moest banen door een storm die in de tussentijd alleen maar in kracht was toegenomen. De herinnering aan de blik in zijn ogen deed haar hart zo snel opzwellen en samentrekken dat ze naar adem moest happen.

De dorpelingen kwamen in de Weaver's Nook bijeen voor een gezamenlijke maaltijd van wat ze nog in huis hadden. David was in zijn eentje naar zijn vakantiehuisje gekomen. Glynn en Bill waren in Inverness gebleven. Terry en Susan waren er ook. Rhona was er niet. Dat was maar goed ook, want het was voor haar geen doen om met dit weer helemaal hiernaartoe te komen. De wind gierde om de B&B heen en de regen striemde neer.

'Misschien hadden wij ook beter weg kunnen gaan, zoals Ouwe Robbie voorstelde,' zei Pat bezorgd. Ze stak haar arm uit en legde haar hand op die van Anna. 'Jij in elk geval. Hij zal over jou inzitten.'

Anna gaf een kneepje in Pats hand. 'Hij zal over ons allemaal inzitten.'

'Ja, maar bij jou ligt het anders, schat. Dat weet je.'

'Pat,' waarschuwde Frank vriendelijk.

'Wat? Nu Liam weggaat...'

'Pat,' zei Frank weer.

'Het geeft niet,' zei Anna, en ze legde haar hand op die van Frank. 'Pat, Robert en ik zijn vrienden. Meer niet. Dat weet je.'

Pat keek bedrukt. 'Ik heb gezien hoe hij naar je kijkt, schat.' Ze keek de tafel rond. 'Dat hebben we allemaal gezien.'

Anna lachte om zichzelf af te leiden van haar bonkende hart. 'Ik ben zwanger van een ander.'

Er viel een korte, ongemakkelijke stilte.

'Het gaat niet om een bloedband,' zei Pat rustig. 'Voor mij ben jij familie, Anna. Voor Frank ook. Volgens mij ben jij ook een onderdeel van Roberts gezin geworden.'

Toen ze de Weaver's Nook uit stapte om naar huis te gaan, sloeg de regen zo hard in Anna's gezicht dat haar tranen niet meer opvielen. In de Fishergirl's Luck was het warm en knus. De haard brandde nog. De muren waren zo dik dat je binnen minder goed doorhad dat het buiten zo tekeerging. De storm bleef Anna's huis echter onvermoeibaar bestoken. In de Fishergirl's Luck leek de rest van de wereld ver weg, maar Anna wist dat de buitenwereld lag te wachten, dichterbij kwam, probeerde binnen te dringen.

Ze plofte op de bank neer en pakte haar telefoon om Cathy te bellen, maar de lijn was dood. Een paar tellen later ging de lamp uit. Anna keek naar buiten maar ook daar was het aardedonker. Het hele dorp zat zonder stroom.

Rond drie uur 's nachts werd ze wakker van een geluid dat zo hard en zwaar klonk dat Anna het idee had dat ze beweging voelde. Ze ging rechtop in bed zitten en wilde het licht aandoen, maar de stroom was nog steeds uitgevallen. Ze sloeg een deken om zich heen en was al zo aan de gierende wind gewend dat ze die amper hoorde toen ze de trap af ging. Anna deed de voordeur op een kier open, maar het geluid was opgehouden of het werd overstemd door de storm. In geen van de huizen brandde licht of was activiteit te zien. Ze had het vast gedroomd. Anna ging terug naar bed.

De volgende ochtend klopte Frank op haar voordeur. Hij zag bleek onder zijn doorweekte haar. De zon liet het die ochtend afweten. Er lag een dik wolkendek boven het dorp, zo donker als een blauwe plek. Het hoosde nog steeds.

'Frank? Wat is er?' vroeg Anna, die schrok toen hij met een sombere blik haar huis binnen stapte. 'Wat is er gebeurd?'

'De klif. Het is erg. De ergste aardverschuiving tot nu toe.'

'O nee... Jullie vakantiehuisje?'

'Het dak is weg, misschien ook de hele achtermuur. Het valt niet meer te redden.'

Anna pakte haar jas van de kapstok. 'Wat kan ik doen?'

'Niets, schat. Het heeft geen zin om ons nu druk te maken over het vakantiehuisje. We moeten allemaal zo gauw mogelijk hier weg. Pat is een tas aan het inpakken. Dat zou jij ook moeten doen. Als Ouwe Robbie komt, moet je klaar zijn voor vertrek.'

'Wat?' vroeg Anna verbijsterd. 'Maar de Weaver's Nook is toch niet in gevaar? Of Davids huis of dat van de anderen?'

Franks gezicht zag grauw van zorgen en vermoeidheid. 'Ik hoop het niet, maar de volgende storm komt er al aan en nu we zonder stroom zitten, kunnen we niemand bellen om ons te komen helpen. Als er nog een aardverschuiving komt, en ik mag toch hopen van niet, kunnen we echt in de problemen komen.'

'En Douglas McKean? Is hij ongedeerd?'

'Hij deed niet open. Ik ben teruggekomen om een koevoet te halen. David gaat me helpen om de deur open te breken als hij nog niet reageert als we terugkomen. Maar ik wilde eerst jou inlichten. Het is niet meer veilig om hier te blijven, schat.'

Anna knikte. 'Ik ga een tas inpakken.'

'Brave meid.' Frank stak zijn hand uit naar de deurklink. 'Ik kom later terug, maar als je klaar bent met pakken kun je ook alvast naar Pat toe gaan.'

Anna was met hem meegelopen naar de deur. 'Ben je fit genoeg om dit te doen?' vroeg ze. 'Ik kan ook met David meegaan.'

Frank rechtte zijn schouders en grijnsde. 'Ik ben zo gezond als een vis,' zei hij. 'Je moet niet alles geloven wat Pat zegt. Dat is een geboren piekeraar. Ze wil me veel te veel beschermen.'

Anna schudde haar hoofd. 'Dat doet ze omdat ze van je houdt.' Ze moest schreeuwen om zich verstaanbaar te maken.

Frank glimlachte weer toen hij de regen in stapte en riep: 'Doe de deur dicht voor de warmte. Ga een tas inpakken!'

Anna deed de deur dicht en ging naar de woonkamer. Ze keek om zich heen. Ze woonde hier pas een halfjaar, maar het idee dat ze weg moest, en dan op deze manier, in de wetenschap dat de Fishergirl's Luck er misschien niet meer zou staan als ze terugkwam, voelde alsof ze het huis in de steek liet. Bren zou nooit zijn weggegaan, dat wist ze. Die was hier gebleven, hoe hard het ook stormde. Ze zou zich veilig gevoeld hebben binnen de vier muren van de Fishergirl's Luck.

'Het spijt me,' fluisterde Anna, die zich afvroeg of Bren hier op de een of andere manier nog was, of haar bestaan in deze stenen muren was verankerd. 'Ik wil niet weg.' Als het alleen om haarzelf zou gaan, zou ze de storm waarschijnlijk hier hebben uitgezeten. Ze zou erop vertrouwd hebben dat dit huisje zou blijven staan, wat de elementen ook in petto hadden. Dat had Bren in 1953 gedaan, toen het geleken moest hebben of de wereld verging. Maar het ging niet meer alleen om Anna. Ze moest aan de baby denken.

'Ik kom terug,' zei ze. 'Zodra het veilig is, zodra het kan.'

Anna ging naar boven en pakte vlug een tas in. Als laatste stopte ze er haar dierbare familiefoto in en drie notitieboeken: dat van Bren, van haar oma en het notitieboek waarin ze haar eigen recepten had opgeschreven. Ze ging naar het halletje, pakte haar jas en controleerde of ze een zaklamp in haar zak had. Toen ze de deur opendeed, hoorde ze weer een onheilspellend geluid. Het klonk alsof de kliffen langs elkaar schoven. Ze keek in de richting van de klif achter de huizen, maar kon niets zien. Ze had nog nooit zo'n harde wind meegemaakt. En de wind nam nog steeds in kracht toe. De regen zond verblindende, scherpe, koude druppels door het duister. Het leek wel nacht.

Anna deed haar zaklamp aan en bleef weifelend bij haar voordeur staan. Haar hart bonkte. Als de klif nu naar beneden kwam…

‘Anna!’

De kreet kwam van het pad bij de zee. Anna zag iemand ineengedoken door de opspattende golven lopen. De man werd bijna omvergeblazen door de kracht van het water. Aanvankelijk dacht ze dat het Robert MacKenzie was. Ze zette haar tas in de deuropening en rende de storm in, pakte de uitgestoken arm en trok wie het ook was in de luwte van het huisje. Ze stonden tot hun enkels in het water. Toen een volgende golf tegen de kade beukte, werd het pad opnieuw overspoeld.

‘Anna,’ zei de persoon hijgend, en ze besefte dat het David was. Ze tuurde in het donker over zijn schouder, zoekend naar Frank, maar die was nergens te bekennen. Er klonk weer gerommel. Anna keek omhoog en verwachtte dat er een lawine van rotsen en aarde hun kant op zou komen.

‘Het is de klif niet,’ riep David met blauwe lippen van de kou. ‘Het is de weg. De weg is verdwenen. We kunnen hier niet weg, zelfs niet te voet. En niemand kan hiernaartoe komen om ons te helpen.’

Weer een geluid, weer gerommel, harder dan daarstraks, pal boven hun hoofd.

‘O mijn god,’ riep David, met een gezicht vervuld van afschuw. ‘Dat is wél de klif!’

Het geluid van de aardverschuiving was oorverdovend en angstaanjagend, wat verergerd werd door blinde verwarring als gevolg van lichtgebrek en storm. De deur van de Weaver’s Nook ging open. Het gezicht van Pat was een masker van verschrikking toen ze de regen in rende en probeerde te zien wat er aan de hand was.

‘De Fishergirl’s Luck,’ riep Anna in Davids oor. ‘Als de aardverschuiving naar het dorp glijdt, is mijn huis de enige plek die misschien buiten schot blijft. Haal iedereen hiernaartoe. Vlug!’

29

Pat wilde Frank achternagaan, maar Anna hield haar tegen.

'Laat David maar,' zei ze. 'Hij gaat iedereen halen. Alsjeblieft, Pat. Ik heb je hulp nodig. We moeten zoveel mogelijk spullen naar de Fishergirl's Luck brengen. Eten, dekens, brandstof, lucifers. Alles wat je hebt dat van pas kan komen.'

Ze begonnen spullen te verzamelen en naar het huisje te brengen. Telkens als ze naar buiten stapten, raakten ze doorweekt. Het ergste gebulder van de klif was afgenomen, maar het was duidelijk dat er nog steeds een aardverschuiving plaatsvond. Terry en Susan kwamen, beiden ongerust maar bereid om te helpen. Terwijl ze in de Fishergirl's Luck spullen op de vloer stapelden, vulde Anna bakken met water voor het geval ze straks geen water meer hadden. Daarna rende ze naar boven om dekens te halen. Tegen de tijd dat ze weer beneden was, waren David en Frank er ook. De mannen drupten water op haar vloer.

'Waar is Dougie?' vroeg ze. Ze pakte handdoeken voor hen en hielp Frank uit zijn jas.

'Die leeft nog,' zei Frank somber, 'maar of dat zo blijft...'

'Hij wil zijn huis niet uit,' zei David naar adem happend. 'Hij zegt dat zijn huis er al sinds mensenheugenis staat en er nog steeds zal staan als wij hier allemaal weg zijn. Hij lijkt niet te beseffen hoe ernstig de situatie is.'

'Afgezien van hem buiten westen slaan en hiernaartoe zeulen, kunnen we niets doen,' zei Frank. Hij keek met gefronste wenkbrauwen om zich heen. 'Waar is Pat?'

'Die is de laatste spullen uit jullie huis aan het halen, samen met Terry en Susan.'

'Ik ga helpen,' zei Frank, en hij stond weer op.

'Nee, ik ga,' zei David. 'Jij blijft hier en gaat opwarmen. Voor je het weet zijn we terug.'

'Maar...'

'Frank,' zei David, die al bijna bij de deur was en een hand opstak. 'Wees verstandig. Zo te zien ben je doodmoe.'

'En ik heb je hulp nodig,' zei Anna om hem af te leiden. 'Heb je weleens water op een houtkachel gekookt? Iedereen heeft behoefte aan een kop warme thee als ze terug zijn.'

Frank wierp een blik op haar kleine houtkachel en snoof. 'Dan kunnen we maar beter beginnen anders zitten ze met kerst nog op hun thee te wachten,' zei hij.

Twintig minuten later zat de kleine woonkamer van de Fishergirl's Luck vol. David schoof de salontafel opzij en Terry duwde de fauteuils naar achteren, zodat er voldoende plek op de vloer was voor mensen die geen stoel hadden. Anna probeerde het eten te sorteren. Er waren veel broden en zakken muesli uit de voorraad van Pats B&B. En er waren verpakkingen ham, kaas en boter, mandjes met tomaten en heel veel blikken soep. Pat en Susan hadden er ook aan gedacht om veel toiletrollen, warme wollen dekens en kaarsen hiernaartoe te brengen.

'En nu?' vroeg Anna, toen ze thee zaten te drinken en naar het onregelmatige gerommel van de klif luisterden. Ze hadden afgesproken niet naar buiten te kijken. Ze konden immers nergens anders naartoe, wat ze ook zagen. 'Ik bedoel... Hoelang zal het duren voordat iemand doorheeft dat wij hier gevangenzitten?'

'Dat ligt aan Ouwe Robbie,' zei Terry. 'Hij is de enige die we kennen die binnenkort zal proberen over die weg te gaan. Als hij ziet dat de weg er niet meer is, zal hij alarm slaan.'

'En dan?' vroeg Pat. 'Ik zie niet hoe ze ons hier weg kunnen krijgen, ook als ze weten wat er is gebeurd.'

'De kustwacht bedenkt er wel wat op,' zei Frank. 'We hebben eerlijk gezegd geluk dat we niet met meer zijn.'

'En Douglas?' vroeg Anna. Ze dacht nog steeds aan die koppige oude man die in zijn huis zat terwijl het instortte.

Frank streek met zijn duim over zijn wenkbrauw. 'Ik weet het niet, meid. Hij weet dat wij hier zijn. Als hij verstandig is, klopt hij het komend halfuur hier op de deur en smeekt of je medelijden met hem hebt.'

De uren verstreken bij het licht van alleen een flikkerende kaars en de haard. Douglas McKean kwam niet. De storm leek met de minuut in kracht toe te nemen. Het trage gerommel van de afbrokkelende klif klonk door het gebulder van de wind nu eens harder en dan weer zachter. Ze gooiden geregeld blokken erbij in de houtkachel, zodat het warm bleef, maar niemand kon slapen. Ze waren alle tijdsbesef kwijt. Anna wist al lang niet meer hoe laat het was toen er vanuit de keuken een kletterend, scheurend geluid klonk. Iedereen keek direct in de richting van de keuken, maar er was niets van de planken gevallen. Anna besefte dat de wind onder de luiken voor haar kleine keukenraam gekropen moest zijn en de luiken had weggerukt. Ze kwam overeind, met een deken om haar schouders, en ging kijken. Het enige wat ze in het pikdonker zag, was dat de regen fel tegen de dikke ruit kletterde. De vorige keer dat ze op de klok had gekeken, was het toch ochtend?

'Dit is vreselijk,' zei Susan. Zij en Terry deelden een fauteuil. Ze zat op zijn knie en ze hadden een quilt van Anna om zich heen gedrapeerd. 'Het is alsof we op het eind der tijden wachten.' Terry trok haar dichter tegen zich aan.

'Het komt goed,' zei Anna, die kalmer klonk dan ze zich voelde. Waarom had ze gisteren Roberts aanbod afgeslagen om met hem mee te gaan? Waarom had ze Frank en Pat niet overgehaald met haar mee te gaan, en Terry en Susan ook? 'De Fishergirl's Luck bleef in 1953 overeind staan. Toen heeft Bren de naam bedacht.'

'Hoe bedoel je?' vroeg Pat.

'Dat heeft Bren in haar receptenboek geschreven. Ik zal het voorlezen.' Anna vond haar tas en haalde het oude notitieboek eruit. De anderen luisterden terwijl ze voorlas hoe Bren de hele nacht had gebakken op de houtkachel die nu werd gebruikt om theewater op te warmen.

'Nee maar,' zei Frank.

'Door die storm heet dit huis de Fishergirl's Luck,' zei Anna. 'Als het toen bleef staan, zal het nu ook blijven staan.'

'Maar in 1953 kwam de klif niet naar beneden,' zei Susan met trillende stem. 'Bren hoefde niet bang te zijn dat haar huis door een aardverschuiving in zee werd geschoven. Het enige gevaar was de storm vanaf zee. Ik denk niet...'

Haar woorden werden onderbroken doordat er op de deur werd gebonsd. Anna sprong op en rende naar de deur, verwachtte een verzopen Douglas McKean rillend op de stoep te zien staan. Ze schoof de grendels opzij, die ze vanwege de wind erop hadden geschoven, en rukte de deur open.

'Robert!'

'Anna!' Hij beende naar binnen. Er lag een zorgelijke uitdrukking op zijn natte gezicht en hij pakte met zijn in handschoenen gestoken handen haar armen vast. 'Is alles in orde met je?'

De anderen kwamen erbij staan en begonnen allemaal tegelijk vragen te stellen.

'Daar is geen tijd voor,' zei Robert, die nog steeds naar adem hapte door zijn strijd tegen de wind. 'We moeten nu weg. Is iedereen hier?'

'Iedereen behalve Dougie McKean,' zei Terry. 'We kregen hem niet uit zijn huis weg.'

Robert keek boos, pakte Anna's jas van de kapstok en gooide

die naar haar toe. 'Iedereen moet naar de haven. De reddingsboot ligt daar te wachten, maar het anker zal het niet lang houden. Jullie moeten nu gaan. Ik ga Dougie halen.'

'Nee!' riep Anna. 'Je kunt niet…'

Hij pakte haar hand en hield die vast. 'Ik kan hem niet hier achterlaten, Anna.'

'Ik ga met je mee,' zei Frank, terwijl de wind de deur liet rammelen. 'Misschien zijn er twee man voor nodig om hem uit zijn huis te krijgen.'

'Nee,' zei Robbie beslist voordat Pat daar de kans toe kreeg. 'En er is geen tijd voor discussie. Je gaat.' Zodra de deur een kiertje open was, smeet de wind de deur met een knal tegen de muur.

De vlaag natte lucht benam Anna de adem toen ze achter Robbie aan het donker in stapte, haar jas stevig om zich heen getrokken. Robbie draaide zich naar haar om en trok haar tegen zich aan. Ze klampte zich aan hem vast, haar gezicht tegen zijn schouder. Haar handen hielden zijn jas vast toen de wind hen omver dreigde te blazen en de golven aan hun enkels trokken.

'De lichten,' riep hij met zijn lippen bij haar oor. 'Ga de kant van de lichten op.'

Toen was hij weg. Anna wist niet wat hij bedoelde en zonder zijn grote gestalte had ze het idee dat ze in een maalstroom terecht was gekomen. Zodra Robert wegliep, zag ze hem niet meer in de stormachtige duisternis. Anna voelde een hand op haar rug. Het was David die haar vasthield. Door de wind konden ze elkaar niet verstaan. Ze liepen als een kudde schapen over de kade, bleven zo ver mogelijk van de rand vandaan, hielden elkaar overeind als de golven rond hun voeten sloegen. Toen zagen ze recht voor zich uit een schijnsel in het wervelende duister. Het leek op een lichtjesfeest. Enorme blauwwitte lichtbundels sneden door het donker. Dankzij dat licht zag Anna hoe hard het regende en ze zag de koude golven komen aanrollen.

De reddingsboot.

Terwijl ze voortploeterden, renden er mensen op hen af. Er ontstond verwarring en de overlevenden van Crovie werden meegetrokken. David liet haar los en iemand anders pakte haar vast. Ze kon niet zien wie dat was. Pas toen ze bij de haven waren en in handschoenen gestoken handen haar gezicht aanraakten en ophieven, herkende ze degene die haar bezorgd aankeek van onder zijn doorweekte wollen muts.

'Liam!'

Aan de beweging van zijn lippen zag ze wat hij tegen haar zei: is alles in orde met je?

'Wat doe jij hier?' vroeg ze, maar haar woorden werden door de wind meegevoerd.

Hij duwde haar de kant van de reddingsboot op. De anderen werden al aan boord geholpen.

'Wacht!' riep ze. 'Wacht!'

Ze draaide zich om naar het dorp, maar buiten de lichtkring kon ze niets zien. Liam werkte haar nog steeds naar de boot toe. Ze trok hem zo dicht tegen zich aan dat ze haar lippen bij zijn oor kon brengen. 'Robert!' riep ze. 'Hij is Douglas McKean halen!'

Liam tuurde in het donker, maar zag niets. Hij duwde Anna opnieuw naar de reddingsboot. Andere handen grepen haar vast.

'Nee!' riep Anna, toen ze doorhad wat Liam van plan was. Ze had alleen gewild dat ze zouden wachten. 'Je kunt niet...'

Het had geen zin. Even later was hij in het donker verdwenen, baande zich door regen en golven een weg over de kade. Anna merkte dat ze zich op het deinende, bokkende dek bevond. Iemand sloeg een thermische deken om haar heen. Het zilver glinsterde blauwachtig door de felle lichten van de boot. Ze sloeg haar armen voor haar buik alsof ze zo de baby kon beschermen tegen de wereld die zichzelf om hen heen verwoestte.

Ze zullen niet vertrekken, hield ze zichzelf voor terwijl ze fanatiek door het duister tuurde. Niet als er drie mannen ontbraken. Ze gingen niet weg zolang Robert, Liam en Douglas nog...

Ze merkte dat er achter haar in de boot commotie ontstond. Anna draaide zich om en zag Frank op zijn knieën zitten. Pat hield Franks schouders vast. Twee bemanningsleden waren bij het stel en deden iets wat Anna niet goed kon zien. Was Frank gevallen? Het was of ze in een toneelstuk was beland. De helwitte lichten die door de storm flitsten, maakten alles onwerkelijk en onduidelijk. Anna snapte niet wat er gebeurde. Ze zag alleen flarden van handelingen, afzonderlijke stilstaande beelden. Alles ging hortend, onsamenhangend, werd vergezeld van geluiden die te enorm waren om betekenis te hebben.

Anna ging naar haar vrienden toe. De tijd vertraagde. Het voelde alsof ze zich een weg door de modder zocht. Toen was er achter haar een luider geraas. Het klonk als een oud wezen dat brulde in de vallende lucht. De regen rook opeens anders, een geur die niet bij de storm paste. Natte aarde.

De klif kwam naar beneden.

Anna draaide zich om, greep met één hand de reling van de reddingsboot vast en legde haar andere hand op de baby in haar buik. Ze kon niet zien wat er achter de haven gebeurde, maar ze wist dat er tonnen aarde en stenen neerstortten. Op het huis van Douglas McKean. Op het hele dorp. Op Liam Harper. Op Robert MacKenzie.

'Nee,' hoorde ze zichzelf machteloos tegen de wind schreeuwen. 'Nee!'

Toen waren ze er. Drie gestalten doken op uit de instortende duisternis. Twee gestalten probeerden door de stromende regen te rennen. Tussen hen in droegen ze een kleinere gestalte.

30

Frank was niet gevallen. Het was een hartaanval. Pat keek angstig toe hoe de bemanningsleden hun uiterste best deden, maar ze konden de man, met wie ze vijfendertig jaar haar leven had gedeeld, niet redden. Frank overleed op weg naar Macduff, maar het was Pat die er als een geest uitzag. Ze zat in het reddingsstation met een deken om zich heen, in de greep van verdriet. Het was hartverscheurend om te zien.

'Het ging al een tijdje niet goed,' zei Pat snikkend, terwijl Anna haar hand vasthield en de tranen over haar gezicht stroomden. 'Ik zei steeds dat hij het rustiger aan moest doen, maar hij luisterde niet. Niet naar mij, niet naar de artsen. Niet naar zijn eigen hart! Hij ging gewoon door, deed wat hij altijd had gedaan. "Oude beren dansen leren is zwepen verknoeien, schat," zei hij altijd. O, Frank...'

De storm was genadeloos. Hij hing boven de kust en stortte zich met al zijn kracht op het land. Het zou niet lang duren voordat de reddingsboot weer moest uitvaren. Anna keek op en zag Robert MacKenzie met Liam praten. De gedachte dat hij weer die golven op moest, raakte haar heel diep. Ze stond op en gebaarde dat Susan haar plek bij Pat moest innemen. Robert zag haar aankomen. Zijn blik gleed langs haar naar het trieste groepje verderop.

'Hoe is het met Pat?' vroeg hij zacht.

Anna kreeg weer tranen in haar ogen. 'Ze is in shock. Ik kan het zelf ook niet bevatten. Frank...'

Het leek of Robert zijn armen naar haar wilde uitsteken, maar het was Liam die haar tegen zich aantrok. Hij hield haar een paar minuten vast en maakte zich toen los. 'Ik vind dat je voor controle naar het ziekenhuis moet.'

'De hulpverleners hebben me nagekeken. Ik voel me goed. En ik moet nu bij Pat zijn. Echt,' zei ze, waarbij ze Liams blik meed. 'Het gaat goed, dankzij jullie en de rest van de bemanning. Liam, hoe komt het dat jij op de reddingsboot zat?'

Robert schraapte zijn keel. 'Dankzij Liam wisten we dat de weg er niet meer was. Hij belde ons.'

'Toen ik telefonisch geen contact met je kreeg, wilde ik gaan kijken of het goed met je ging,' zei Liam. 'Ik reed naar Crovie en zag wat er gebeurd was. Ik wist niet wat ik anders moest doen.'

'We waren allemaal al naar het reddingsstation geroepen,' voegde Robert eraan toe, 'anders was ik zelf wel gegaan en had ik de aardverschuiving eerder gezien.' Hij knikte naar Liam. 'Hij dwong ons hem mee te nemen.'

'Ik ben een ruwe zee wel gewend,' zei Liam.

'Als je hier zou blijven, zouden we je goed kunnen gebruiken,' zei Robert.

Liam keek naar Anna. 'Als dat zou kunnen deed ik het, neem dat maar van me aan.'

Robert knikte, haalde zijn sleutels uit zijn zak en gaf ze aan Anna. 'Liam zal jou en Pat naar mijn huis brengen,' zei hij. 'Rhona komt Terry en Susan ophalen. Ik heb al iemand gebeld voor Dougie en David gaat naar een vriend hier in Macduff.'

Anna pakte opgelucht de sleutels aan.

'Je kunt zo lang blijven als je wilt,' voegde hij eraan toe. 'Het telefoonnummer van de huisarts hangt op de koelkast. Robbie is bij Barbara. Daar blijft hij tot morgenochtend, dus jullie kunnen je rustig installeren. Er is maar één logeerkamer, maar...'

'Ik slaap op de bank,' zei ze.

Er ging een sirene af in het gebouw. 'Ik moet gaan.'

'Robert...' zei Anna, toen hij zich omdraaide om weg te gaan. Ze wist alleen niet wat ze wilde zeggen. 'Dank je wel dat je ons bent komen halen.'

'Graag gedaan,' zei hij. Even leek het erop dat hij nog meer zou gaan zeggen, maar hij knikte naar haar en Liam, wierp een blik op Pat en liep weg.

Liam reed Pat en Anna naar Gardenstown en maakte warme chocolademelk voor hen in Roberts keuken terwijl de twee vrouwen bij elkaar zaten. Anna betwijfelde of het wel allemaal tot Pat was doorgedrongen wat er de afgelopen uren was gebeurd. Zelf kon ze het ook niet goed bevatten. Ondanks haar verdriet was Pat heel moe en uiteindelijk wist Anna haar over te halen naar bed te gaan. Ze zat op de dikke quilt in de knusse zolderkamer van de MacKenzies en hield de hand van de oudere vrouw vast terwijl die in slaap viel.

'Ik kan blijven als je dat wilt,' zei Liam toen Anna met dekens voor zichzelf de trap af kwam.

'Dat hoeft niet,' zei Anna. 'Ik wil alleen maar slapen.'

Liam knikte en nam haar in zijn armen, legde zijn wang op haar haar.

'Als ik denk aan wat er had kunnen gebeuren...' zei hij.

'Maar dat is niet gebeurd,' zei Anna zacht. 'Dankzij jou.'

Nadat hij was vertrokken, lag Anna op de bank onder de dekens te luisteren hoe de storm tekeerging. Ze stelde zich Robert MacKenzie op de reddingsboot voor. De gedachte dat hij daarbuiten in de storm was, beangstigde haar. Ze viel in een onrustige slaap, droomde over duisternis en verwoesting. En in het midden daarvan stond de Fishergirl's Luck. Ze werd gedesoriënteerd en met tranen op haar gezicht wakker. Het was aan de randen van de gordijnen al een beetje licht, maar het waaide nog steeds.

'Hoi,' zei een zachte stem.

Robert zat in de fauteuil tegenover de bank. Hij had weer gewone kleren aan. De uitputting stond op zijn gezicht te lezen en hij had donkere wallen onder zijn ogen. Anna zei niets, maar stak haar hand uit. Hij pakte haar hand vast en liet zijn duim eroverheen glijden terwijl ze elkaar aankeken. Zo bleven ze lange tijd zitten, tot Anna weer in een onrustige slaap viel.

Pas na twee dagen was de storm uitgeraasd, maar het bleef regenen. Toen het minder hard waaide en je buiten weer rechtop kon blijven staan, verzamelde het restant van de vaste kliek zich in de haven van Gardenstown. Ze keken over het grijze water van de baai naar Crovie. Zelfs vanaf deze afstand zag je dat er een aardverschuiving had plaatsgevonden. Er zat een brede kloof in de klif achter het dorp. Het was vrijwel onmogelijk dat er een huis onbeschadigd was. De rij huizen stond er nog, maar je kon niet zien hoe groot de schade aan de achterkant en bij de fundering was.

Ook de Fishergirl's Luck stond er nog, met de achterkant naar de zee. Tot Anna's verbazing werd ze daar heel emotioneel van. Ze besefte dat ze er ergens rekening mee had gehouden dat het huis de zee in was geslagen.

Anna hielp Pat om Franks begrafenis te regelen. Dat leek heel onwerkelijk. Ze verwachtte steeds dat de deur van het huis van Robert MacKenzie zou opengaan en dat Frank naar binnen zou stappen, met een glimlach op zijn gezicht, en dat hij hen lachend zou begroeten.

'Ik weet niet wat ik moet in mijn eentje,' zei Pat herhaaldelijk. Haar verdriet was enorm, alsof haar botten eruit bestonden. Ze huilden samen, Pat en Anna, en in haar sombere momenten vroeg Anna zich af of het verdriet zijn weerslag had op haar baby. En ze vroeg zich af waarom mensen verliefd werden als het verlies van een geliefde zoveel pijn deed. Anna had het gevoel dat ze haar vader opnieuw verloor.

'Ik weet dat het niet hetzelfde is,' zei Anna op een bepaald moment. 'Maar ik ben er voor je. Je staat er niet alleen voor.'

Pat gaf een kneepje in Anna's hand. 'Je bent niet voor mij verantwoordelijk, schat,' zei ze. 'Jij hebt je handen vol aan jezelf. Je kunt niet in een dorp blijven waar niets van over is, niet nu je belangrijkere dingen aan je hoofd hebt.'

'Het heeft geen zin om zo te praten, want we weten nog niet hoe groot de schade is,' zei Anna. 'Misschien is het minder erg dan we denken. We weten immers dat de Weaver's Nook en de Fishergirl's Luck nog overeind staan.'

Pat gaf weer een kneepje in Anna's hand, maar ze was afgeleid en Anna dacht zelf ook aan andere zaken. Een e-mail van Melissa over het kookboek had haar eraan herinnerd dat het leven in de rest van de wereld gewoon doorging. Pas toen Anna de e-mail las, besefte ze dat haar notitieboek met recepten en de twee andere notitieboeken nog in de tas zaten. Ze had bij hun overhaaste vertrek geen tijd gehad om die tas te pakken. Ze maakte zich nu echter niet druk om het schrijven van het kookboek en ze hoopte dat de redacteur daar begrip voor zou hebben, schreef ze in haar antwoord aan Melissa. Een paar uur later ging Anna's telefoon.

'Anna,' zei Melissa zodra Anna opnam. 'Ik vind het zo erg voor je.'

Anna wreef in haar ogen. 'Ik weet niet of het nog wel wat wordt met dat kookboek.'

'Daar hoef je nu niet over na te denken,' zei haar redacteur. 'Ik bel je als vriendin, omdat ik wil weten hoe het met je gaat en ik wil je met iemand in contact brengen. Weet je dat we ook de kookboeken van Taymar Zetelli uitgeven?'

'Ja, ik heb een paar van haar boeken.'

'Sinds ze voor ons schrijft, zijn we bevriend geraakt. We hadden het over jou. Ze vindt het geweldig wat je in Crovie doet en jouw gerechten spreken haar aan. Nadat ik je mailtje had gekregen, heb ik haar gebeld en gevraagd of ik haar telefoonnummer mocht doorgeven voor het geval je behoefte had aan morele steun. Ze zou het leuk vinden als je haar belt. Ze zei zelfs dat ze al een tijdje overwoog om contact met je op te nemen.'

Anna fronste haar wenkbrauwen. 'O, hoezo?'

'Waarschijnlijk om tegen je te zeggen dat ze je geweldig vindt. Zo is ze. Met Taymar praten zou weleens precies kunnen zijn wat je nu nodig hebt.'

'Oké,' zei Anna. 'Dank je. Ik zal haar bellen.'

'Doe dat,' zei Melissa. 'En je mag mij ook altijd bellen.'

Nadat ze hadden opgehangen, keek Anna naar het telefoonnummer dat ze had opgeschreven. Wie weet had Melissa gelijk en zou morele steun van iemand die hetzelfde had meegemaakt helpen. Taymar Zetelli was een kleurrijke, opvallende persoonlijkheid die tijdens haar drie zwangerschappen aan het werk was gebleven als chef-kok van haar eettentje aan de zuidkust. Toen ze steeds populairder werd, opende ze meer restaurants, die allemaal geleid werden door een vrouw. Haar kookboeken hadden haar nog meer bekendheid gegeven, en ook de televisieserie die daarop volgde. Geoff mocht haar 'uit principe' niet, al was het Anna nooit duidelijk geworden wat dat principe dan was.

Een paar dagen later toetste Anna het telefoonnummer in dat ze had gekregen. Het gesprek duurde ruim een uur en voor het eerst sinds die vreselijke nacht dat Frank was overleden, kon Anna weer lachen.

Jonge Robbie was een grote troost voor iedereen, maar vooral voor Pat. Als hij uit school kwam, ging hij direct thee voor haar zetten. Dan ging hij bij haar zitten en vertelde haar tot in detail over zijn belevenissen van die dag. Hij had kennelijk door hoe fijn ze het vond om naar zijn stem te luisteren. Hij kreeg het voor elkaar dat ze hem hielp met zandkoekjes bakken en stelde voor dat hij op school zou regelen dat iedereen iets zou bakken om te verkopen en dat de opbrengst dan naar de bewoners van Crovie zou gaan.

'Wat een goed idee,' zei Anna tegen hem. Ze had het hart niet om tegen hem te zeggen dat er veel en veel meer geld nodig zou zijn om het dorp te redden.

Ze vroeg zich af of dit het einde van Crovie zou zijn, zoals de storm van 1953 het einde van de visserij daar had betekend.

'Crovie heeft al zoveel overleefd,' zei Robert een paar avonden later tegen haar toen ze samen aan de keukentafel zaten. Pat en Robbie lagen al in bed. 'Ik moet geloven dat Crovie er weer bovenop zal komen.'

'Ik denk toch dat het te veel werk zal zijn voor mensen die zelf niet kunnen klussen,' zei Anna. 'Pat deed het al rustiger aan en nu Frank er niet meer is, is ze helemaal uit het lood geslagen. Terry en Susan zullen zelf aan de slag gaan. De anderen – Phil en Marie, David en Glynn – wonen hier niet permanent. Wie weet pakken die hun verlies en gaan ze ergens anders naartoe. Naar Gardenstown bijvoorbeeld. Dat is toch veel praktischer?'

Hij knikte. 'Als er ooit een moment was om Crovie te verlaten, is het nu.'

Er viel een stilte, die geladen was met een waarheid die ze beiden niet uitspraken. Anna stak haar arm uit naar Robert. Robert pakte haar hand met beide handen vast en fronste zijn wenkbrauwen toen hij zag hoe hun handen verstrengeld waren. Er was iets tussen hen veranderd sinds Pat en zij hier logeerden. Nee, dacht Anna, niet veranderd, versterkt. Daar zeiden ze echter niets over. Het werd alleen duidelijk op momenten zoals deze, waarop ze beiden iets hadden kunnen zeggen maar dat niet deden.

'Je moet doen wat voor jou het best is,' zei Robert. 'Wat voor de baby het best is. Dat snap ik.'

Anna haalde oppervlakkig adem. 'In een verwoest dorp wonen

dat alleen over zee bereikbaar is... Zelfs als de Fishergirl's Luck geen schade zou hebben...'

'Ik weet het,' zei hij. 'Ik weet het.'

Ze schudde haar hoofd, niet in staat om te praten. Op dat moment wilde ze dat hij zich over de tafel heen zou buigen en haar zou kussen, maar dat deed hij niet. Het initiatief had ook van haar uit kunnen gaan, maar ook Anna deed niets. Wat had het voor zin om een relatie aan te gaan als ze misschien binnenkort hier weg moest? Het was ironisch dat ze de eerste dagen dolgraag uit Crovie weg had gewild en dat ze er de afgelopen dagen juist dolgraag wilde blijven.

'Zodra het kan, zal ik je met de boot naar Crovie brengen,' zei Robert MacKenzie zo zacht dat ze hem maar net kon verstaan. 'Iedereen die ernaartoe wil kan mee. We zullen met de Cassie's Joy gaan. Als het weer het toelaat.'

Het moment ging voorbij en Anna trok haar hand voorzichtig uit zijn handen. Hij liet haar los, stond op, pakte haar lege mok van de tafel en zette die met zijn rug naar haar toe in de gootsteen. Anna's blik gleed naar een foto van Cassie op de koelkastdeur en opeens wist ze intuïtief dat er daar in de toekomst een andere foto kon hangen. Een foto van haar en de baby, die met de dag groeide in haar buik. Ze stond op en zei welterusten terwijl hij nog met zijn rug naar haar toe stond, ontsnapte nu dat nog kon.

'Sluit jezelf er niet voor af,' zei Cathy later die avond, toen Anna op de bank onder de dekens lag met de telefoon bij haar oor.

'Dat moet wel.'

'Waarom?'

Anna stootte een korte lach uit die niets met vrolijkheid te maken had. Cathy was de enige aan wie ze haar nieuwe geheim had verteld. Dat Taymar Zetelli haar een baan had aangeboden als chef-kok van haar volgende restaurant, dat volgend jaar in

Newcastle zou opengaan. Taymar was niet geschrokken van Anna's zwangerschap. Dat kon niet gezegd worden van de eigenaar van het enige restaurant binnen rijafstand van Crovie dat een chef-kok zocht. Hij had nadrukkelijk naar haar buik gekeken, waarna hij gezegd had dat de vacature al vervuld was.

'Ik kan hier toch niet blijven?' zei Anna. 'Het was al onpraktisch en nu zou het helemaal gekkenwerk zijn. Niet dan?'

Het bleef even stil. 'Ik wil dat je de carrière hebt die je verdient. Dat meen ik,' zei Cathy. 'Je bent zo goed in je vak en je houdt van de keuken. Maar ik wil ook dat je een leven hebt, een gezin, liefde. Als je het aanbod van Zetelli aanneemt, moet je Robert MacKenzie achterlaten en ik denk niet...'

Anna onderbrak haar. 'Hij heeft... Er is geen... Daar is geen sprake van geweest. Dat is ook nu niet aan de orde.'

'Maar je weet het. Kom op, zo is het toch?'

'Ik weet niets,' zei Anna, 'behalve dan dat de enige plek die ik mijn thuis kan noemen in een dorp ligt waar verder misschien niets meer overeind staat. En ik heb een reddingslijn toegeworpen gekregen om ergens anders opnieuw te beginnen.'

Selkie lass,

Iets wat je nooit hebt gehad, kun je niet kwijtraken en toch…

Ik lig 's nachts wakker en dan vraag ik me af hoe jij het aan Robbie zou uitleggen. Je zou zeggen dat het leven als de zee is, met eigen getijden. Je zou zeggen dat de zee neemt en dat de zee geeft, en dat het met het leven net zo is.

Ik houd mezelf voor dat als ze weggaat – en dat kan nu toch niet anders? – dat het het tij is dat keert. Ik houd mezelf voor dat ik niets verlies, want een mens kan niet twee keer in het leven zoveel geluk hebben.

Het is onmogelijk dat er daarvoor genoeg liefde is in de wereld.

31

Liam vloog naar huis de dag voordat de dorpsbewoners voor het eerst naar Crovie zouden terugkeren. Anna bracht hem naar de luchthaven van Inverness. Ze huilden allebei. Hij bood aan te blijven voor Franks begrafenis, de week daarop, maar wat had dat voor zin? Twee of drie dagen – twee of drie weken – het zou niets uithalen. Het zou hem alleen maar op kosten jagen, en dat kon hij zich niet veroorloven. Hij beloofde dat hij zou bellen zodra hij thuis was, en dat was het dan. Anna was positief gestemd. Iets in haar dacht dat ze waarschijnlijk verdoofd was.

De zee en de lucht waren nog steeds egaal grijs toen de Cassie's Joy de vaste kliek over de baai naar het getroffen dorp bracht. Robert MacKenzie had een protesterende Jonge Robbie bij zijn oma achtergelaten en ook Douglas McKean bleef in Gardenstown. Terry en Susan gingen mee, en ook David en Phil. Phil had sinds de storm nauw contact met hen gehouden en had besloten speciaal ervoor over te komen om de schade op te nemen. Marie zou over een paar dagen ook komen, voor Franks begrafenis. Anna had niet gewild dat Pat meeging, had gezegd dat ze verslag zouden uitbrengen, dat ze zelfs konden filmen als ze het wilde zien, maar Pat was onvermurwbaar.

'Het moet, schat,' zei ze. Haar stem klonk als een doffe echo van hoe die voor het verlies van Frank had geklonken. 'Ik moet het vroeg of laat toch onder ogen zien.'

Iedereen zweeg toen de boot de bocht om de klif maakte. Er hing iets spookachtigs over het dorp nog voordat ze helemaal om de landtong heen waren gevaren. Een stilte die Anna deed huiveren. Het duurde even voordat ze besefte dat ze de vogels miste. Er vlogen geen krijsende zeemeeuwen rond bij de kliffen. Het hele dorp deed denken aan een leeg huis. Er was geen teken van leven.

Robert meerde aan in de haven en ze hielpen elkaar uit de boot. Overal lag troep, bij de auto's aan de voet van de klif en op het beton waar ze stonden. Anna's Fiat lag op zijn kant en was bedekt met modder en aarde. Her en der lagen kluiten veengrond, donker en nat, en stukken hout. Anna had pas laat door dat het de overblijfselen waren van een van de houten schuurtjes die op het achterste gedeelte van de parkeerplaats had gestaan. De meeste kruiwagens waren kapot. Ze waren opgetild en neergesmeten, opgetild en neergesmeten. De storm had er aanmaakhout van gemaakt. Er hing een sterke aardachtige geur. Anna pakte Pats hand en hield die vast.

Om bij de Crovie Inn te komen, moesten ze over richels van aarde en stenen stappen, naar beneden gespoelde overblijfselen van de weg. Ze hadden nog nooit zoiets gezien. Ze stonden erbij als de verbijsterde overlevenden van een enorme ramp, keken op naar de puinhopen van het gescheurde asfalt dat als een harmonica in elkaar geschoven was onder een moddergletsjer van losgeraakte aarde en stenen.

'Lieve help,' mompelde David. 'Hoe krijgen ze dat ooit allemaal weg?'

Niemand antwoordde en in de verbijsterde stilte klonk het klapperende geluid van een helikopter. Ze keken omhoog en zagen de helikopter over de baai naar het dorp vliegen.

'Dat zullen verslaggevers zijn,' zei Phil somber. 'Er zullen er vast nog meer volgen.'

Ze probeerden de toeschouwers vanuit de lucht te negeren en liepen verder. De Crovie Inn leek niet beschadigd. Er was alleen wat puin tegen de muren aan geslagen.

Ze zwegen toen ze over de kade liepen. Robert had zijn arm om Pat heen geslagen. De helikopter hing nog steeds boven hen en Anna was opeens heel boos op de inzittenden. Het moest duidelijk zijn wie ze waren. Iedereen snapte toch wel hoe traumatisch het moest zijn om nu hier rond te lopen en voor het eerst te zien hoeveel er verloren was gegaan van iemands leven en levensonderhoud. Het voelde als een inbreuk op hun privacy om door buitenstaanders bespied te worden, zeker als je bedacht dat deze beelden de hele wereld over zouden gaan. Ze bleef staan en keek omhoog, vroeg zich af wie de piloot was, of die persoon wel een band had met deze kust. Er brak een hel licht door het dichte wolkendek, waardoor degenen in de helikopter niet te zien waren. Anna voelde dat iemand haar bij de hand pakte. Het was Robert.

'Negeer ze,' zei hij tegen haar. 'We kunnen er toch niets tegen doen en hun beelden laten meer zien dan we vanaf onze plek op de grond kunnen zien.'

De hoeveelheid puin werd erger naarmate ze dichter bij het zwaarst getroffen deel van het dorp kwamen. Plantenbakken die niet naar binnen waren gehaald, waren verdwenen of door de wind opgetild en tegen de grond of door ruiten gesmeten. Overal lag glas. Er wapperde iets langs haar en Anna besefte dat het een gordijn was van een van de vakantiehuisjes. Het beton lag bezaaid met kapotte tegels.

Zonder al te veel moeite bereikten ze de duiker in het midden van het dorp, waar het beekje naast de pier de zee in stroomde. Daarna was het echter alsof de klif een kapotgescheurde zak was, en de inhoud van de zak op de huizen het verst van de weg was neergekomen. Anna wist al dat de Fishergirl's Luck nog overeind stond, omdat ze dat vanaf de haven van Gardenstown had kunnen zien. Daardoor had ze vaag het idee dat haar huis wellicht onbeschadigd was. Toen ze verder liepen, stootte haar voet ergens tegen. Het was een groot stuk hout met blauwe verf. Even kon ze het niet plaatsen, ook al kwam het haar bekend voor. Toen besefte ze met een steek in haar maag dat dit een restant was van een van haar luiken. Ze wist dat die eraf waren gewaaid, maar nu ze een gedeelte ervan tussen de aarde onder haar voeten zag liggen, kreeg ze een bang voorgevoel. Dat nam niet af toen ze dichterbij kwamen en ze Liams picknickbank zag. Die was uit haar tuin opgetild en over de kade geblazen, was uiteindelijk tegen de Weaver's Nook tot stilstand gekomen. Een van de planken van het tafelblad was in tweeën gebroken, de andere planken waren versplinterd.

Haar hekken waren verdwenen, waren in zijn geheel opgeslokt door de zee. Van de vier terracotta schoorstenen met bloeiende planten waren er drie weg en lag er een, bijna onherkenbaar, in stukken. Overal lagen tegels en glasscherven, een zee van leigrijs gereflecteerde lucht. Anna keek omhoog en zag dat de ruit van haar slaapkamerraam uit het kozijn was geslagen. Door het gapende gat kon ze de lucht zien. Even snapte ze het niet. Toen drong tot haar door dat het dak weg was. En niet alleen de leien ontbraken. De storm had de helft van de steunbalken weggerukt en ook de plafondbalken. Terwijl ze verbijsterd omhoogkeek, begon het weer te regenen. De elementen hadden vrij spel in de Fishergirl's Luck.

Anna slaakte een kreet en liep naar de voordeur. Robert hield haar tegen.

'Het is niet veilig,' zei hij.

'Ik moet naar binnen,' zei ze. 'Ik moet iets... Ik had geen tijd om dat te pakken toen we vertrokken.'

Hij liet haar begaan. De woonkamer leek griezelig onaangeroerd, ondanks de vochtige kou die door het open dak kwam. Anna merkte het amper. Ze zag de tas die ze had ingepakt en op de vloer had laten staan toen Robert er opeens was met de reddingsboot. Ze pakte de tas, deed de rits open en zette de tas weer neer nadat ze eruit had gehaald wat ze zocht. De gezinsfoto van jaren geleden op het strand. Ze keek ernaar en werd zeer emotioneel.

'Nu we hier toch zijn,' zei Robert bij haar schouder, 'kun je beter alles meenemen wat je nodig hebt.' Hij keek naar de trap in de hoek waar een vreemd licht op viel doordat er geen dak meer boven zat. 'Als je er tenminste niet de trap voor op hoeft.'

Anna pakte de tas. 'Ik heb alles,' zei ze. Het ging niet om wat er in de Fishergirl's Luck stond, maar om het huisje zelf en dat kon ze niet meenemen. Brens huis zou hier blijven, de regen zou er binnendringen, zoals dat nooit was gebeurd toen de eerste bewoner nog leefde.

Toen ze naar buiten stapten, kwamen ze erachter dat Terry en Susan met Pat de Weaver's Nook in waren gegaan.

'Wacht hier,' zei Robert. 'Ik ga kijken hoe het met Dougies huis is en met het vakantiehuisje van Pat en Frank. Laat haar niet achter me aankomen voordat ik er ben wezen kijken. Begrepen?'

Anna knikte. 'Doe voorzichtig.'

Hij glimlachte naar haar, maar keek zwaarmoedig. Anna zag hoe hij zich een weg baande langs de restanten van Liams picknickbank, over richels die bestonden uit slib en iets wat nog het meest leek op afgebrokkelde stenen.

Van de Weaver's Nook waren alle ruiten eruit geblazen. De kamers hadden waterschade en lagen vol met puin.

Anna trof Pat aan in de salon boven de keuken, die Pat en Frank als privévertrek hielden als ze gasten hadden. De ruit was naar binnen gewaaid, maar de schommelstoel naast de haard waar Pat elke avond in zat, stond er nog. De oude eikenhouten fauteuil waar Frank altijd in zat, stond nog aan de andere kant van de haard. De twee stoelen stonden naar elkaar toe gedraaid, zoals ze al stonden sinds ze voor het eerst in de salon waren neergezet. Pat keek naar Franks stoel. De tranen stroomden over haar gezicht.

'Wat moet ik nou?' zei Pat. 'Wat moet ik zonder hem?'

'O, Pat,' zei Anna.

'Hij was nog niet eens aan de wieg begonnen,' zei Pat snikkend terwijl Anna haar vasthield. 'Hij had in zijn hoofd dat het een volmaakte wieg moest worden, Anna. Kijk, dit zijn de tekeningen. Ze liggen nog op de stoel waar hij ze die laatste avond heeft laten liggen.'

Anna pakte het notitieboek en zag pagina's vol met schetsen en aantekeningen met details over soorten hout en afmetingen. Het zou een prachtige wieg zijn geworden, zag Anna. Met zoveel liefde gemaakt dat ze opnieuw moest huilen toen ze de schetsen bekeek.

'We moeten niet te lang blijven,' zei Anna door haar tranen heen. 'Pat, zodra het kan komen we terug, maar nu... Wat wil je meenemen?'

Pat pakte een paar dingen, vooral foto's van Frank, wat sieraden en wat kleren.

'Houd jij dat maar,' zei ze tegen Anna, waarbij ze naar het notitieboek met Franks ontwerpen wees. 'Hij zou willen dat jij dat had. Hij had jullie zoveel willen geven.'

Toen ze de trap af gingen, zagen ze dat Robert rustig met Terry en Susan stond te praten.

'En nu wil ik naar het vakantiehuisje,' zei Pat. Ze hield een foto van Frank, die op het dressoir had gestaan, tegen haar borst geklemd. 'Ik moet kijken hoeveel schade er is.'

Robert glimlachte vriendelijk naar haar. 'Dat kun je beter niet doen, Pat. Niet nu.'

Pats gezicht vertrok. 'Is het weg?'

'Ja,' zei Robert MacKenzie zacht. Pat legde met een hartverscheurende snik haar hoofd tegen zijn schouder. Anna kreeg het te kwaad. Robert sloeg zijn armen om Pat heen en wiegde haar.

'Kom,' zei hij na een paar minuten. 'Laten we teruggaan. Goed?'

De helikopter volgde hen toen ze weggingen, een groepje vermoeide overlevenden dat zoveel mogelijk bezittingen meenam. Het geluid van klapwiekende bladen vermengde zich met het geluid van de golven en de toenemende wind toen de Cassie's Joy de baai in voer. Iedereen zweeg. Ze klampten zich aan elkaar vast. Anna hield Pats gezicht nauwlettend in de gaten, maar Pat was in zichzelf gekeerd en staarde naar de zee. Anna vroeg zich af of ze er iets van zag.

'Ik heb je op het nieuws gezien,' zei Cathy later tegen haar. 'O Anna, ik vind het zo rot voor je.'

Anna streek met een vermoeide hand over haar gezicht. De emotionele belasting van de afgelopen dagen eiste haar tol. Ze wilde zich het liefst in een donkere kamer verstoppen, maar ze had met Rhona afgesproken om voorbereidingen te treffen voor de catering bij Franks begrafenis. Dat was wel het minste wat ze kon doen. Pat had aan Phil gevraagd of hij haar naar Elgin kon brengen. Ze moest naar de bank. Anna had Pat gesmeekt dat voorlopig te laten rusten, maar Pat had voet bij stuk gehouden. Anna vermoedde dat Pat weer ergens controle over wilde hebben, en ze snapte waarom dat belangrijk voor haar was.

'Dan weet je beter hoe het dorp er nu uitziet dan ik,' zei ze tegen Cathy. 'Ik heb me er nog niet toe kunnen zetten de beelden te bekijken.'

'Het ziet er niet goed uit,' bekende Cathy. 'Twee huizen lijken volledig verwoest. En die aardverschuiving die de weg heeft meegesleurd...'

Anna sloot haar ogen. 'Ik weet het,' zei ze. 'Ik weet het.'

Ze had nog maar net opgehangen of de telefoon ging opnieuw. Anna nam op zonder naar het nummer van de beller te kijken en had daar direct spijt van toen ze de zelfvoldane stem van Geoff hoorde.

'Je was op het nieuws,' zei hij. 'Je wordt nog een echte beroemdheid.'

'Wat wil je?'

'Je zou me weleens mogen bedanken.'

'Waarvoor?'

'Voor het feit dat ik je bel en je een nieuwe kans geef om mijn aanbod aan te nemen nu ik zie wat voor puinhoop je leven is.'

'Wat?'

'Ja, je hoort het goed. Ik ga je carrière redden,' zei hij met zalvende stem. 'Je bent nog steeds welkom in mijn nieuwe keuken, al heb ik besloten dat ik zelf de chef-kok daar zal zijn. In het begin in elk geval. Als ik zeker weet dat je de druk aankan, kunnen we altijd verder kijken. Je zult dus onder mij werken. Maar zo heb je altijd het best gewerkt, niet dan?'

Anna zweeg even terwijl ze nadacht over wat hij had gezegd.

'Geoff,' zei ze toen langzaam en bedachtzaam. 'Met alle respect, je bent een rotzak.'

Ze hing op en blokkeerde zijn nummer.

32

Franks uitvaartdienst vond plaats in de kerk in Gardenstown. De kerk zat vol. Hij had veel vrienden. De dominee sprak aandoenlijk over Franks leven, van voor hij naar Crovie verhuisde en sindsdien. Anna hoorde zoveel dingen over hem die ze niet had geweten. Ze moest huilen bij de gedachte dat ze die dingen niet meer uit zijn mond zou horen. Ze had niet beseft hoe belangrijk Frank voor haar was geworden. Een navigatiebaken in haar leven. Hij kon nooit het gat vullen dat haar vader had achtergelaten, maar ze zag Frank en Pat nu al maanden als familie. Nu hun trio een duo was geworden, besefte ze pas hoe innig die verbondenheid was.

Het condoleren na afloop was in de Garden Arms in Gardenstown. Het was druk. Anna kende de meeste mensen niet of slechts vaag. Ze stond bij de vaste kliek en hield Pat in de gaten. Anna verbaasde zich erover hoe sterk en charmant Pat was ondanks haar enorme verdriet. Anna vond het vreselijk dat Pat de nasleep van de storm in haar eentje moest afwikkelen, de puinhoop in de Weaver's Nook, om nog maar te zwijgen van het verwoeste vakantiehuisje.

'Jullie zullen haar toch wel helpen?' vroeg ze zacht aan haar vrienden. 'Natuurlijk doen jullie dat. Ik vind het gewoon een vervelend idee dat ik hier niet ben om het zelf te doen...'

Rhona keek vluchtig naar de anderen. 'Zo te horen heb je besloten hier weg te gaan,' zei ze.

Anna keek naar haar glas fris. 'Ik zie geen andere mogelijkheid.'

Het bleef even stil. Rhona trok een wenkbrauw op naar Phil. Susan stootte hem aan. Terry knikte. Marie haalde haar schouders op.

'Wat?' vroeg Anna. 'Wat is er?'

Phil keek over zijn schouder naar Pat, die met wat mensen stond te praten, en keek toen weer naar Anna. 'Willen jullie me even excuseren?' Hij verliet hun kringetje en liep naar Pat, verontschuldigde zich voor de onderbreking en fluisterde een paar woorden in Pats oor. Pat keek in de richting van Anna en knikte. Toen ze haar kant op kwamen, kreeg Anna een bang vermoeden.

'Kan ik je even spreken, schat?' zei Pat. 'Buiten. Ik kan eerlijk gezegd wel wat frisse lucht gebruiken.'

Anna keek naar de anderen, die glimlachten en knikten toen ze achter Pat aan naar buiten liep. De twee vrouwen liepen via het Strait Path naar het strand. Het was eb, de zon scheen en gezinnen met jonge kinderen vermaakten zich bij de getijdepoeltjes. Aan de andere kant van de baai zagen ze de gehavende kustlijn van Crovie. De weersverwachting was goed. Er werden de komende dagen geen stormen voorspeld. Er zaten gaten in de bewolking, waardoor er vale zonnestralen op de beschadigde huizen vielen. Vanaf deze afstand leek Crovie een speelgoeddorp, dat uit de jaszak van een langslopende peuter was gevallen.

Pat ging op het oude stenen muurtje zitten. Anna kwam naast Pat zitten en merkte, niet voor het eerst, dat ze al echt een buikje kreeg. Ze legde haar hand erop en Pat glimlachte.

'Je begint het al echt te zien.'

'Ja,' zei Anna lachend. 'Ik heb nu in elk geval een excuus om een hele lading nieuwe kleren te kopen.'

Pat glimlachte en keek naar de zee. 'Arme Frank. Hij verheugde zich zo op de komst van de kleine. Had het bijna nergens anders meer over.'

'O, Pat...'

Pat pakte Anna's hand. 'Niet doen, schat,' zei ze zacht. 'Anders begin ik ook en ik wil het ergens anders met je over hebben. Je moet weten dat ik je beslist niet onder druk wil zetten. Gezien de schade die de storm in het dorp heeft aangericht, zouden we zoiets ook gedaan hebben als je niet hier was.'

Anna verschoof op het muurtje, voelde zich slecht op haar gemak. 'Pat, waar heb je het over?'

Pat keek weer naar de zee. 'We hebben besloten de Crovie Inn te kopen. Met z'n allen, bedoel ik.'

Anna knipperde met haar ogen. 'Wat?'

'Frank en ik hadden wat spaargeld en hij zou het een goed idee hebben gevonden. Ons bod zal uiteraard laag zijn gezien de huidige staat van het dorp, en hangt ook af van de bouwkundige keuring.' Pat keek Anna aan. Haar grijze ogen keken vermoeid, maar er lag een sprankeling in die Anna sinds Franks overlijden niet meer had gezien. 'Ik heb de anderen van de vaste kliek gevraagd om mede-eigenaar te worden en iedereen heeft ja gezegd. Phil en Marie zullen naast mij het meeste geld investeren, maar ook Terry en Susan, Rhona, David en Glynn, en Ouwe Robbie doen mee. Toen ik hen benaderde, waren ze allemaal enthousiast. En bij elkaar hebben we genoeg geld om de Crovie Inn te kopen.'

Anna was sprakeloos. 'Maar, Pat... De rest van het dorp – het vakantiehuisje – hebben jullie je spaargeld niet nodig om dat allemaal op te knappen?'

Pat schudde haar hoofd. 'Ik heb de beelden gezien, schat. Het vakantiehuisje is verleden tijd. Ik hoop dat de verzekering uitkeert, zodat het huisje volledig afgelost kan worden en ik hoop dat een andere partij het zal herbouwen. Terry en Susan moeten ergens wonen terwijl ze besluiten wat ze met hun huis gaan doen. Als hun huis niet te redden is, hebben ze permanent een andere woning nodig. En ook ik heb voorlopig een andere woonruimte nodig. De Weaver's Nook is onbewoonbaar en ik kan niet voorgoed bij Ouwe Robbie logeren. Als blijkt dat we uiteindelijk allemaal terug kunnen naar ons eigen huis – en dat hopen we – dan kan de Crovie Inn een B&B worden. We kunnen de herberg alvast stukje bij beetje samen opknappen als we daar wonen.'

Anna zweeg, verwerkte deze informatie. Ze keek naar de baai, naar de blauwgrijsgroene golven die traag het strand op rolden. Het was moeilijk voor te stellen dat het ooit anders was, dat stormgeweld hun levens had verwoest en dat ze daardoor een nog hechtere band hadden gekregen.

'Er is ook plek voor jou en de baby,' zei Pat rustig. 'Als je besluit te blijven. En beneden is uiteraard beschikbaar.'

'Beneden?'

Pat glimlachte, keek weer naar de zee. 'De keuken, schat. De eetzaal. Een compleet restaurant dat wacht op iemand die het weer in gebruik zal nemen. Wat Phil al zegt sinds de avond dat hij jou heeft leren kennen.'

Anna kon geen woord uitbrengen.

'Ik snap dat het veel is om te bevatten, en vandaag al helemaal,' zei haar vriendin, en ze pakte Anna's hand weer. 'Het is niet onze – míjn – bedoeling om je voor het blok te zetten. Daar wil ik heel duidelijk over zijn. Je moet je niet verplicht voelen om te blijven. Zie het als een extra optie. Niemand zal het je kwalijk nemen als je het niet doet.'

Vlak daarna ging Pat terug, maar Anna had tijd voor zichzelf nodig.

Ze liep langzaam naar de haven. Het water was nog steeds kalm, de golven sloegen amper met wit gebruis tegen de kade. Toen ze naar Crovie keek, brak er een baan zonlicht tussen de wolken door, die op de Fishergirl's Luck scheen. Hiervandaan leek haar huis onbeschadigd. Het leek heel, nog even onafhankelijk als het geweest was toen Bren de schuur tot een huis had omgebouwd.

Anna ging op weg naar Crovie. Het pad onder de klif langs lag als gevolg van de storm bezaaid met troep: rottend zeewier, oude netten, zand, stenen, modder. Ze deed er langer over dan normaal, omdat ze zich een weg moest banen. Toen ze in het dorp aankwam, was het er net zo stil als twee dagen daarvoor. Anna veegde de ergste troep van haar schoenen en keek naar de Crovie Inn. Net als bij haar vorige bezoek leek het of de herberg weinig schade had geleden.

Ze ging verder en liep voorzichtig over de kade naar de Fishergirl's Luck. Binnen klonken de geluiden gedempt. Dat kwam doordat het zeil dat over het kapotte dak gespannen was, nu en dan flapperde en golfde. Even stond Anna te luisteren naar het geluid van de kalme zee, dat zo'n sterk contrast vormde met de gebeurtenis die ervoor had gezorgd dat het huis er nu zo bij stond. Een felle zonnestraal brak tussen de wolken door. Ze zag hem over het kleine raam boven de gootsteen glijden, dat kaal was zonder de luiken. Er kwam een blauw licht in de kamer te hangen door de reflectie van het zeil. Anna hief haar gezicht op en even had ze het gevoel dat ze in een enorm aquarium stond.

Anna liep wat rond. Ze wilde boven gaan kijken maar durfde niet. Onder het zeil vandaan kwam de doordringende geur van vocht. Alles in haar slaapkamer zou onbruikbaar zijn, dat wist ze, ook de kast en waarschijnlijk al haar kleren. Misschien gold het zelfs voor de vloer.

Beneden was er echter weinig schade, zeker in de keuken. Die stond alleen nog vol met alles wat ze uit de Weaver's Nook hiernaartoe hadden gehaald. De eettafel onder de trap had amper regen te verduren gehad. De trap zelf moest waarschijnlijk vervangen worden. Anna keek naar haar kookboeken, die nog keurig op de smalle boekenplanken boven haar hoofd stonden. Ze wilde een van de kookboeken van Taymar Zetelli pakken om te voelen of het nat was. Ze kon er niet bij. Voordat ze echter iets kon pakken om op te gaan staan, hoorde ze achter zich een stem.

'Laat mij maar.'

Het was Robert MacKenzie, die er in pak anders en knap uitzag, hij had zijn stropdas na de begrafenis afgedaan. Hij kwam naast haar staan en pakte het boek dat ze had willen pakken, gaf het aan haar zonder een woord te zeggen.

'Ik wilde weten of ze nat waren,' zei ze. 'Ik vroeg me af of het vocht in de vloer boven was getrokken.'

Robert keek om zich heen. 'Het is hier niet veilig.'

'Ik moest het nog een keer zien,' zei ze. 'Om het zeker te weten.'

Hij draaide zich naar haar om. Zijn ogen lagen in het donker. 'Wat wil je zeker weten?'

'Wat ik met de Fishergirl's Luck ga doen. Er moet zoveel aan gebeuren.'

Er viel een stilte. Hij draaide zich om. 'Wat ga je doen? Ga je het verkopen?'

'Dat wil ik eigenlijk niet, maar er moet zoveel gerepareerd worden. Ik mag niet toestaan dat het huis in verval raakt. Het is een huis met een rijke geschiedenis. Dat voel ik. Voel jij dat ook? Die geschiedenis zit in de muren. Het zou verkeerd zijn het huis te laten verrotten omdat ik geen geld heb voor de benodigde reparaties.'

Robbie zweeg en even was er niets, behalve het klapperend zeil en het flikkerende vreemd blauwe licht.

'Pat zei dat je geld in de Crovie Inn hebt geïnvesteerd,' zei Anna.

Robert knikte, keek haar nog steeds niet aan. 'Dougie moet ergens wonen.'

Anna keek hem verbijsterd aan. 'Komt Douglas McKean er wonen? Weten de anderen dat? Weet hij dat zelf?'

Robert moest lachen. 'Ja. Hij kan nergens anders heen, Anna. Hij heeft altijd in Crovie gewoond. Hij kan niet naar een bejaardenhuis, voorlopig nog niet althans. Dat kan ik hem niet aandoen, niet nu.'

Er viel weer een korte stilte. 'Hij zou hier kunnen wonen.'

Robert verstijfde even en draaide zich toen naar haar om. 'Wat?'

'Als het dak en de andere dingen gerepareerd zijn, kan Douglas McKean hier wonen, in de Fishergirl's Luck. Denk je dat hij dat zou willen?'

Robert MacKenzie zweeg. Hij draaide zijn gezicht naar het licht dat door haar keukenraam viel. Anna keek naar hem.

'Je...' zei hij. Hij schudde zijn hoofd, stak zijn handen in zijn zakken en deed een nieuwe poging. 'Je hebt dus al besloten om Crovie en de Fishergirl's Luck te verlaten.'

Het was een opmerking, geen vraag. De toon waarop hij dat zei, deed haar hart bonzen.

'Kijk dan zelf, Robert. Al voordat de storm toesloeg, was het lastig om hier met een kind te wonen.' Ze wierp een blik op het boek in haar handen. Taymar Zetelli's gezicht lachte haar toe vanaf het omslag. 'Ik had dit nog niet aan jullie verteld, maar...' Ze stak het boek op. 'Deze chef-kok heeft me een baan aangeboden.'

Anna merkte dat Robert naar haar keek, maar ze durfde hem niet aan te kijken.

'Wil ze dat je voor haar komt werken?'

'Ja. Ze gaat een nieuw restaurant openen en heeft een chef-kok nodig. Ze is een fijne baas en heeft een goede reputatie als het gaat om ondersteuning van vrouwen met kinderen. Het is een geweldige kans. Dat was het al, maar zeker nu...' Anna maakte de zin niet af.

'Waar is dat restaurant?' vroeg hij.

Anna slikte. 'In Newcastle.' Ze lachte even. 'Dat is minder ver dan Londen.'

Hij knikte en wendde zijn hoofd weer af.

'Pat zegt...' begon Anna, maar ze kon niet verder praten. Ze haalde diep adem en probeerde het opnieuw. 'Pat zegt dat er ruimte is voor ons in de Crovie Inn. Voor mij en de baby, bedoel ik. Ik kan echt niet met Douglas McKean onder één dak wonen, niet eens tijdelijk, maar als hij op zijn logeeradres kan blijven tot de Fishergirl's Luck gerepareerd is, en dan hier gaat wonen, dan zou het kunnen.'

Ze zag hem heel stil worden. Langzaam draaide hij zich weer naar haar toe. 'Wat?'

Anna legde het kookboek op de tafel. Ze voelde zich licht in haar hoofd en was op van de zenuwen. Het moment kwam razendsnel dichterbij, even krachtig als een storm, en even onontkoombaar. Wat zijn we van elkaar? Wat beteken ik voor jou? Wat beteken jij voor mij?

'Dan ga ik bij Pat in de Crovie Inn wonen. Zelfs als Terry en Susan daar langere tijd moeten wonen, is er ruimte genoeg. En het zou praktisch zijn met de baby, want ik kan een babyfoon meenemen naar de keuken, ik zal het altijd horen als ik nodig ben en er zijn andere mensen. Het is altijd beter om bij het restaurant te wonen, zeker in het begin. Het maakt alles veel minder ingewikkeld, het drukt de kosten en...'

Anna had opeens door dat ze van de zenuwen maar doorratelde. Robert was dichter bij haar komen staan, zijn ogen waren niet meer in het donker.

'Blijf je?'

Ze stootte een lach uit, een kleine uitbarsting, om stoom af te blazen. 'Natuurlijk blijf ik! Dachten jullie nou echt dat ik zou weggaan als er ook maar een mogelijkheid was – hoe klein dan ook – dat ik kon blijven?'

'Ja, dat dacht ik,' bekende hij. 'Ik wist niet of hier wel genoeg voor je zou zijn, als het veel gemakkelijker zou zijn om naar een andere plek te gaan.'

Anna keek om zich heen. 'Je hebt gelijk,' bekende ze. 'Taymars aanbod aannemen zou veel gemakkelijker zijn.'

Hij ging nog dichter bij haar staan. 'Waarom zou je dan blijven?'

Anna was zich ervan bewust dat ze overal naar keek, behalve naar zijn gezicht. Ze haalde diep adem en keek hem aan.

'Dit is mijn thuis,' zei ze eenvoudig. 'Ik wil nergens anders zijn. En er zijn hier dingen... mensen... Als ik vertrek, laat ik een deel van mezelf hier achter.'

Hij glimlachte en Anna bedacht, niet voor het eerst, dat ze uren naar hem zou kunnen kijken als hij dat deed. Robert kwam nu zo dicht bij haar staan dat hun tenen elkaar bijna raakten. Hij aarzelde even en pakte haar hand. Hij streek met zijn duim over haar handpalm, terwijl hij naar haar vingers keek. Anna's hart sloeg op hol. Ze vroeg zich af waar hij op wachtte, of hij wilde dat zij de eerste stap zou zetten. Daarna maakte ze zich zorgen dat hij er heel anders in stond, dat dit niet meer was dan een teken van vriendschap. Ouwe Robbie MacKenzie had zich immers steeds als een vriend gedragen, zelfs al voor ze in de Fishergirl's Luck was komen wonen.

'Ik...' zei ze omdat ze de spanning wilde verbreken. 'O!'

Het gevoel overviel haar. Er bewoog iets in haar buik.

'Wat?' vroeg Robbie. 'Wat is er?'

'Ik denk...' Daar was het weer. Een zacht tikje, gekronkel. 'Ik denk dat ik de baby voelde!'

Anna legde zijn hand op haar buik. Ze wachtten zwijgend en toen...

'Ja! Voelde je het?'

'Ja!'

'O, dat is raar,' zei Anna lachend, terwijl haar hand nog op die van hem lag. 'Het zal wel door mijn verhoogde hartslag komen. Arm kind.'

Zijn lach ging over in een glimlach en hij trok zijn wenkbrauwen op. Zijn hand lag nog steeds op haar buik. Hij verplaatste zijn hand naar Anna's middel en trok haar tegen zich aan. 'Je hartslag?' zei hij. 'Hoezo? Wat is daarmee?'

Ze kreeg geen lucht. Hij was warm en heel dichtbij. 'O,' wist ze uit te brengen. 'Die gaat wat snel.'

Hij grinnikte. 'O ja? Hoe komt dat?'

Anna schudde haar hoofd. 'Geen idee.'

Hij liet zijn hoofd zakken. 'Nee?'

'Ik zou het echt niet...'

De rest van de zin werd gesmoord door zijn lippen. Hij kuste haar teder en zacht. Het voelde vertrouwd maar ook helemaal nieuw.

Later liepen ze hand in hand van de Fishergirl's Luck naar de Crovie Inn, waar ze bleven staan.

'Denk je dat het gaat lukken?' vroeg Anna, die naar de bladderende verf en het verschoten uithangbord keek.

Robert bracht haar vingers naar zijn lippen en drukte er een kus op. 'Ik weet dat het ons gaat lukken. Je kunt het.'

'Het zal niet gemakkelijk zijn.'

'Nee.'

Anna knikte, draaide zich om en keek naar de zee. De zon ging onder, waardoor de rafelige wolken een feloranje en zachtroze rand kregen. In de baai zag Anna iets bewegen. Het kwam dichterbij. Er sprongen gladde bogen uit de golven. Telkens weer.

'Kijk nou, Anna Campbell,' zei Ouwe Robbie. Hij sloeg zijn arm om haar schouders en drukte een kus op haar haar. 'De dolfijnen komen ons gelukwensen.'

Epiloog

Anna legde haar telefoon neer en keek naar de kleurrijke pagina's die over haar bureau verspreid lagen. Het kookboek was bijna af. Ze had nog drie dagen om alles een laatste keer na te kijken, voordat ze de correcties aan Melissa moest doorgeven. Anna pakte haar potlood, waarmee ze aantekeningen had zitten maken, en tikte er even mee op de foto van de kruisbessen, die ze geplukt had en in de keuken gefotografeerd had op de dag dat de nieuwe werkbladen waren gemonteerd. De zon had geschenen en er vielen bundels fel licht door de ramen, die de plek beschenen waar Anna nu vaak te vinden was. Over drie maanden zou de Crovie Inn opengaan. Anna kende de keuken al door en door.

Ze hield het potlood stil en probeerde een zin te lezen, maar ze kon zich niet concentreren. Ze zuchtte en begon weer met het potlood te tikken.

Achter haar klonk gekir, gevolgd door een zacht maar onmiskenbaar gegiechel. Anna glimlachte. Haar dochter was klaar met slapen. De baby lag op haar rug in de wieg die Robert had gemaakt aan de hand van Franks ontwerpen. Hij was er maanden mee bezig geweest. De wieg moest volmaakt zijn, moest aan Frank herinneren en moest comfortabel zijn, zodat de baby erin zou slapen zonder daar weet van te hebben.

'Kijk eens wie er al wakker is,' zei Anna, die de zachte hals van haar dochter met kussen overlaadde toen ze haar oppakte. 'Heb je lekker geslapen?'

De baby liet haar hoofd zacht op Anna's schouder vallen, bewoog haar armen en benen, blij met het vooruitzicht dat ze wakker was en dat er van haar gehouden werd.

Anna liet de drukproeven voor wat ze waren – ze kon zich nu toch niet concentreren – en liep de hal in. Ergens in huis hoorde ze zacht een radio en gedempte stemmen uit een van de slaapkamers die bijna af waren.

'Pat! Susan!' riep Anna. 'Ik moet er even tussenuit. We gaan naar de Fishergirl's Luck. We blijven niet lang weg.'

'Goed, schat!' riep Pat terug.

De baby pruttelde toen Anna haar in de draagzak zette, waarna ze een mutsje over de donzige babyhaartjes trok. 'Ik weet dat je dit niet fijn vindt,' zei ze, en ze drukte een kus op het voorhoofdje onder haar kin, 'maar als het waait dan moet het.'

Ze deed de achterdeur van de Crovie Inn open en stapte het pad op. Er stond een straffe wind, maar het was wel warm. De zon overgoot de kust met goudgeel licht en gaf het gras een roodbruine gloed. Ze draaide zich om en zwaaide naar de machinist van de graafmachine die bij de aardverschuiving aan het werk was. Ze zag hem terugzwaaien vanuit de cabine. Het geluid van de graafmachine vermengde zich met dat van de golven en de krijsende meeuwen boven haar hoofd. Pas sinds een paar dagen waren de werkzaamheden ook vanuit het dorp te zien. Er werd volop gespeculeerd hoelang het nog zou duren voordat de weg helemaal was vrijgemaakt en hoelang het daarna nog zou duren voordat de dorpsbewoners de weg weer konden gebruiken. De werkzaamheden waren al maanden bezig.

'Anna!' hoorde ze roepen toen ze vertrok. Het was Jonge Robbie, die over het pad vanuit Gardenstown kwam, zoals altijd met zijn verrekijker om zijn nek.

'Wat doe jij hier?' vroeg Anna, toen de jongen op haar af rende en haar omlaagtrok zodat hij de baby een kusje op haar wang kon geven. 'Je bent toch niet in je eentje, hè?'

'Nee, Rhona loopt een eindje achter me,' zei Robbie. 'Ze wil je iets laten zien. Papa zei dat hij vandaag geen tijd had omdat de Fishergirl's Luck nu bijna af is, maar ik moest kijken hoe het met de dolfijnen gaat, dus toen zei Rhona dat ze wel met me meeging. Vanaf het pad is beter dan niets.'

Anna woelde door zijn haar – dat zoveel op dat van zijn vader leek – keek weer op en zag Rhona op het pad verschijnen.

'Hé, meid,' zei haar vriendin toen ze dichtbij genoeg was. 'Waar ga jij naartoe op deze mooie dag?'

'Ik ben de hele ochtend bezig geweest met de drukproeven van het kookboek. Ik wilde even iets anders doen. Ik ga kijken hoever Robert is met mijn huisje.'

Rhona kirde tegen de baby. 'Ik snap het. Zeg, ik heb een paar nieuwe glazuurkleuren. Die wil ik je laten zien zodat je ze eventueel mee kunt nemen bij de vergelijkingstest volgende week. En ik wilde een pakkerd van die kleine, dus niet te veel knuffelen, hè?'

'Jakkes!' Jonge Robbie trok een gezicht. 'Dat hoef ik niet te weten!'

Rhona gaf speels een tikje op de wang van de jongen. 'Kom, dan gaan we theezetten voor Pat en Susan.'

'Ze zijn boven gordijnen aan het uitzoeken,' zei Anna, toen Rhona Robbie naar de Crovie Inn loodste. 'Ze zullen blij zijn met een pauze. Pak gerust iets te eten. Het brood is nog warm.'

Anna liep over het pad en brabbelde ondertussen tegen de baby. Het water kabbelde tegen de kade. Het witte schuim piepte net over de rand en zakte dan bijna geluidloos weer terug. Overal om haar heen klonken klusgeluiden. Mensen lachten haar toe van achter nieuwe ruiten, en soms riep er iemand hallo en zwaaide. Ze zwaaide terug naar de buren die, sinds de storm, een nog hechtere gemeenschap vormden. Niemand wilde dat die nacht zou betekenen dat de lange geschiedenis van het dorp met een tragedie en verlating zou eindigen. Zelfs de huiseigenaren die maar eens per jaar hiernaartoe kwamen, hadden een pact gesloten om te garanderen dat Crovie hersteld zou worden. Dat gebeurde ook, al verliep het traag. Het zware werk werd bemoeilijkt doordat het dorp niet over land bereikbaar was. Bovendien was er weinig geld, want de vakantiehuisjes, die ook nog eens gerepareerd moesten worden, brachten nu niets op.

Bij de Fishergirl's Luck waren geen klusgeluiden te horen. Er werd niet getimmerd, geveild of gezaagd. Anna snapte het toen ze twee gestalten aan Liams picknickbank zag zitten. Robert MacKenzie had de picknickbank eigenhandig gerepareerd, al was het gemakkelijker geweest gewoon een nieuwe te kopen. Zijn redenering was dat Liams picknickbank deel uitmaakte van de geschiedenis van het dorp. De picknickbank verdiende het om gerepareerd te worden, net als het huisje waar die bij hoorde. Anna was er blij om. Zonder die picknickbank leek haar huisje incompleet.

Een van de gestalten keek op naar Anna en bracht zijn oude kin als een soort groet omhoog toen ze eraan kwam lopen. De andere gestalte draaide zich om en stond glimlachend op. Robert kwam op haar af. Zijn haar werd opgetild door een plotselinge windvlaag.

'Hallo, dames,' zei hij toen hij bijna bij hen was. Hij sloeg zijn armen om Anna heen en kuste haar, waarna hij ook een kus op het hoofdje van de baby drukte. 'Hoe gaat het met het kookboek?'

'Mwah,' zei Anna, en ze trok een gezicht. 'Ik weet niet of het goed of slecht is. Het ene moment denk ik dat het best aardig is en even later denk ik weer van niet.'

Robert kuste haar opnieuw. 'Het is een geweldig boek.'

'Hoe weet jij dat nou?' zei Anna lachend. 'Je hebt het nog niet eens gelezen!'

'Alles wat jij doet is fantastisch.'

'Slijmbal.'

'Dat is gewoon mijn mening.'

'Ik vind niet...'

De oude man die achter hen zat kuchte. Anna keek langs Robert.

'Goedemiddag, Dougie.'

Hij bracht zijn kin weer omhoog maar zei niets.

Robert pakte Anna's hand en trok haar mee naar de picknickbank, hoewel Anna niet wist of ze wel wilde gaan zitten. Douglas McKean en zij waren stilzwijgend een wapenstilstand overeengekomen, maar ze waren nog niet zover dat ze met elkaar praatten.

'Geef haar maar aan mij,' zei Robert. Anna maakte de draagzak los en glimlachte toen ze zag hoe hij haar dochter tegen zijn borst hield. Hij ging naast Douglas zitten en Anna nam plaats tegenover hen. De zon was warm, de zee was kalm. Het was zo'n dag waarop je je niet kon voorstellen dat het ooit geen mooi weer was. Achter de rij huizen groeiden al gras en wilde bloemen in de aarde die in de spleten van het rode gesteente was achtergebleven. In dit tempo zou er over een jaar niets meer te zien zijn van de aardverschuiving. Het verhaal over die nacht maakte nu echter deel uit van de geschiedenis van het dorp en twee huizen zouden niet herbouwd worden.

Anna richtte haar aandacht weer op het heden en merkte dat Douglas McKean haar sluw aankeek. Ze waagde het naar hem te glimlachen.

'Kom je kijken hoever Robert is met de Fishergirl's Luck, Dougie?' vroeg ze.

Hij knikte langzaam. 'Ja. Ouwe Robbie heeft me met de Cassie's Joy gebracht.'

'En, wat denk je? Het ziet er toch prachtig uit?'

McKeans blik gleed naar de oceaan. 'Ik was nooit binnen geweest. Kan het niet vergelijken met hoe het was.'

Anna wierp een blik op Robert, die glimlachte en vlug zijn schouders ophaalde. De baby lachte.

'Hoorde dat je haar Bren genoemd hebt,' zei Douglas McKean. Tot Anna's verbazing stak hij zijn verweerde hand uit en hij bewoog zijn vingers voor haar dochter heen en weer tot die een eeltige vingertop te pakken kreeg.

'Ja,' zei Anna. 'Dat... leek passend.'

'Ja, want ze is in de Fishergirl's Luck gemaakt,' beaamde McKean.

'Dougie, dat is niet...' begon Robert MacKenzie.

'Ze is sterk,' vervolgde de oude man, toen hij en kleine Bren om zijn vinger streden. 'Net als die oude kenau zelf. Ja, het is een passende naam voor een kleine brutale lassie. Daar krijg je nog heel wat mee te stellen. Misschien gaat ze later wel hier wonen, als ik er niet meer ben. Dat zou ook passend zijn.'

Anna was van haar stuk gebracht door de opmerking van de oude man. Ze had er nooit bij stilgestaan dat kleine Bren Campbell – en heel misschien zou ze dan Bren MacKenzie heten – over een aantal jaar in de Fishergirl's Luck zou kunnen wonen. De gedachte deed haar glimlachen. Hoe zou het dorp er dan uitzien? Er zouden andere gezichten rondlopen, maar Crovie zou er waarschijnlijk nog vrijwel hetzelfde uitzien als toen Douglas McKean jong was.

'Inderdaad, Dougie, dat zou heel passend zijn,' zei ze.

Anna zag hoe de vingers van haar dochter nog om zijn vinger geklemd waren. De oudste en jongste bewoner van Crovie, verbonden in een strookje tijd dat waarschijnlijk te kort zou zijn om ervoor te zorgen dat kleine Bren zich dat later zou herinneren. Die gedachte bracht Anna terug bij het telefoongesprek met Melissa.

'Er is iets gebeurd,' zei ze.

Robert keek op met gefronste wenkbrauwen. 'Hoe bedoel je?'

'Niets ergs. Ik had het alleen niet verwacht. Melissa belde.' Anna haalde diep adem. 'Ze zijn benaderd door een productiemaatschappij. Die wil een tv-serie maken die aansluit op het kookboek.'

Robert zette grote ogen op. 'Dat is fantastisch!'

Anna glimlachte. 'Is dat zo? Ik weet het niet, hoor. Ik heb nooit voor de camera gewild. Dat is niet mijn ding. Een kookboek schrijven, oké, maar op tv...'

Robert stak zijn arm uit en legde zijn hand op die van Anna. 'Als je het niet wilt, dan doe je het niet.'

Ze gaf een kneepje in Roberts hand. 'Dat weet ik en mijn eerste reactie was nee zeggen. Melissa heeft gezegd dat ik er rustig over na moet denken. Het punt is...' Anna keek om zich heen naar het dorp dat langzaam weer tot leven kwam. 'Het hoeft niet over mij te gaan. Het kan over Crovie gaan. Mijn eten is daar een onderdeel van, maar het zou over zoveel meer kunnen gaan. Lokale geschiedenis, persoonlijke verhalen. Ik zou het over Brens notitieboek kunnen hebben, daar recepten uit kunnen maken, ingrediënten kunnen gaan zoeken zoals zij dat deed. Haar aantekeningen zijn verhalen op zich.'

Kleine Bren begon te draaien en Robert gaf een kus op haar voorhoofd. 'Dat klinkt goed.'

'Ik moet het er eerst met iedereen over hebben. Ik moet peilen hoe mensen dat vinden.' Anna keek naar Douglas McKean. 'Wat vind jij, Dougie? Hoe zou je het vinden om op tv te komen? Je hebt vast veel verhalen te vertellen.'

Douglas McKean grijnsde. Het was een verrassend vriendelijke uitdrukking, zeker als je bedacht dat hij geen tanden had.

Er klonk een kreet vanaf de kade. Ze keken op en zagen Jonge Robbie onbesuisd op hen af rennen. Zijn wangen waren rood en zijn rossige haar wapperde in de wind. Hij schreeuwde.

'Het is gelukt!' riep hij. 'Ze zijn erdoor. De weg is vrij!'

Nou, mijn Selkie lass,

Het hele huis staat vol met narcissen. Dat hebben Robbie en Anna gedaan. Ze hebben ook potten bietjes gekocht. Het is een zee van paars en geel, alleen voor jou.

Fijne Moederdag, Cassie.

We houden van je.

Opmerkingen van de auteur

De eerste keer dat mijn man en ik Crovie bezochten, was in 2017, tijdens een hoge springvloed toen het zo hard waaide dat we de golven moesten ontwijken toen we langs het rijtje huizen liepen en er niet in slaagden dat op de terugweg ook te doen. Tegen de tijd dat we weer bij het beginpunt waren, waren we doorweekt, en ik was verkocht. Ik had er altijd al van gedroomd om op een plek te wonen die anderen onpraktisch zouden vinden en Crovie had alles wat mijn hartje begeerde.

Ik was toen al langs de prachtig verbouwde ponyschuur gelopen die de Fishergirl's Luck zou worden. De geweldige eigenaar, Marie West, had me op de thee gevraagd en had verteld hoe het was om in zo'n klein huis te wonen. Die verbouwde schuur ligt in een ander klein vissersdorp aan dezelfde kust, maar nadat ik in Crovie was geweest, met het prachtige Gardenstown dat vanaf de smalle kuststrook aan de overkant van de baai te zien is, besefte ik dat als ik die twee samenvoegde, ik de basis zou hebben voor het verhaal dat in mijn hoofd zat.

Het Crovie in dit boek is dus een versie van de echte plaats, maar het is geen volledig getrouwe weergave. In het echte Crovie is het vaak drukker dan in mijn verhaal. De huizen zijn in bezit van mensen uit heel Europa en in de zomer worden vriendschappen aangehaald als deze eigenaars en hun kinderen elkaar weer zien. Ze zijn dol op het plaatsje en zijn zich er terdege van bewust dat ze een dorp in stand houden dat zijn oorspronkelijke middelen van bestaan heeft verloren. En ze vinden het belangrijk dat die herinnering levend wordt gehouden.

In september 2017 vond er een enorme aardverschuiving plaats, met als gevolg dat de enige toegangsweg tot het dorp verdween. Het heeft een jaar geduurd voordat de weg opnieuw aangelegd was en heropend werd. In de tussentijd kon men er alleen te voet of per boot komen. Dit had het dorp in een spookdorp kunnen veranderen, maar dat gebeurde niet, net zoals de vernietigende kracht van de Grote Storm van 1953 gezinnen niet had verjaagd. Kiezen voor een huis in Crovie vergt volharding, bereidheid het weer te nemen zoals het komt, te leven tussen de echo's van mensen die door de eeuwen heen datzelfde hebben gedaan.

Terwijl ik dit schrijf zit ik in de keuken van nummer 33, waar ik de afgelopen dagen bezig ben geweest met het bijschaven van het manuscript van *Het huis onderaan de klif*. Het is zeven uur 's ochtends en buiten hoor ik de motor van een vissersboot die na dagen zonneschijn onder een loodgrijze lucht de baai oversteekt. Ik hou van Crovie, wat voor weer het ook is. Ik hoop dat de lezers het hier ook naar hun zin hebben gehad.

Crovie, 22 juli 2020

Dankwoord

Dank aan Polly MacGregor, Angela Richie, Jess Woo en Amanda Lindsay voor hun voortdurende aanmoediging, hulp en uiteenlopende deskundigheid, en dank aan Marie West die me een rondleiding gaf door haar mooie kleine huis.

Dank aan mijn geweldige agent Ella Kahn: zonder jou had ik nooit geloofd dat ik fictie voor volwassenen kon schrijven.

Dank aan Charlie Haynes en Amie McCracken van het Six Month Novel Programme: hun online bootcamp dwong me om, terwijl ik herstellende was van een operatie, achter mijn toetsenbord te kruipen en de eerste versie van dit boek te schrijven. In de periode dat ik de eerste versie schreef, verbleef ik tijdelijk in Mill of Nethermill, vlak buiten Pennan, waar de prachtige Millshore Pottery van Lynn Pitt de inspiratiebron vormde voor Rhona's talenten.

Bij Simon & Schuster wil ik diverse mensen bedanken. Enorme dank aan mijn geweldige redacteurs Clare Hey en Alice Rodgers voor hun deskundigheid, vriendelijkheid en ijver; dank aan Pip Watkins voor het mooie omslag, aan Genevieve Barratt voor de marketing, aan Sara-Jade Virtue voor het in de markt zetten, aan Anne O'Brien voor het persklaar maken, aan Maddie Allan en Kat Scott van verkoop en aan productiecontroller Francesca Sironi, die ervoor zorgde dat iedereen alles op tijd afhad.

Het allereerste vage idee dat uiteindelijk resulteerde in *Het huis onderaan de klif*, ontstond ruim tien jaar geleden tijdens een vakantie met mijn toenmalige vriend aan de kust van Aberdeenshire. Hij is nu mijn man en de publicatie van dit boek valt samen met ons tienjarig huwelijksjubileum. Adam, het waren tien geweldige jaren, en dat alles komt door jou. Dank je wel.